U0081017
衣笠彰梧
KINUGASA SYOUGO
トモセシュンサク
TOMOSESHUNSAKU
歡迎來到實力至上主義的教室
Welcome to the Classroom of the Second-year
2
年級篇
Kadokawa
Fantastic Novels

歡迎來到實力至上主義的教室2年級篇

Welcome to the Classroom of the Second-year

contents

彩頁、內文插畫／トモセシュンサク

茶柱佐枝的獨白

我在當上教師後——不，是從當上教師前就有個無法告訴任何人的煩惱。

就是我一直反覆作著某個惡夢。

那一天發生的事情總是在夢中反覆上演，絕對無法忘記。

每次看見想方設法前來的惡夢時，它都會改變形式，有時是自己的視角、有時是某人的視角、有時遣詞用字和過程還會有所不同。

不過也有共通點。

就是無論重複幾次，「結局」都一樣。

……那時，我們B班根本無所畏懼。

那股氣勢壓倒了其他班級，甚至來到只要伸手便能觸及A班的地方。

當然，那並非一段平坦的路途。

到升上三年級為止的期間，離開了班上的同學已經多達六人。
儘管如此，自從升上三年級後，班上就沒有欠缺任何一人，不斷累積著班級點數。
我一直相信我們不會再缺少任何同學，並能夠在A班畢業。

直到那一天、那一刻為止——

最後的逆轉機會——也就是畢業考試即將到來的第三學期最終階段。
表情僵硬地出現的班導，告知我們有一場新的特別考試。
當時，我們對那場特別考試並沒有感到絲毫畏懼。
考試規則簡單明瞭，我們深信可以輕鬆過關，便著眼於那之後的事情。
但那種樂觀的氣氛也只持續到那道課題被出題為止。

這時切換到另一個場面，只見我在班級裡大喊。
曾是摯友的知惠用憤怒的表情逼近我，抓住我的衣襟。
慘叫哀號聲宛如置身阿鼻地獄。
原本團結一致的班級，在一瞬間就崩壞了。

已經夠了。

他這麼低喃，露出死心與領悟的表情。

但我無法果斷地做出決定。

我根本不可能做好覺悟。

他與我一起同甘共苦了三年，絕非什麼渺小的存在。

他是無可替代的同班同學、無可替代的摯友。

也是無可替代的——以異性來說，是我重要的人。

雖然也有稍微輕浮的一面，但他認真、溫柔而且比任何人都可靠。

那樣的他露出至今不曾讓人看過的表情。

在傍晚的天空下朝我伸出手的那個時候，他看起來似乎有些害羞。

我忍住彷彿要溢出的淚水，說了這麼一句話。

「請多……指教……」

我們兩人這樣的關係，在迎接開始的同時，也準備迎接尾聲。

風波的腳步聲

暑假結束，二年級的第二學期從今天開始。倘若放大成三年的校園生活來看，這也表示再過不久就會迎向後半段。我打好領帶，穿上外套，並照著鏡子整理頭髮，確認儀容沒有問題後，前往玄關。我在途中遇上打著大呵欠的須藤，我們互相打招呼後，一起前往宿舍外面。

「因為被鈴音威脅說也有可能第二學期一開始就來場筆試，我可是熬夜苦讀了喔。」

「暑假最後一天你也在用功讀書嗎？」

「因為她幫我製作了今後應該完成的超級緊湊讀書計畫，真令人感激啊。唉，畢竟我也希望能拿到高分，將ＯＡＡ的學力拉到Ｂ以上嘛。」

居然說想拿到學力Ｂ以上，他真是胸懷大志啊。話雖如此，但也不能說他在誇海口。

如果他暑假期間也孜孜不倦地在用功讀書，即使他的學力又更上一層樓，也不奇怪。他逐漸變成一個挺適合文武雙全這個詞的男人了。

遲到、缺席還有打瞌睡這些生活上的細微問題點也在驟減。

雖然視情況還殘留著會一時衝動的部分，但那也是須藤的特徵吧。

「我想問個奇怪的問題，你覺得寬治那傢伙已經跟篠原接吻了嗎？」

「咦？」

「雖然那傢伙交到女友很可喜可賀啦，但該說在各種方面被他領先的話，會很不甘心嗎？感覺最近我一直為了這件事心裡有疙瘩啊。」

「直接問他不就好了？總覺得如果是池，應該會告訴你。」

「……我哪問得出口啊。假如他說他們連手都還沒牽也就算了，要是被迫聽到他們其實有更進一步的發展……我的右拳可能會久違地發出咆哮。」

原來如此，那確實會有一點問題啊。要是他的拳頭發出咆哮，感覺事情會一發不可收拾。

「以池的個性來說，總覺得他若有開心的事情就會說出來，沒在管場合的。既然沒聽到他說些什麼，表示應該沒有進展那麼多吧？」

「的確。但也有可能只有戀愛例外啊。我沒經驗，不知道是不是這樣啦。順便問一下，綾小路你交過女友嗎？……你這方面感覺是怎樣啊？」

以出乎意料的形式從池的話題變成我的話題了。

怎麼樣啊——我不禁感受到須藤這種熱烈（我相信你喔）的視線。

「撒謊也不是辦法，我就跟你報告了，我前陣子交到了第一個女朋友。」

「……真假？你說真的？」

只要想到即使現在糊弄過去，這件事過沒多久就會從惠口中傳開，這麼做並非上策。

我老實地回答，於是須藤抱著頭嘆了口氣。

隨後他猛然一驚，慌張地抓住我的雙肩。

「難難難難難難、難道說！」

「放心吧，不是你想的那個人。」

「你說真的吧？我、我可以相信不是鈴音對吧？」

「對，不是她。」

「這、這樣啊。哎，那就沒差……我有一瞬間以為心臟要停止了……」

是冒出汗水了嗎？只見須藤將左手心貼到額頭上亂擦一通。

然後他讓我看沾到手心上的汗水，表示自己有多驚慌。

「那到底是誰啊？」

「就是——」

「啊！找到了！」

在須藤恢復冷靜時，一個腳步聲從後面飛奔而來。那個腳步聲追上我們走路的速度後，對方用有些生氣的表情抬頭仰望我。

「虧人家想跟你一起上學，你居然不在房間，也不說一聲！」

惠稍微鼓起臉頰，像這樣發著牢騷。

「不，我也沒聽說妳要跟我一起走啊。」

「這是……應該說一直到最後關頭我都很緊張，猶豫不決嗎……」

須藤一臉疑惑地看著突然開始這種神奇對話的我們。

「搞什麼啊，別突然插進來啦，輕井澤。我們兩個男人正在講重要的事，別妨礙我們啦。」

看來他似乎沒有注意到我們的對話內容有什麼不對勁的地方。

他好像單純無法理解惠為什麼會出現在這裡。

仔細一想，這兩人也幾乎沒有交流過嘛。

稱不上感情好或不好……不，真要說的話，他們的關係只能說很糟吧。

「惠打算今天說出我們的事情嗎？」

「咦？唔，嗯～我會觀察一下時機……畢竟一到學校就這麼宣言好像也不太對……要公開關係意外地困難呢。『你們聽我說～』這麼講感覺也不太對嘛。」

「不過洋介那時妳好像很快就發出宣言了啊。」

「這、這是兩回事吧。因為狀況完全不同呀。」

「喂喂，你們在說什麼……事……啊…………咦？」

雖然須藤一直表現出他有多遲鈍，但聽到我直接叫惠的名字，還有他可能總算理解對話的內

容了，於是他停下腳步，露出目瞪口呆的表情。

「什……咦？喂、喂，這是怎麼回事啊，綾小路？」

儘管如此，他似乎無法將這個組合連結起來，一副還無法確信的樣子。就某種意義來說，他或許很適合作為第一個知道這件事的同班同學。

「我們兩個在交往。」

惠咧嘴一笑後，用手肘戳了戳我的手臂大約三次。

或許是很開心我能主動說出口吧。

「啥……啥啊啊啊啊啊！騙、騙人的吧？」

是被嚇破膽了嗎？須藤大叫出聲，比想像中更誇張地大聲喊道。

周遭碰巧沒有同班同學，但其他學生們都將臉轉向這邊，心想發生了什麼事。

「你太吵了。」

「抱、抱歉。可是，不，咦？為、為什麼是輕井澤啊？」

「那什麼意思，是我會有什麼問題嗎？」

「不是那樣……雖然也不能說不是那樣，應該說……咦咦……？」

他表現出好像有點不敢領教似的困惑動作，用一臉無法理解的模樣歪頭納悶。

「怎麼，你希望我跟堀北交往嗎？」

「我絕對不會承認那種事！……不，我不是那個意思啦……你來一下。」

他一把抓住我的肩膀，將嘴唇湊近我的耳邊，小聲地耳語：

「這麼說雖然很難聽……但輕井澤之前跟平田在交往，而且也不曉得她國中時代談過多瘋狂的戀愛吧？你不會對這點感到不滿，或者該說感到厭惡嗎？第一個女友就交這樣的，難度也太高了吧？」

哎，同班同學對輕井澤惠抱持的印象，大概就是這種感覺吧。

實際上，在得知她的過去之前，我也認為她就是那樣的女生。

「你們在講什麼悄悄話啊？」

「沒、沒什麼啦。」

被惠怒瞪後，須藤垂頭喪氣地離開我身旁。畢竟講了很接近在說她壞話的事，他大概也感到過意不去吧。

「綾小路跟輕井澤在交往……？不行啊，不管思考幾次，都無法理解這件事。我的睡意都被嚇跑了，第二學期才剛開始，情況就很不得了了啊……」

我確實聽見須藤小聲地嘟噥了這麼一句。

1

我們抵達了學校。來到這裡後，有時也會與從宿舍來上學的三年級生擦肩而過，雖然他們跟在船上時一樣會盯著我看，但須藤沒有察覺到這件事的樣子。

在暑假期間也是只要外出就會看到類似的光景，但我應該今後也不會在真正的意義上習慣這種狀況吧。「被盯著看」這種行為光是這樣，就會給人強烈的壓迫感和壓抑感。除非抹消視線的存在本身，否則這種感覺會一直持續下去。

惠迅速地組成女生小圈圈，熱絡地討論著暑假中的話題；須藤也與要好的池和本堂他們開始閒聊。我也和綾小路組稍微聊天，等待鐘聲響起。

過沒多久便前來的茶柱，用跟第一學期沒兩樣的態度開口說道：

「第二學期會有幾個對你們而言很重大的活動。首先是去年也舉行過的體育祭。預計在十月舉行，將會是一場測試學生們身體能力的考試吧。即便也有跟去年不同的規則，但考試要求的能力沒有太大的差異。」

茶柱此刻所說的要求具備強大的身體能力，換言之，對只擅長念書的學生而言可能會變成煩惱原因的戰鬥，再過不久即將開始。當然，與我比較親近的朋友，也就是像啟誠或愛里這樣不擅長運動的學生們，都用嚴肅的表情傾聽著這番話。所謂跟一年級時不同的規則也令人感到在意。

「然後作為高度育成高級中學首次的嘗試，十一月決定要舉辦文化祭。詳情跟體育祭一樣之後會再正式告知，但這個活動也會從九月開始同時占用一些時間。」

九月主要是針對體育祭的準備。每星期的體育課會增加幾小時。然後每星期會有一小時用來討論文化祭的事情。等十月的體育祭結束後，就開始正式的準備，迎接十一月正式登場的文化祭——似乎是這樣的流程。

此外，雖然不清楚是否會跟特別考試相關，但預計還有教育旅行。

「而在這些活動的空檔，當然也會舉行期中考和期末考。」

總之，無庸置疑地會是相當忙碌的第二學期。

「關於體育祭，改天會再詳細說明，先說一下關於文化祭的事情。」

以順序來說是體育祭在前面，但茶柱卻先說起了關於文化祭的細節。

「文化祭將會迎接眾多來賓進場。然後要請你們在文化祭上與全年級所有班級競爭營業收入總額。要申請幾個演出節目都沒問題，但預算是有限的。詳情請你們看一下平板吧。」

文化祭概要

・每一名二年級學生會被給予僅限使用在各班文化祭準備上的五千點個人點數，能夠在這個

範圍內自由運用。

（一年級生會得到五千五百點，三年級生會得到四千五百點的初期費用。）

．會根據學生會服務等等的社會貢獻，還有在社團活動的活躍等貢獻給予追加資金。

（確定詳情後會再正式向各班公布。）

．初期費用與追加資金不會反映在最終營業額上，因此若未使用，將會沒收。

．第一名到第四名的班級會獲得班級點數一百點。

第五名到第八名的班級會獲得班級點數五十點。

第九名到第十二名的班級，班級點數不會有變動。

關於報酬方面，有比較多班級能夠獲得點數，倒數幾名也不會有懲罰。只要能進入前八名，就算有成果了吧。規則也十分簡單易懂，感覺不會陷入混亂。之所以會在說明體育祭詳情前先公布文化祭的概要，在聽過內容後就能明白。原因很簡單，因為不先聽一下規則說明，就無法開始準備吧。體育祭那邊只要針對正式出場的項目提升身體能力，就能在某種程度上做出對策。

「感、感覺好像是正統的文化祭。」

雖然應該不是覺得掃興，但我也能明白篠原想這麼說的心情。看不見會失去班級點數和退學的風險。不禁想懷疑是否有什麼內幕，證明我們已經深受這所學校的結構影響了吧。

「此外，要在校地內確保哪個場所，也會是很重要的關鍵吧。例如希望在來賓一定會通過的正門附近擺攤的話，就要支付場地費給學校。」

有新情報傳送到平板，因此包括我在內的學生們都瀏覽起內容。

在「校地內可擺攤之場所清單」這個標題下，附帶了校地內的地圖，還有在能夠擺攤的位置記載著將場所與數字組合起來的名稱。剛才茶柱所說的離正門最近的場所寫著「正門1」，還有場地費一萬點。如果是距離正門較遠、來賓不太會前往的位置，似乎也有免費的場所。不考慮追加資金的話，大約有二十萬的預算。這麼一想，一萬點絕對稱不上便宜。

不過，那裡無疑是能夠招攬到許多客人的一流地點。

「想擺攤的場所跟其他班或其他年級重複也是很有可能發生的情況，但一個場所只能有一個班級使用。若是發生重複的情況，就會舉行拍賣，願意支付較高金額向校方租借場所的班級會獲得使用權。」

換言之，要是為了確保一流地點硬是用掉高額點數，能撥給演出節目的預算就會大幅減少。

也就是我們要利用接下來約兩個月的期間，思考該如何運用有限的預算來有效率地戰鬥。

「直到文化祭當天，都不會公開哪個班級會推出怎樣的表演節目，還有會在哪裡擺攤。即使校方不會洩漏情報，但我們也無法摀住學生的耳朵，你們要注意這點。倘若情報外洩，其他班級會毫不留情地採取對策——這麼想會比較好吧。」

就算想到理想的演出節目，也有可能被別班抄襲或採取對策。

「有時也會需要準備一些東西吧。倘若有在校地內無法入手的東西，只要提出申請並獲得許可，也能夠從外面訂貨。只要符合規約，無論要怎麼使用預算都是你們的自由。」

包括這方面的事情在內，看來有必要仔細調查一下啊。

「以上就是文化祭的說明與其規則。雖然具體的準備和設置期間等體育祭結束後才會開始，但你們記得從今天起，各自利用時間討論要舉辦什麼節目，以及如何分配預算。」

倘若能分配越多時間去準備文化祭，感覺就能推出越高水準的節目。

2

一到放學後，除了要參加社團活動的學生，許多班上同學都留在教室。

這當然是為了十一月舉行的文化祭，準備進行第一次討論。

其中也有一定數量的學生在國中時代體驗過文化祭吧。

因為我個人沒有什麼情報可提供，所以像平常一樣當個聽眾。

「首先把能夠想到的節目一覽簡單地列出來吧。」

已經獲准使用教室螢幕的洋介用平板輸入文字。

「說到文化祭，果然就會想到食物或鬼屋之類的，這種節目比較普遍呢。」

諸如餐飲類、鬼屋、迷宮、咖啡廳、演唱會，還有戲劇等等。簡單易懂的節目一個個被追加到清單上列出。

「舉辦時間是從上午十點到下午三點。關於飲食方面，應該可以期待來賓的大人們也會光顧吧。不過，這樣競爭也可能會比較激烈……」

「還要兼顧到預算呢。鬼屋或迷宮之類的節目在完成之後就能控制成本支出，相比之下，餐飲類無論如何都會花比較多錢吧。」

音樂器材等一部分的道具，只要支付租金，似乎就能跟校方租借使用，但因為數量有限，所以是先搶先贏。而且要考慮有幾個學生技術好到能夠獲得更多收益這個問題。

「我們班有三十九人。換言之，目前能想見的預算有十九萬五千點。老實說，這金額不能稱得上很充分。就算說要做食物，也不能輕易地決定呢。」

「我有一個提議，可以說出來嗎？」

「非常歡迎各種意見喔，堀北同學。」

「就像平田同學所說的，能撥給文化祭的預算有限。但光是紙上談兵，再怎麼討論也還是有很多不清楚的事情。假設要擺攤賣章魚燒，也得知道要用哪些材料，還會需要技術和各種東西。既然如此，首先應該讓班上同學提出各種方案，就算要用上個人點數，也應該反覆測試可行的方案吧？」

許多學生都點頭贊同這個提議。

的確，無論是要做料理或推出什麼節目，實際去嘗試也是很重要的事情。

當然會有自掏腰包的風險，但假若之後變成班級點數回到口袋，把這些成本當作先行投資也是很簡單的事情。

「但是……啊，我不是要說妳提的方案不好，但需要自掏腰包的話，應該也會有人變得比較消極，什麼都不做吧？」

松下擔憂的是這樣也可能會有學生只等著坐享其成，不認真準備文化祭。

「那樣也無所謂。畢竟我可不想為了一些隨口說說的提議浪費時間。但是，我們不能糟蹋努力想對班上有所貢獻的人。如果想到可行的節目，就積極地進行簡報。決定採用的話，將支付報酬給提議者，這樣如何？」

「嗯，這主意很棒呢。努力的人會得到回報與回饋是不錯的事情。」

「具體的報酬之後再討論，例如在文化祭獲得一百點班級點數的話，班級整體一個月獲得的個人點數就會是三十九萬。把這些點數除以提議者的人數，當作報酬交給他們。倘若是這種形式，應該不會有人覺得不滿吧。」

假設最後決定推出五個節目，一個人可以分到七萬八千點。如果因為提議者和協力者人數較多，平分也沒賺到的話，用兩個月或三個月份的合計金額來平分也行吧。這樣積極準備文化祭的學生可以得到好處，偷懶的學生之後也能分一杯羹。最重要的是，既然班級點數會增加，不可能有人反對。

「剩下就是要徹底隱藏情報，以免被偷走點子。無論是在學校、宿舍或櫸樹購物中心，請大家切記留意自己的發言。」

徹底保密到家——在接下來長達兩個月的準備期間中，這是非常重要的事情。

之後眾人也繼續討論，最後決定提議者先向堀北或洋介進行表演節目的簡報。

然後若有正式採用的可能性，再繼續討論之後的進展。

之後大約兩個星期，我們的校園生活與平常一樣進行著。我們同時進行文化祭與體育祭的準備，並過著用功向學的生活。可以說重複著跟所謂一般學校沒兩樣的每一天，是一段寶貴的時光。出乎意料的是我跟惠的關係並沒有從須藤口中傳開，也沒有知道這件事的人出現的跡象。

然後在九月也過了一半的第三週的星期三放學後。座位在班上後方的我，在視野中捕捉到一個罕見的人影與坐在最前排中央的堀北接觸。

「那個，堀北同學。方便的話，之後可以借用妳一點時間嗎？」

佐藤有點客氣地這麼搭話。她是不曾與堀北交流過的女生之一。

「我一小時後有事要去學生會，若時間不會重疊到，倒是無所謂。有什麼事嗎？」

雖然堀北沒有露出疑惑的表情，但她應該也沒什麼被佐藤搭話的經驗吧。她感到不可思議似的這麼反問，於是佐藤稍微壓低音量，接著這麼說道：

「該說關於文化祭的表演節目，我們也用自己的方式想了很多嗎……妳之前說過對吧？如果有想到什麼點子，希望我們可以提出來。」

「對。我是很歡迎大家進行簡報……」

「就是那個，讓我進行簡報吧。我想到了可以在這次文化祭確實獲勝的節目。」

雖然佐藤顯露出自信，但堀北不會輕易表現出感到佩服的模樣。

這也是當然的，因為這十幾天來有不少學生向堀北提出方案。

倘若方案被採用也能獲得回報，因此無論男生或女生，都反覆向堀北提議。

從正統的節目到奇特的節目，內容五花八門，但共通點是如果只有隨便講個節目的名稱，堀北根本不會理睬。在講清楚會給提議者報酬那天，本堂立刻跑來提議因為炸雞好吃，就來賣炸雞吧。但堀北一口回絕，要他先做出企畫書再來。甚至沒有表現出要當作提議接受的態度。隔天，本堂不氣餒地提出製作炸雞的企畫書，但上面只有寫著感覺是從網路抓來的炸雞食譜與要賣多少錢，還有他熱烈地主張炸雞有多美味。

看到那份低水準的企畫書，堀北重新說明了企畫書的重要性。假設要擺攤販賣炸雞，原價大約多少、擺攤地點要設在哪裡、需要大概多少人力、定價多少、預計會有多少客人前來購買，而這麼估算的根據為何呢——堀北斬釘截鐵地表示她只會聽取認真歸納出重點的人提出的方案。

那之後，對堀北隨便提案的人應該大幅減少了，但出乎意料的是帶企畫書來提議的學生變多了，而且內容製作得一天比一天豐富完整。

然後有幾個方案實際被列到堀北考慮採用的清單上。

但是，無論哪份企畫書都缺少決定性的關鍵，因此還沒有任何提案被正式採用。

「那麼，我就看看妳的企畫書吧。」

「啊，嗯。我當然有準備企畫書……但這裡不太方便拿出來。可以的話，能在之後借用妳一點時間嗎？」

「是嗎？哎，好吧，我要去哪裡才方便看呢？」

「呃，麻煩妳三十分鐘後到特別大樓的空教室。我有向老師徵得許可了。」

「空教室？」

堀北感到不可思議似的反問。佐藤向她說了聲「麻煩妳嘍」便背對她，與在旁觀察情況的我四目交接後，佐藤立刻靠近了我這邊。

「欸，綾小路同學。你之後也有空嗎？」

「我嗎？我之後沒什麼安排。」

「你聽到我們剛才的對話了吧？三十分鐘後，你可以跟堀北同學一起過來嗎？」

「為什麼我也要過去啊？」

「這點現在還要保密。你來就知道了。」

與剛才對堀北的態度一樣，佐藤的表情洋溢著自信。

「那麼，等你們來嘍！」

用手機確認了時間的佐藤急忙地離開教室。

「她到底是怎麼回事呀？好像挺有自信的。」

「這表示她想到了勝算很大的節目嗎？」

「就算是那樣，需要專程找我過去看嗎？」

我也不明白佐藤真正的意圖，總之三十分鐘後就會知道了。

我跟堀北決定彼此在教室裡隨便消磨一下時間後，再前往特別大樓。

4

反正都要去同一個地方，因此我跟堀北一起前往特別大樓。

抵達佐藤指定的教室前面後，不知為何，在那裡看見了前園的身影。

「啊，我是負責看守的。即使覺得沒人會在放學後來特別大樓，但這是為了以防萬一。」

「看守？……你們花費的工夫比我想像中還多呢。」

哪個年級的哪一班會推出怎樣的節目，想先保密到文化祭當天——雖說這點是大前提，但他們甚至安排了看守的人這件事，似乎讓堀北大吃一驚。

我也跟她一樣感到驚訝。沒想到他們不只是向教師提出申請，租借了特別大樓的一間教室，居然還為了防止有第三者介入，安排人手負責看守。而且為了避免有人從窗戶看見教室裡面，雖

然算是簡易的遮蔽措施，他們甚至還把窗戶封住。

「那麼，立刻讓我看看裡面有什麼吧。」

「啊，稍等一下。接下來是以實踐的形式呈現，所以請堀北同學和綾小路同學都以客人身分體驗看看喲。」

「是這麼回事啊。好哦，比起看沒重點的企畫書，這麼做更簡單好懂呢。」

看到規劃得這麼仔細的流程，堀北也不由分說地抱持著很大的期待吧。

先不提最後會不會正式採用，在目前這個階段已經可以明顯看出他們為了在文化祭獲勝，很認真地努力準備。以堀北的立場來看，這是很令人開心的事吧。

我跟堀北再次確認周圍沒有其他人在後，慢慢地打開了那扇門。

最先躍入視野的，是出乎意料的繽紛色彩。

裡面亮麗地布置著許多裝飾品，讓人難以想像這裡是冷冰冰且平凡無奇的教室。

「這是……」

「歡迎光臨～這裡是女僕咖啡廳Ｍａｉｍａｉ！」

同時有三個女生穿著各具特色的服裝，出來迎接我們。

找我們來這裡的佐藤與一旁的松下穿著女僕裝。

一臉難為情似的游移著視線的小美則穿著旗袍。

順帶一提，一般來說教室會裝設螢幕，但平常較少使用的特別大樓至今仍設置著白板。然後她們利用那塊白板，以白板筆在上面可愛地記載著店名。

她們帶領我們到座位上，便將手工製的菜單交給我們。

「您要點什麼呢？主人。」

「先等一下。在點餐之前，我可以問個問題嗎？」

「咦？什麼問題？」

「光是準備這些，應該也花了不少時間跟金錢吧？」

的確，如果有人問這些東西能當天馬上準備好嗎？看起來相當困難。就算裝潢布置能夠努力趕工，但服裝是怎麼準備的呢？

「松下同學，花了大概多少時間和費用呀？」

「準備期間大約四天。花費我認為意外地合理喲。總共是一萬三千兩百點個人點數。因為是在這裡的三人與前園同學共四人一起企劃分攤，所以一個人花費三千三百點。這些點數是用來租借三套服裝，以及在雜貨店購買摺紙和白板筆等布置用品。餐具類是我們的私人用品，所以沒有支出。」

原來如此，這就是餐具類缺乏統一感的理由啊。當然，因為目前還在等企畫通過的階段，所以這部分不會成為扣分要素。反倒讓人再次感到佩服，真虧她們能將費用控制在最低限度，準備

得這麼齊全。

「以震撼力來說十分完美。比我至今看過的任何節目都出色。但是——」

雖然堀北大力稱讚，認為要吸引客人，這個點子無可挑剔，但她可不是這麼好應付的人，不會因此就決定要推出的節目。

「有預估關鍵的整體預算嗎？我想看看具體的流程。」

對於這犀利的指謫，佐藤不慌不忙地將視線看向小美。

「呃，我盡可能地試著將重點歸納到企畫書上了。」

小美從包包裡拿出資料夾給堀北。是小美手寫的嗎？她用工整的文字寫了三張詳細的內容。剛才提到服裝是租來的，但她們找了三間公司請他們分別報價，每間各租一套。然後比較了這三間的價格與品質，以及款式齊全的程度。還有當天使用的餐具類，想盡量省錢跟多花點錢的情況下，費用會相差多少。並且預估所需的工作人員數量，再加上因人數不同可容納的來客人數差異等等。

「這比我至今看過的任何企畫書都還要出色，內容很完整呢。真有一套。」

堀北坦率地稱讚，於是佐藤與松下戳了戳小美的側腹，告訴小美她被稱讚了。雖然她本人還是一樣感到很難為情的樣子，但也稍微低下了頭，像在點頭致意。

佐藤她們提出的企畫案，到這邊為止可說是滿分。

不過——

「這的確是很有意思的節目。或許不能說是很罕見的類別，但只要好好地下工夫，我感覺大有可為。只不過也有缺點。租一套服裝要花費四千點。如果按照企畫書的內容，十套就要四萬點。還有準備飲料和茶點的所需費用預估是五萬點。光是這些，總共就要九萬……教室裡的裝飾品算五千點，然後再加上要花的場地費……這個節目的成本絕對不便宜呢。」

就算因為不用給薪水，能夠輕鬆地確保人手，但這樣等於把將近一半的現有預算用在一個節目上。

「是、是沒錯啦……可是，我認為能提高單價來回收成本喲！」

舉例來說，佐藤她們製作的菜單，一杯紅茶售價八百點。金額設定得比在櫸樹購物中心裡的咖啡廳賣的還要高。當然也有可能因為今後的調整大幅調降，但就算這樣，她似乎還是判斷有希望賣得出去。

堀北反覆閱讀分成三張的企畫書，她的模樣非常認真。

只不過，該說周圍的佐藤她們的裝扮太奇幻了嗎？沒什麼真實感，有種奇怪的不協調感。

沒多久後，似乎做出結論了，堀北抬起頭來。

「我再次確認一下，這個節目……沒有被任何人看見吧？」

「當然，滴水不漏。」

松下表露出自信，點了點頭。佐藤與小美也跟著點頭肯定。

「——好。我會試著盡力而為，希望能讓這個女僕咖啡廳的提案通過。包括澈底的降低成本在內，能請妳們把這份企畫書更仔細地檢查一遍嗎？」

「真的嗎？太棒了！」

三人開心不已，互相擊掌。

「要開心還太早了。別忘了目前還只是在積極檢討的階段。」

雖然堀北這麼說，但能從她口中挖出會盡力而為這個承諾，是很大的收穫吧。

我們兩人一起離開教室到走廊上，於是一直在看守的前園也一臉高興似的朝我們揮手。

教室裡的騷動聲也傳入前園的耳中了吧。

「話說回來，妳對這個提案的評價很高呢。想不到妳居然還表示會盡力而為。」

「如果覺得沒有勝算，我是不會輕易認可的。實際上有幾個人向我提出的提案，大部分是當場駁回，好一點的也只是暫且保留。這表示她們想到的提案具備讓我願意盡力而為的潛力喲。」

女僕咖啡廳這個節目並不是多罕見的點子吧。

但堀北認為這個節目能充分發揮我們班的強項，從中發現足以打動來賓們的可能性，因此她也不吝於協助。

「這表示就算有別班採用相同的女僕咖啡廳企畫，我們也能獲勝嗎？」

「對。你不這麼認為嗎？」

「哎，確實沒錯。」

就算隨便擺出與食物相關的攤販，也會碰上好幾個競爭對手。另一方面，女僕咖啡廳就算跟一、兩個班級重複，說不定也能靠實力打趴對方。穿了樣本服裝給我們看的三人不用說，班上還潛藏著許多強力的人才。

「就是這樣，為了讓她們的企畫更加確實，也要請你協助喲。」

「協助？妳該不會要我也跟著角色扮演吧？」

「你在說什麼傻話呀。既然要做就要全力以赴。這樣的話，需要準備最棒的人才對吧？我認為這種事情應該由身為男生的你來處理。」

「呃……哎，雖然不是不懂妳的意思啦……但我認為有其他更適合的人選喔。」

「也是呢。如果是這方面的事情，或許池同學和本堂同學他們比較有鑑定的眼光吧。但假若告訴他們這件事，有可能會讓情報洩漏出去。畢竟他們看來很大嘴巴。」

「……這點我無法否定啊。」

那兩個人就算不打算洩漏，也有可能不小心說溜嘴。

「我不想無謂地增加知道內情的人。你明白吧？」

「原來如此啊。」

或許被佐藤找來這裡就是我不走運，注定會變成這樣吧。

「所以說，首先人選就交給你決定。當然你可以跟要找的對象說出這次的事情，但別忘了請她們嚴守祕密。假如有什麼萬一，這個企畫就會中斷哦。」

這表示守住情報就是這麼重要的事情。

「是呢……就這層意義來說，我也想將共有情報的人控制在最低限度。可以把一切都交給你處理嗎？改天我會決定正式的預算，所以麻煩你管理包括安排人手的所有費用了。」

「慢點慢點。妳一口氣跳太快了吧。妳打算只交給我負責嗎？」

「這場文化祭的表演節目並沒有規定只能推出一個。從男女人數和人才的比例均衡來考量，擺設好幾個攤販也是絕對必要的。要思考以低預算來提高營業額的方法感覺也會耗費不少心力，以我的立場來說，想專注在那方面上。」

雖然我也很想讓她專心處理那方面的事情，但還是會覺得為什麼得由我負責這邊。

「我可以當作你願意答應這個正式的提議吧？」

我完全不記得自己有表現過要答應的態度，但她不由分說地將這件事拍板定案。

「真頭大啊……」

我能夠經營什麼理想的女僕咖啡廳嗎？我實在沒有自信。

可以確定的人選有佐藤、松下和小美……剩下還要找幾個人來當女服務生好呢？

雖說還是兩個月後的事，但感覺有必要在這陣子先找好人手啊。

「我要直接去學生會室了，回頭見。」

「喔、好……」

回程路上，接到了讓人想抱頭苦惱的案件後，我正準備離開特別大樓時，發現了茶柱。因為是這種地方，看來她應該不是碰巧通過吧。

「你剛才去見佐藤她們了嗎？我有聽說關於節目的事，也知道她們打算做什麼。是個不錯的主意呢。」

「我想也是。以佐藤她們的立場來說，如果不先確認節目是否能通過申請，也沒辦法著手進行準備吧。」

都那麼正式地準備了，要是還不清楚能否獲得允許，可就不好笑了。

「因為我個人有些在意情況，所以打算過去看看。情況如何？」

「堀北也很積極地在協助喔。應該是認為有勝算吧。目前準備討論細節。」

「是嗎？這樣的話，看來也不用專程過去看了呢。」

「但我像被牽扯進去一樣，狀況變得有些麻煩就是了。」

「也就是說？」

「因為堀北的指示，變成由我負責監督那個節目。」

「由你負責嗎？這還真是……」

茶柱用感到憐憫和同情般的眼神看向我，然後有些滑稽似的笑了。

「這是好事啊。堀北這提議實在挺有意思。」

「雖然我覺得這方面的事情，池或博士這樣的人比我適合好幾倍就是了。」

就算聽說是女僕咖啡廳，我也對它的背景完全不清楚。

「關於對御宅文化的理解，的確是那樣也說不定。不過在文化祭中重要的是營業額。即使能提升節目的品質，但那兩人並不擅長精打細算和追求利益吧？所以由你負責監督才有意義。有需要的話，只要向那兩人徵詢意見就能解決這個問題了。」

她說得簡單。為了吸收意見，這邊也必須具備最低限度的知識才行。在無知的狀態下只是聽取建議，也無法保證能找出正確解答，反過來說，要指謫出錯誤的部分也相當困難。

「你就當作在課業以外的地方也多了一個學習的機會，並做好覺悟吧。女僕咖啡廳的店長先生。」

「……說得也是呢。」

我原本打算回去，但茶柱從背後叫住了我。

「綾小路。下次……可以借用你一點時間嗎？」

「下次？什麼時候？」

「我這陣子會再傳訊息跟你說時間。這樣也無妨嗎？」

「哎，我無所謂喔。如果有安排行程，我會空出來的。」

雖然也可以拒絕，但看到茶柱認真的眼神，我決定答應她。

兩名教師，命運的特別考試

我被託付擔任女僕咖啡廳店長？的隔天早上。

看到走進教室的茶柱那僵硬的表情，許多學生立刻察覺到情況不對勁。

只不過，這次跟平常不同，不會首先在腦海中浮現「特別考試」這幾個文字吧。最大的理由應該是因為大家都深信下次考試就是體育祭。而且在那之後還有文化祭在等著。

「在十月的體育祭之前，要請你們挑戰新的特別考試。」

學生們之間不禁產生些微動搖。去年的這個時期已經針對體育祭在採取行動，沒有其他特別考試，但這表示今年不一樣。

「好不容易才跨越了艱辛的無人島考試，居然已經要進行下次特別考試了嗎……」

雖然這邊也逐漸成了慣例，但可以聽見比任何人都搶先開口的池這麼發著牢騷。

跨越隨時會面臨退學危機的無人島考試，池總算與篠原皐月成為情侶。以他的立場來看，腦中應該浮現了前途多災多難這幾個文字吧。

無論怎麼加深感情並拉近距離，都有可能因為特別考試突然退學。

尤其是ＯＡＡ的綜合能力較低的學生，肯定更會抱持著這種危機感。

「哼，我倒是求之不得咧。在體育祭打遍天下無敵手前，先來輕鬆地跨越特別考試吧。」

對運動神經擁有絕對自信的須藤摩拳擦掌。

「你別得意忘形。」

「……好。」

因為堀北立刻這麼提出忠告，稍微感到沮喪的須藤陷入了沉默。

真是理想的主從關係……不對，可以說他們在培育很棒的朋友關係吧。

「老實承認的話，倘若是往年，很少會在這個時期舉行特別考試。實際上，一年級生和三年級生他們也不會實施特別考試。」

「也就是說，只有我們二年級生在體育祭之前會進行特別考試嗎？」

原本靠在椅背上的佐藤，將身體向前傾並這麼詢問。

茶柱絲毫沒有否定地點了點頭。

「這表示你們這些二年級生很優秀，所以校方也做出相對的評價。」

「咦咦～？因為對我們評價很高，所以要進行特別考試……這不會太奇怪嗎？」

「特別考試確實伴隨著會讓你們提高戒備的風險。可能會失去班級點數或個人點數，有時還會出現遭到退學處分的學生。但反過來看，也可以說是獲得了較多機會，讓你們能度過更加充實的校園生活吧。你們最重視的升上A班這件事也是，只要特別考試的實施次數越多，就表示你們有越多機會。」

的確，想要大幅獲得班級點數的時候，要在平常的日常生活中賺取點數，極為困難。真要說的話，沒有實施特別考試的期間，「如何避免班級點數減少」占有比較大的比例。無論是無人島考試還是什麼，只有在實施特別考試時，升上前段班的機會才會降臨。

「幸福與不幸是一體兩面。正因為伴隨風險，才會有好處對吧？」

冷靜地接受這件事的堀北，從距離茶柱較近的位置這麼問道。

「就是這麼回事。」

「沒什麼好畏懼的。我們目前確實地在逼近A班。B班以下的班級已經並駕齊驅，這表示要擺脫三足鼎立的機會這麼快就到來了喲。」

機會是越多越好。既然要以往上爬為目標，這也是所有人的共同認知。

「的確是這樣呢……畢竟就算在這抱怨，特別考試也不會因此取消嘛。」

堀北這番話讓佐藤和其他同班同學也露出可以理解的表情。

雖說還不夠成熟，但可能成為支柱的堀北，她的成長似乎確實地對同班同學帶來正面效果。

我想茶柱在內心應該也感到高興，但她仍然面不改色。雖然茶柱原本就不會表現出寵溺學生的態度，但感覺她這次比平常更加嚴肅。

「這次要請你們挑戰被稱為『全場一致特別考試』的考試。」

螢幕亮起來，伴隨著逐漸成為慣例的影像，茶柱開始說明：

「這次的特別考試非常簡單。正因如此，如果有感到在意的部分，我隨時都接受提問。特別考試會在明天實施，我想你們從名稱也能察覺到內容，就是要請你們在班上反覆進行投票，直到從複數選項中達成全場一致的結果為止。」

「明天？……還真是突然呢。」

連像樣的準備期間都沒有。當然，因為這是對等的比賽，並非會因此占上風或下風，但原本快冷靜下來的班上同學又再次騷動起來。

「我剛才也說過，這場特別考試很簡單。校方認為沒必要事先花時間商量討論，明天直接舉行也沒有問題。」

在班上反覆進行投票，直到達成全場一致的結果為止。

就這段說明來看，確實很難想見複雜的內容。

「也就是說，這次並非要與其他班級戰鬥對吧？」

洋介認為這比什麼都重要，他立刻要求茶柱針對這點做出回答。

「沒錯。這場特別考試只在我們班級裡面就能完成，所以不會與敵對的班級競爭。當天考試開始後，校方會出五道『課題』給你們。此外，課題內容是所有班級共通，因此不會有差別。」

倘若課題內容不同，各班的難易度也會產生變化，這可以說是理所當然呢。

「為了讓你們更深入理解，馬上來看例題吧。」

例題・會失去五點班級點數，但全班同學皆可獲得一萬點個人點數。

選項　贊成　反對

課題顯示在螢幕上。內容跟茶柱告知的一樣，是非常好懂的單純問題。

「嗯嗯？這什麼呀？呃……雖然班級點數會減少五點，但相對地可以拿到一萬點個人點數……這就是課題？這樣算賺到嗎？還是吃虧呢？」

也難怪班上同學會浮現許多意料之外的疑問。

因為雖說是例題，但原本以為會是讓人更加苦惱要怎麼選擇的內容。

發出聲音的篠原扳著手指，試圖在腦海中計算得失。

每一點班級點數可以換算成一百點個人點數。

也就是說五點班級點數的價值，等於五百點個人點數。

如果是在一瞬間思考，後者的個人點數可說是壓倒性的高價。

只不過，班級點數本身可以持續保有價值。

用一個月來看的話，五點班級點數不過是五百點個人點數；但如果以一年的期間來計算，即使只是區區五點班級點數，也會具備六千點個人點數的價值。考慮到距離畢業為止的剩餘期間，我們能領到個人點數的機會，是從二年級的十月到三年級的三月為止，剩下十八次。換言之，可以認為五點班級點數的價值等於九千點個人點數。

要立刻獲得一萬點個人點數，還是到畢業為止分次領取合計九千點的個人點數呢？若只看個人點數，前者會稍微小賺一點。

但事情並沒有這麼簡單。

假如在這裡失去五點班級點數一事會一路影響到終盤，因為這幾點的差距錯失升上A班的機會，我們在回顧過去時，就會認為當初做了最糟糕的選擇。

當然，因為五點而分出勝負的機率並沒有多大吧。既然如此，也有十足可能演變成在這邊先拿到一萬點個人點數反倒比較划算的情況。

無論用哪一種觀點來考慮，結果各自有好處與壞處。

「對於這道課題，完全匿名的三十九名學生要從被提示的選項中選出一個進行投票。百聞不如一見，請你們實際演練看看吧。應該也有很多學生感到各種疑問，但我想請你們首先試著不安排商量討論的時間，直接投票一次看看。請你們從平板投下贊成票或反對票。」

茶柱進行操作後，包括我在內的班上同學的平板，都切換成另一個畫面。

只見平板上顯示出課題的內容，能夠點選贊成或反對。是至今不曾碰過的奇怪特別考試。我暫且試著認真思考。

不會對班級點數帶來直接影響的個人點數。倘若投下贊成票，全班同學都能獲得一萬點，這單純是個好處。但投下贊成票就會失去五點班級點數，雖然只是五點，但也不能小看。

這種情況下，有必要思考以人類的本質來說會怎麼想。

拿到一萬點個人點數比較划算呢？還是留住五點班級點數比較划算呢——要思考的不是這些，而是反過來想：選哪一邊比較不會後悔呢？

我決定點選應該比較少人投的「贊成」，觀察看看會有什麼結果。因為我判斷第一次就達成全場一致的結果並非上策。

過沒多久，計票似乎結束了，茶柱從手邊的平板抬起頭來。

「很好，因為所有人都投票完畢，我想立刻讓結果顯示出來。」

伴隨著茶柱這番話，投票結果顯示在螢幕上。

第一次投票結果　贊成三票　反對三十六票

雖然早已知道反對意見應該會比較多，但差距比我想像中更大。

「我、我說啊？與其靠五點班級點數每個月慢慢領，直接選一萬點個人點數可以拿到更多錢吧？我有算錯嗎？為什麼反對票比較多？」

應該是投了贊成票的池環顧著班上同學，感到不可思議似的這麼詢問。

「如果只論個人點數的多寡，選擇收下一萬點確實比較划算呢。但是要以升上A班為目標，班級點數是不可或缺的。既然差額只有一千點，沒必要特地減少貴重的班級點數。」

應該是投了反對票的堀北，從理論上說明為何會投下反對票。

「萬一因為這五點的差距分出勝負，可是會後悔一輩子呢。」

就像我剛才想的一樣，當然有很多學生也會擔心「萬一」這個風險。此外，也不能忘記其他三個班級也會挑戰相同課題這件事吧。假如其他三班都選擇班級點數，全場一致地投下反對票，也會變成只有我們班倒退一步。當然，如果能活用獲得的一萬點個人點數，情況也會另當別論就是了。

「我想你們應該各自有些想法，但要請你們先聽我說。雖然跟反對的三十六票有壓倒性的差距，但因為並非全場一致，這種情況就要重新投票。在正式考試時，到下次投票開始的中場休息時間固定為十分鐘。這段期間可以像現在一樣自由交談，有時也能允許你們離開座位互相交換意見，但這次目前就先省略。你們再次開始投票吧。」

這場考試的目的是讓所有同學的意見達成全場一致。

如果沒有達成全場一致，投票結果就會無效，強制插入十分鐘的中場休息時間。

這表示就算大家立刻整合了意見，也會損失那些時間。

以這場特別考試的結構來看，恐怕可以認為會設有時間限制吧。

要是一直投出不一致的結果，也可能會拖到時間結束啊……

既然如此，根本用不著多想，第二次投票應該採取的行動就是投下反對票。

只要投下反對票，就能達成全場一致的結果。

正因如此，我決定在第二次投票也刻意試著投了「贊成」。

因為我覺得這麼做可以讓班上同學對這場特別考試有更深入的理解。

第二次投票結果　贊成二票　反對三十七票

「喂、喂喂，聽到剛才那些說明，居然還有人投贊成嗎？」

「對不起，那是我投的，須藤同學。我刻意試著避免變成全場一致的結果。看來似乎也有其他人抱持跟我相同的想法就是了……呢。」

雖然堀北沒有面向這邊，但她說不定是在指我。

「這是第二次的投票結果。即使幾乎都集中在反對票，但還剩下兩票贊成。這種情況又會設下中場休息時間，等十分鐘後重新開始投票。像這樣重複投票與中場休息，直到最終變成贊成三十九票，或是反對三十九票——這場考試就是要引導出全場一致的結果。當然，在這些選擇中被選上的內容，都會實際通過。以這道例題的情況來說，如果是贊成三十九票，你們所有人都能拿到一萬點個人點數，但會失去五點班級點數。相反地如果是反對三十九票，這道課題就會無效，不會發揮任何效用。」

換言之，不會有任何人獲得或失去點數，這道課題就結束了。

「雖說沒有達成全場一致，但為了節省時間，接著看下一道例題。」

例題・給班上其中一人一百萬點個人點數。

（全場一致贊成的話，需指定要給予點數的學生並進行投票。）

贊成　反對

「你們對例題應該有些想法吧，但正式考試時，第一次投票前禁止私下交談。換句話說，首先你們必須純粹面對課題來進行投票。」

也就是從第二次投票前才能討論看了課題內容後有什麼想法啊。

第一次投票結果　贊成三十九票　反對零票

顯示出應該可以說是理所當然的結果。縱然三十九人裡面只能有一個人能獲得個人點數，但幾乎沒有要選擇反對的理由。就算會因為自己拿不到點數而懊惱，但要以全場一致投反對票為目標相當困難吧。

「正式考試時，如果出現這種要特別指定某個人的課題，首先會跟第一道例題一樣，進行讓投票結果達成全場一致贊成或反對的作業。若全場一致反對，課題就會在投票結果出來時結束；但假如全場一致贊成，課題就不會結束，而是邁向下一個步驟。接著插入中場休息時間，請你們討論要推薦『誰』。平板上會顯示出除了自己以外的所有同班同學名字。」

平板被強制切換成不同畫面，上面確實排列著自己以外的名字。

只不過並非依照五十音順序排列，無關男生或女生，所有同學的名字都混在一起，不規則地排列著。

「為了徹底保持匿名性，每次投票都會替換學生名字的位置。贊成和反對這些選項也是一樣會隨機替換位置。這是為了防止有人偷看隔壁同學投票，或是從手指的位置推測別人投票給哪個

選項。」

茶柱一邊告訴我們絕對無法識破別人投票給哪個選項這件事，同時更進一步繼續說明規則。

「如果討論得差不多了，就各自在喜歡的時間點進行投票。只要挑一名想推薦的學生並點選即可。若是正值中場休息時間，也會允許你們重複變更推薦的學生。在十分鐘結束時，超過半數……以我們班來說，就是拿到二十票的學生會被認可為指定的學生。假設池在大多數人的推薦下被選中吧。」

「咦，我嗎？太棒啦。」

「身為當事者的池會暫時失去投票權，由他之外的三十八人進行投票。」

拿到超過半數的學生當然也很接近全場一致。這也是推薦的結構吧。

向前邁進一步的課題開始新的投票，於是我們進行投票。

例題・給予池寬治一百萬點個人點數。

贊成　反對

第二次投票結果　贊成零票　反對三十八票

「咦咦咦！慢點，為什麼沒半個人投贊成票啊！」

「哎，一般來說根本不會想給你賺一百萬點吧？」

須藤代替大家說出應該是班上所有人都在想的事情。

「以池為對象的這次投票，假如全場一致反對，就會通過『不給池點數』這件事，但這只代表池會從課題的對象名單中被剔除，一百萬點的去向還沒有著落。因此要從剩餘的三十八人裡面再次選定學生，繼續進行課題。只不過，如果到時間結束為止都沒辦法決定要給予的對象，無法達成全場一致的話，考試就算失敗。不僅如此，一百萬點也不會給任何人，你們要注意這點。」

「咦！也就是說剛才的投票讓我能拿到點數的可能性變成零了嗎？」

「就是這麼回事。若至少有一個人投贊成，你就不會從名單中被剔除了。此外也能招募自願報名的候選人。在中場休息時自願報名的話，會受理先報名的學生作為指定的學生。只不過自願報名的候選人，每一道課題只會承認一人一次。」

「那麼，假設在十分鐘內投給指定學生的推薦票沒有超過半數，或是沒有出現自願報名者，會怎麼樣呢？我想那種情況也是有可能發生的。」

「碰到那種情況，會從班上隨機選出一個人來進行投票。」

看來時間和課題都不等人，會強制選出某人便開始投票。

「如果碰上要選擇個人的題目，或許會浪費不少時間呢。」

她說得沒錯。畢竟那就像增加了等於班上人數份的選項嘛。

話雖如此，但也很難想像隨機被選出來的學生能順利地通過投票。

「大家先繃緊神經吧。這場特別考試說不定會比想像中更加困難……」

未必都是些只要好好商量就一定能解決的課題。

我們很有可能被迫面對絕對無法讓步的選項。

不，倘若沒有那種情況，這場特別考試就沒有意義。

「最後再出一道例題給你們吧。這次要請你們以實戰形式進行到最後。」

例題．決定在櫸樹購物中心裡增建設施。下述選項中你希望增建哪個設施呢？

（會以四個班級的投票結果為根據，採用最多票的設施。）

飲食店　雜貨店　娛樂設施　醫療設施

與至今為止的例題不同，並非贊成或反對，而是要從四個選項中選出一個的方式。

原本以為投票只有贊成與反對，但看來似乎並非這麼回事。

在投票中選擇的選項據說會實際實行的樣子，假設這並非例題，就表示真的會建造投票出來的設施嗎？

「課題以贊成等選項通過的話，其內容會實際獲得承認。不過僅限於會影響到全體的課題，將採取特殊的方法。出現這種形式的課題時，達成全場一致的選項不過是自己班上決定選出的一票。即使我們班全場一致投票給飲食店，如果其餘三班都全場一致投票給娛樂設施的話，最後就會決定追加獲得三票的娛樂設施。」

茶柱這番話的意思，恐怕所有人也都明白了吧。這表示課題分成兩種——能夠立即實行的內容，以及終歸只是作為班級的一票提出的內容。無論是哪種，似乎都必須謹慎地一邊討論，一邊引導出全場一致的結果。

因為第一次投票前禁止私下交談，所以我憑直覺選了選項。

第一次投票結果　飲食店二十票　雜貨店四票　娛樂設施十五票　醫療設施零票

「因為沒有達成全場一致，接著進行十分鐘的中場休息。」

於是，中場休息的時間首次造訪。

講桌後面的螢幕開始倒數計時十分鐘。直到休息時間結束，強制進入下次投票時間為止，這

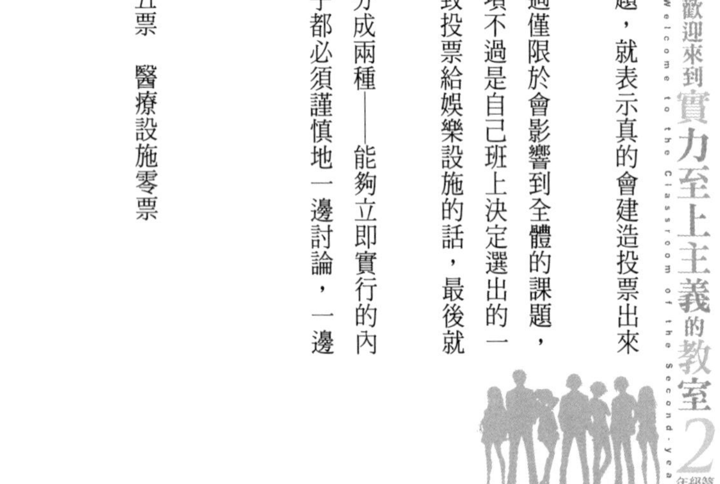

種狀況會持續下去。

學生們被允許自由地離開座位，無論要大聲討論或與特定的某人小聲交談都行，可以照喜歡的方式來整合意見。我觀察著周圍，等待時間經過。沒有人特別做出什麼指示，只是隨意閒聊的時間過了十分鐘。

「請你們在中場休息即將結束前回到座位上，準備進行投票。給予你們投票的時間最多六十秒。假如所有人都迅速地完成投票，就會接著公布結果，不會等限制時間到。」

與強制為十分鐘的中場休息不同，投票時間似乎能下工夫縮短的樣子。

「此外，對於沒有在六十秒以內完成投票的學生，會毫不留情地給予超過時間的懲罰。個人擁有的規定時間在整場考試中為九十秒。在完成五道課題前超過了合計九十秒的學生，規定時間會變成零，勒令退學。」

這是校方為了讓學生一定要投票的限制。就算有學生鬧彆扭表示不想投票，最後也會強制遭到退學處分的設計。

即使在每次投票時採取拖延行動，倘若不在五十八秒或五十九秒時完成投票，就會逐漸失去寶貴的規定時間，所以應該不會有學生故意那麼做吧。

然後我們進行的第二次投票結果如下。

第二次投票結果　飲食店二十三票　雜貨店二票　娛樂設施十四票　醫療設施零票

因為也沒有人討論要整合意見，所以結果跟第一次差不多。

除非是很明顯的課題，否則要在第一次投票便達成全場一致並不簡單。

還有統一意見之後，要將三十九票集中投給指定選項這件事也沒有多困難。

不過，前提是所有課題內容都在我們設想範圍內的話。

視內容而定，也會出現需要好好討論一番的課題吧。

「例題就到這邊結束，但你們應當能夠理解流程了。要通過這場特別考試的條件是在五小時以內讓五道課題達成全場一致的結果。假如無法在五小時裡結束所有課題，會有非常嚴重的懲罰等著你們。就是會扣掉三百點班級點數的處分。」

「三、三百！」

換言之，表示這場特別考試的絕對條件就是要通關。

「不過，如果你們能在時間內結束課題，就能獲得五十點班級點數。」

雖然報酬跟懲罰看起來好像不平衡，但以考試的難易度來看，算是妥當的嗎？

「沒必要感到慌張。因為這次不是要與誰戰鬥，我們只需統一意見就行了。只要時間允許，就能夠穿插中場休息，重新投票無數次。」

「你們大致可以看出這場特別考試的概要了吧。接著會顯示將規則整理起來的內容。覺得需要存檔的人，記得自己先將畫面截圖留存下來。」

全場一致特別考試概要

規則說明

・對於校方出的課題，所有同班同學投票給已經準備好的選項。

（出的課題總共五道，選項最多四個。）

・只要沒有達成全場一致投給其中一個選項，就會一直重複相同的課題。

・倘若在課題途中時間到，無論該課題進行到什麼程度，一律不會被承認。

・達成全場一致通過的課題，無論特別考試成功或失敗，都會實際被承認。

・完成校方出題的所有課題，能夠獲得五十點班級點數。

・若無法在五小時以內完成所有課題，將失去三百點班級點數。

特別考試的流程

①校方出課題，進行第一次投票（六十秒以內）。

②若達成全場一致，邁向下一道課題，接①。倘若不一致便接③。

③十分鐘的中場休息（僅限在教室裡，這段期間能夠自由移動與互相討論）。

④六十秒的投票時間（無法互相討論，只能投票）。

（沒有在六十秒以內投完票的學生會遭受累積懲罰。）

（若累積懲罰超過九十秒，將在這個階段遭受退學處分。）

⑤公布投票結果，達成全場一致的話，邁向下一道課題，接①。

若未能達成全場一致，便回到③。

重複這樣的流程，讓五道課題都結束的時候，就通過特別考試了。萬一失敗則要接受懲罰。要是在這邊失去多達三百點的班級點數，也可能因此失去升上A班的門票。這麼說並不誇張吧。

要是另外三個班級都完成課題，光是這樣，就會跟所有班級相差三百五十點。

雖然能夠進行好幾次討論，但果然瓶頸在於這是澈底的匿名投票，無法得知誰投票給哪個選項這點吧。

即使投了贊成票，也能硬說自己投了反對票。

「校方會出怎樣的課題，我們教師也完全不清楚。應該也會有人樂觀看待吧，但我先給你們忠告，絕對別掉以輕心。此外，這次的考試嚴禁進行限制其他學生投票給特定選項的契約等行為。還有除此之外，進行金錢交易來限制對方的選項等行為當然也不允許。這些規定不只是針對其他班，對自己班也具備同等的效力。」

也就是不允許強制地限制選項的行為啊。

即使允許學生在某種程度上團結起來投票給某個選項，但也無法獲得保證。

假設有人締結了絕對只會投票給選項一這樣的契約，只要有另一個人簽了只能投票給選項一以外的契約，就有可能讓這場考試無法成立啊。

光是這樣，就能夠對其他班展開凶狠的攻擊。

「校方會澈底監視大家是否有遵守規則。假如查明有人因為與班級外的第三者聯繫，一直選擇單一選項等情況，所有相關人物也有可能會毫不留情地遭到退學處分。勸你們先做好覺悟。此外，假如有人被提議一起作弊，只要立刻向校方提出，我們保證會盡力解決問題。」

也就是說，如果在這場以通關為前提的特別考試中拖到時間結束，學校肯定會進行調查。

就算只是提議，恐怕也會遭受到強烈的懲罰；所以縱然是龍園，也不會表現出什麼露骨的行動吧。

看來到特別考試開始為止，也盡量避免隨便與其他班的學生有所牽扯的行動比較好啊。

「另外，在這次的特別考試中，『保護點數』的效力會暫時無效。因為進行本次考試時，光是有一名受到保護的學生存在，就不可能進行具備公平性的特別考試。擁有保護點數的學生因為某些形式遭受退學處分時，將無法以持有的保護點數取消退學處分。只不過，僅限於個人或班級全體支付兩千萬點個人點數的情況，可以免於退學。」

我們班目前並沒有那麼龐大的個人點數。

也就是說遭受退學處分的學生確實會退學。

這表示能夠讓退學無效一次的保護點數，有時也會受到限制。

如果是與其他班級對抗的特別考試，保護點數暫時無效可能會引發不滿。不過僅限於這次，終歸是班級內的問題。

就這層意義來說，也難怪會適用這種特殊規則。

就算有人感到不滿也是無可奈何，但高圓寺看起來毫不在乎的樣子。

「另外，特別考試中會回收手機等所有通訊機器類物品。因為與外部聯繫可能會讓這場考試出現不成文規定。萬一查明有人偷帶此類物品——已經用不著我敘述詳情了吧。」

也就是說跟其他應該遵守的規則一樣，違反這點也會牽扯到退學。

1

一到午休時間，洋介立刻離開座位，前往講台上。

「可以在午餐前打擾一下各位嗎？我想先聽聽看大家的意見。怎麼樣呢？」

他這麼詢問班上同學，於是櫛田接著舉起手回答：

「那個，是關於這次特別考試可能會因為選項分歧而產生糾紛的事情對吧？」

「當然會變成那樣吧。因為如果能沒有任何糾紛地整合意見，就沒必要特地採取特別考試的形式了。」

「既然如此，為了應付萬一發生選項無法整合意見的情況，應該先決定出明確的領袖比較好吧？只要最終服從那個領袖決定的選項，我想就能順利地通過特別考試。」

「說得對呢。我也贊成櫛田同學的意見。但領袖的責任會很重大呢。」

倘若選項太多造成意見分歧，那些支持的選項沒有被選上的學生，會大肆批評吧。必須是一個能高明地整合大家意見的領袖才行。

「假如方便的話……可以拜託堀北同學擔任嗎？」

「我嗎？」

「嗯。因為妳至今擔任過好幾次領袖，最重要的是我認為妳可以公平且高明地整合大家的意見。當然就像平田同學說的一樣，責任十分重大，也要堀北同學願意接受……就是了。」

「……也是呢。畢竟其他班也可能會準備類似的戰略，感覺這也可以說是意見產生分歧時會需要的措施。有什麼萬一時，對於要服從我的指示感到抗拒的人，可以現在告訴我嗎？」

聽到領袖責任重大，就不太會有學生自願報名擔任，或是做出否定性的發言。櫛田的提議很順利地通過，大家一致同意有什麼萬一時，由堀北作為領袖來帶領我們。

之後大家暫時交換了各種意見，但沒有決定什麼特別重大的要素。稍微晚了一點後，進入午餐時間。

「我們去吃午餐吧。小幸和小三也沒問題吧？」

波瑠加一邊轉頭一邊確認，老面孔的兩名男生也表示同意，站了起來。

綾小路組的成員。包括我在內，共有五人的小團體。

在五人開始聚集時，一名學生小跑步地靠近了這邊。

在我與那名學生四目交接的同時，對方出聲說道：

「清隆，我們去吃午餐吧。」

她動作十分迅速，但一臉緊張似的將視線看向這邊，同時這麼向我搭話了。

原本沒有人注視惠走到我面前，也沒有人刻意聆聽我們對話的內容。但除了高圓寺以外的三十六人都同時看向了我們。

「大家抱歉，我決定今天跟惠一起吃飯。」

在周圍的人理解發生什麼事之前，我拉開椅子站了起來。

「……我想去咖啡廳吃飯，可以嗎？」

「慢點……咦……？等、等一下啦。為什麼妳突然插隊呀？輕井澤同學。」

「什麼插隊，沒人規定你們一定要一起吃飯吧？妳有聽到清隆剛才開口拒絕了嗎？」

「我、我是聽到了……這怎麼回事？意思是你們之前約好了嗎？……咦，惠？」

慢了幾拍後，波瑠加開始理解到我們是用名字在互相稱呼。

不，就算那樣，說不定她還是幾乎沒能理解。

「不好意思，但他會把身為女朋友的我擺第一。對吧～？」

「——啥？」

「女、朋……友……？」

雖然反應截然不同，但波瑠加與愛里同時這麼低喃。

「就是這樣，從今以後清隆參加你們小團體聚會的機會說不定也會減少，請多關照嘍。」

好啦，我們走吧——惠拉著我的手臂離開教室。

從她的臉開始變得通紅這點，也能看出她抱持著相當害羞的感情。畢竟我也沒想到她居然會以這種形式向大家坦白嘛……

無論是波瑠加、愛里，或她們以外的學生似乎都驚訝得目瞪口呆，甚至沒人來追趕我們。

2

我們的關係至今沒什麼人知情，由於惠大膽的行動，一口氣傳遍了全班。恐怕在今天之內就會波及到整個二年級吧。

哎，雖然我很懷疑到底有多少學生對我跟惠的關係感興趣就是了。

在暑假期間正式交往的池與篠原這對情侶，就話題性的意義來說，引起的騷動也比想像中還要小。倒不如說這是大家早就設想到的組合。

在一部分男生中，好像也有虛張聲勢或老實地感到嫉妒的友人，但以結果來說，肯定是受到許多人祝福，即使進展緩慢，但他們正在培育作為情侶的關係。

像是看到他們兩人一起回家或一起約會的頻率急速增加了。

然後原本覺得新鮮的光景，也在不知不覺間逐漸變得理所當然。

我想我跟惠也會是相同的發展，但說不定會比池跟篠原這對情侶讓周圍騷動更長一段期間。

因為不確定究竟有多少學生早就預料到我們的關係。

總之，我們的關係傳遍全班的第一次放學後來臨了。

從下午的課程開始就一直很清楚，某個少女自從中午之後，一次也沒有將視線看向我這邊。

「欸，小清，方便的話，要不要一起回家？」

那樣的少女……也就是愛里，最懂她的想法，同時也是她摯友的波瑠加走近這邊向我搭話。

我原本以為放學後惠會主動提議一起回家，但我將視線看向她那邊，只見她被女生包圍著，似乎至今還被問個不停。

「這樣好嗎？」

以波瑠加的個性來說，我以為她會去安慰愛里，或是在旁守望。

愛里安靜且默默地在收拾東西準備回家。

「我明白，但對現在的她說什麼都沒用吧。哎？如果小清有什麼原因不能跟我兩人一起回家的話，倒是另當別論啦。」

波瑠加這麼說，表情有一瞬間僵硬了起來。

「我知道了。」

我跟惠已經公開交往的現在，綾小路組一起聚集的機會必然會減少。

既然如此，有空盡量聽她怎麼說比較好吧。

之後我們兩人一起拿著書包，從後方出口前往玄關。

途中波瑠加一句話也沒有說，只是淡淡地往前走。

我有時偷看她的側臉，那表情像在生氣，又像感到悲傷。

在穿上鞋子離開學校時，她才總算將視線看向這邊。

「拐彎抹角地探聽也沒用，所以我就直接問了……你跟輕井澤同學開始交往的事情是真的？我到現在還是難以置信耶。」

「如妳所見，是真的。」

我這麼宣告，於是波瑠加噘起嘴唇，然後立刻點了點頭。

「……是呢？但總覺得在很多方面太過震撼。哎，雖然要跟誰交往都是小清你的自由，但沒想到你居然偏偏是跟那個輕井澤同學在交往嘛？」

從旁人眼中看來，輕井澤惠的評價絕對不高。因為大多數人對她的印象應該是早早就與很受歡迎的洋介交往，又因為個人因素甩掉洋介的任性女人吧。

「你之前在游泳池說的那些話，原來就是指這件事呢。就是你說愛里會稍微受到精神上的打擊那番話。我說呀，這根本不是稍微喲？那孩子在教室裡雖然拚命忍耐，但她午休時可是一直在哭呢。」

「這樣啊。」

「別這麼輕描淡寫地帶過啦……而且聽說你們是從春假開始交往，真的是這樣？」

「很抱歉一直瞞著你們。只不過我也有很多難言之隱。」

「難言之隱呀。哎，畢竟輕井澤同學有很多傳聞，這點我也不是不明白啦……」

因為惠從入學開始就與洋介交往了一陣子，加上她本人應該也捏造了過去的經歷，所以別人會對她有這樣的認識也是無可奈何。

「這真的是事實沒錯吧？不是在開玩笑什麼的。」

「是那樣沒錯。」

「唉……這樣呀。是這麼回事呢。感覺我好像也混亂起來了……哎呀，該說我曾想過小清可能跟某人在交往嗎？雖然想像過小清或許喜歡不是愛里的某人……不不，但不可能猜得到是輕井澤同學呀。」

波瑠加抱著頭感嘆自己的預測全部落空了。

「我也跟小幸和小三稍微聊了一下，他們也跟我是類似的感覺。雖然沒有直接開口問，但愛里受到的衝擊應該比我們更大。」

我想也是。我也能輕易想像到那種光景。

「話說到底是怎樣的經過？我完全不覺得你們有很多接觸呀。」

也難怪她搞不懂我和惠互相喜歡上對方的時機。

「去年的船上考試，我跟惠是同一組。之後我們慢慢多了聊天的機會，因為洋介與惠分手，我們的關係才有進展。」

他們兩人的關係在今年二月結束的事實，也傳入了一部分學生的耳中。

「那麼，也就是說你們挺早之前就有接觸了？雖然平常看你們好像都沒在交談。」

「因為我們大多用手機在聯絡嘛。」

「我就打破砂鍋問到底了，是哪一邊先告白的呀？」

波瑠加身為愛里的監護人兼代言人，似乎想先知道詳情。

「是我。」

「……是哦。我原本想如果至少是輕井澤同學先告白，應該也還有機會吧，但居然是小清主動告白的啊……我認輸了。」

波瑠加「啪」地一聲，拍了拍額頭，彷彿要投降似的舉起雙手。

「暫停一下。情報量實在太多，感覺我快搞不清楚是怎麼回事了。不好意思，我可以去便利商店一下嗎？」

我們正好來到便利商店前面時，波瑠加這麼向我提議。

「好，我在外面等妳。」

波瑠加稍微道歉後，快步地消失在便利商店裡面。

我趁這段期間拿出在口袋裡震動了好幾次的手機。

『晚一點我在櫸樹購物中心等你喲。她們一直打破砂鍋問到底，累死我了～！』

留在手機裡的是戀人約我見面的訊息。

『我知道了。我會在抵達前聯絡妳。』

我這麼回覆，確認她已讀後，將手機放回口袋。波瑠加只花了短短一分鐘就回來，她的手上握著可樂餅。

「今天中午跟愛里聊了很多，結果完全沒吃到午餐呢。」

「給妳添麻煩了啊。」

「是沒有添什麼麻煩啦……」

「雖然覺得在這種時間點提出邀請也有點怪，但其實有件事想請波瑠加幫忙，可能的話，希望愛里也一起協助。」

「協助？」

「即便這個情報還沒有公開，但已經決定了一項要在文化祭推出的節目。」

「咦，是這樣嗎？」

「為了防止情報外洩，這件事只有我跟堀北，還有企畫者知道而已。文化祭的節目，我們班會推出女僕咖啡廳。」

「女……女僕咖啡廳？怎麼說呢，是哦……雖然不會嚇一跳，但有點意外。因為堀北同學感

覺好像不會承認女僕咖啡廳這種節目呢。」

「那傢伙對所有演出節目都會公平看待吧。她沒有任何偏見，純粹認為能夠靠女僕咖啡廳與別班較量，因此才會准許的吧。」

「原來如此呢。那麼，你告訴我這件事的理由是？」

「其實因為不小心得知了這個企畫的原委，有很多部分變成由我來負責照料。」

我這麼說，於是波瑠加理解似的點了點頭。

「就算是那種情況，把這件事託付給小清的堀北同學也真有一套呢。」

「所以我在想能不能拜託波瑠加還有愛里來當店員。」

波瑠加沒有感到吃驚，她用難以言喻的表情聽著這些話。

哎，表示她從我這種說法當中，也能隱約察覺到我要說這件事吧。

「如果沒有你跟輕井澤同學在交往那件事，雖然會猶豫一下，但我說不定會當場答應。雖然我討厭在很多人面前做那種像是角色扮演的裝扮，但被重要的小組夥伴這麼拜託，我想我應該無法拒絕。可是……時機實在很糟糕呢。」

在她得知摯友失戀的當天，我卻做出這種請求，這樣的確很厚臉皮吧。

「只不過，不能責怪小清這點也是個問題呢。剛才我也說過類似的話，畢竟要跟誰交往是個人自由，而且人總有難言之隱這句話我也不是不能理解。愛里要喜歡上小清是她的自由，要拒絕她的心意也是小清的自由……」

即使以道理來說可以理解，但感情上似乎還是無法接受。

「我無法跟你保證。但是，等情況稍微穩定一點後，我會試著跟愛里說說看。」

「可以嗎？」

「畢竟那孩子遲早也得接受現實才行。再說，雖然不知道小清是怎麼想的，但如果對手是輕井澤同學，也許可以不用放棄。因為就算小清很專情，也有可能被甩掉對吧？」

「唉，是啊。我想她很有可能會對我感到厭煩。」

「到了那時候，表示愛里又有機會了不是嗎？畢竟那孩子目前還是完全不起眼的原石……說不定小清也會回心轉意。」

的確，倘若愛里穿上那種服裝使出全力，也可以發揮出不會輸給那三人的實力。不，如果將身體上的特徵也包括在內，她說不定能所向披靡。

而且，雖然跟來賓沒有關係，但愛里的模樣會讓學校的相關人士也大吃一驚吧。

如此一來，消息很快就會傳遍學校，也很有可能會傳入來賓的耳裡。

「不，要那麼說也沒錯，但即使是愛里，也會因為這次事件改變想法吧？」

既然愛慕的對象有了戀人，尋找下一場戀情是很自然的發展。

我自認說了理所當然的話，但波瑠加露出今天最生氣的表情。

「我說呀，你會不會太輕視愛里的心意了？我好歹也是一直在旁看著那孩子，所以很清楚。她對小清的心意沒有輕浮到會因為這種事就改變喜歡的對象。」

她強烈地否定，表示遺憾。

「我想你跟輕井澤同學的約會次數也會增加，但還是請你好好地在小組聚會時露面喲。我可不想因為這種事變得疏遠。」

「說得也是。我知道了。對我而言，現在的小組也成了校園生活的一部分。」

我認為因這次的情況失去這一部分，是種損失啊。

「好，我覺得舒暢一點了。我要回學校嘍。」

波瑠加很快地吃完可樂餅後，一邊將垃圾收進包包，一邊這麼說道。

雖然她沒有多說，但顯然她是為了去見愛里。

「明天見嘍。」

「好，明天見。」

我目送波瑠加快步跑回學校的背影到途中，然後我也不是回宿舍，而是改變方向前往櫸樹購物中心。

3

動搖還沒有穩定下來的放學後。

我跟惠一面閒聊著，一面從櫸樹購物中心回到宿舍。

一進宿舍便看到堀北坐在宿舍大廳的沙發上，好像在等誰的樣子。

至於她在等誰這點，立刻就明白了。我按下停在一樓的電梯按鈕，準備跟惠一起搭電梯時，堀北也跟著進來了。

「綾小路同學，我有些話要跟你說，可以嗎？」

電梯在我房間所在的四樓停下。

「那麼，等下見喲，清隆。」

雖然惠容易嫉妒，但她掌握狀況的能力絕對不差。

說到底，她不僅知道堀北並非那種異性的對象，而且在思考之前就能夠判斷如果是特別考試的事情，不要在旁干擾比較好。

「好。我等下再聯絡妳。」

如果是一年前的我，應該不會相信自己居然會像這樣跟惠變成情侶，度過兩人時光吧。

我離開電梯，於是堀北也跟著離開。我轉過頭看，只見惠面帶笑容，從開始關門的電梯裡朝我揮手。電梯過沒多久就關上門，上升到上面的樓層。

「你跟她從何時開始交往的？」

「天曉得，是從何時開始的呢？」

「根據傳聞似乎是從春假開始，但其實你們的關係應該在更早的階段就有進展了吧？」

堀北用別有含意的眼神對我拋出這樣的話。

「這可難說呢。」

堀北這番話的背後到底有沒有根據？我對這一點不感興趣，也不打算提及。

「先別提這些了，妳有話要跟我說？」

「……對。關於特別考試，有件事想請你聽我說。可以嗎？」

「好，無所謂。」

「咦？……是嗎。」

「妳那反應是什麼意思啊？」

「因為我原本做好覺悟，這件事就算你拒絕聽我說也不奇怪。前幾天把女僕咖啡廳交給你處理時，你看起來也覺得無法接受對吧？」

看來她似乎對我爽快答應陪她商量一事感到驚訝。

「在這邊也不方便說話，到我房間裡談吧。」

要是站在走廊上交談，不曉得會被誰聽見。

我打開自己的房間——四〇一號房的門鎖，進入房內。

「妳並不是想拜託我協助對吧？」

「這……很難說呢。總之，既然你願意聽，就讓我說出來吧。」

或許是覺得要是隨便刺激我，可能會遭到拒絕，堀北輕描淡寫地帶過，開始了話題。

「如果要確實地通過這次的特別考試，我也把考試前先採用半強制力這件事納入考量。但就算想進行準備，只要不知道課題的內容，企圖統一眾人的意見是很亂來的行為吧？」

「視情況而定，大概無論如何都會變成選擇不同的選項吧。」

即使假設只有贊成或反對這兩個選項，在確認課題之前先決定盲目地只投贊成票或只投反對票，只能說是無謀的行為。

「妳應該以自己的方式，想了一些該怎麼做才能跨越這場特別考試的手段吧？」

「要穩固地通過特別考試，我認為最快的方法果然還是由某人握有最終決定權。事先決定好領袖，無論有幾個選項、無論投票會怎樣分散，都要請大家答應配合他的判斷和意圖。」

就是中午櫛田提議的事情。

不考慮個人是否會對那個選項抱持不滿的戰略。

的確，若這個協定可以成立，沒有比這更輕鬆的事情吧。

「要是這樣真的能整合大家的意見就好了。」

「是呀……畢竟根據課題不同，一定會出現無法接受的學生……如果是像龍園同學那樣的獨裁班級，或許事情就好說了呢。」

以強制力這個意義來說，與請求配合的我們不同，龍園能夠毫不留情地發動強制力吧。不過就現實問題而言，能不能順利進行則另當別論。

「既然投票是完全匿名，對龍園抱持不滿的學生也能投票給相反的意見。無法保證能靠單純的命令通過考試。」

「假如是對他的做法抱持不滿的學生，有可能會藉機反抗呢。但就算那麼做也不會有任何好處，這點也是事實。倘若在投票分散的狀態下時間結束，結果還是班級全體會受到損傷喲？即使放置不管，最終大家的意見也會整合起來吧。」

「我知道妳想說什麼，但要那麼說的話，到頭來會產生矛盾。沒有人希望特別考試失敗，所以投票一定會集中到某個選項上——假設這個大前提可以成立，打從一開始就不需要什麼戰略了吧？」

「這——」

「沒有學生會期望時間結束而形成對班級不利的情況。但不要以為放著不管也能達成五道課題比較好。這樣校方標榜是特別考試的意義也會變薄弱。」

「……你說得沒錯。」

「妳目前能做的是先設想好各種狀況，以便彈性地應付。舉例來說，碰到贊成票三十八人、反對票一人的課題時，妳會怎麼做？」

「當然是努力讓反對票的那一人改投贊成。」

「說得也是。那麼，假如投反對票的那個人堅持不肯讓步呢？」

「這……」

「未必是贊成票的三十八人一定會獲勝。在說服反對票的時候，原本投贊成票的三十八人裡面，也可能會出現改變意見的學生。」

「即使一個人的想法對班上的大多數人而言會造成損害也一樣？」

「一切都視內容而定啊。」

就算校方準備了令人絕對無法讓步的課題，我也不會驚訝。

「總覺得有一點忐忑不安呢。」

「不安什麼？」

「因為你毫不迷惘地給我建議呀。雖然我不覺得……這跟你與輕井澤同學交往一事相關，但

你究竟打什麼算盤？」

「這些話稱不上是建議。妳應該也在腦海中的一角開始思考可能會有這種發展了。」

「也是呢……那麼，我就說出這次向你搭話最主要的目的。針對明天的特別考試，我有個提議。雖然也能拜託其他人，但我想拜託可以理解的人。」

「像是在第一次選擇時一定要投不同選項之類的？」

「可以請你不要先講出我的想法嗎？」

可以看見堀北感到煩躁的跡象，因此我暫且與她拉開距離。

「因為萬一沒有其他人提議，我原本也打算主動這麼做。沒想到我們居然有一樣的想法。」

「……是這樣嗎？」

看來我隨口胡謅的這個藉口似乎讓堀北稍微能夠接受，可以感受到她的怒氣在消散。

最起碼應該先做這些準備是事實，所以相去不遠吧。屆時可能會因為現場的氣勢導致投票偏向某邊，結果做出意料之外的選擇——最好避開這種風險。

「縱然是百分之九十九的人會贊成或反對的課題內容，或者是因為對無論哪邊都有好有壞的選項感到迷惘的情況，都讓人有點害怕偶然造成的一致呢。」

「是啊。要是因為隨便投票，結果票數偏向某一邊而通過，就無法挽回了。只不過，一定要利用一次中場休息的戰略也並非只有好事。妳先把這點記在腦海中的一角比較好。原本憑著氣勢可以全場一致的事情，也具備在討論之後造成投票分散，歸納不出結論的風險。妳要把這些情況先計算進去。」

「也是呢。的確是這樣沒錯。」

議論這個行為同時也是將手插進深邃的黑暗中。

要是進行議論後，不小心扯出意料之外的黑暗，可能會耗費龐大的時間。

「根據這次特別考試的規則，不管互相討論多少次，都沒有方法能確實判斷誰投票給哪個選項。就算取得承諾，也未必百分之百是真實。」

「你是說也有人會撒謊？」

「視情況而定呢。因為目前這個班級還很難說是團結一致。」

我這麼說的話，在堀北的腦海中應該也浮現出幾名人物吧。

「是說櫛田同學和高圓寺同學這樣的存在呢。」

「前者大概會若無其事地撒謊，後者也有可能因為愛唱反調的性格作怪，刻意跟班上同學投不一樣的選項。差不多是這樣吧。」

「……欸，為什麼你願意這麼詳細地向我說明？果然很奇怪喲。你到目前為止很少會像這樣提醒人要注意什麼。」

堀北當然也切身感受到我的變化。

「因為我判斷現在的妳能夠坦率地聽我說的話，也具備可以理解的靈活性。」

「這可以當作是……你在稱讚我嗎？」

「算是啦。」

「是嗎……總覺得有些忐忑——」

眼前可以聽見手機短暫地發出一次震動的聲響。

「抱歉，我看一下手機。」

堀北這麼說並中斷話題後，她拿出手機，注視著畫面開始操作。

「讓我回個訊息。因為她搞不好會一直沒有已讀。」

當然我完全不打算阻止，但所謂的「她」是指誰呢？

雖然有些在意，但我決定安靜地等待堀北花費大約兩分鐘的時間輸入較長的文章。沒多久後她似乎是送出訊息了，只見她將手機收進口袋。

「總之，我想傳達的事情已經告訴你了。明天的特別考試就麻煩你嘍。」

堀北表示她不打算久留，立刻離開了房間。

4

傍晚的下午六點前。再過不久就是太陽西沉，夜晚降臨的時間。

雖然有特別考試的說明，但今天理應是個平凡的一天。

感覺也是情報量異常地多，很累人的一天。

如果能就這樣準備迎接一天的結束會輕鬆不少，但事情沒那麼簡單。

因為校方匆忙告知我們的全場一致特別考試明天就會開始。

「嗨。」

回到自己房間的我在房裡等候，於是第一個現身的人是洋介。

「進來吧。」

仔細一想，我好像是第一次像這樣邀請洋介到自己的房間。

「你們好～」

過沒多久，這次是惠來造訪我的房間。

「像這樣子聚集起來該說很新鮮嗎，感覺很稀奇對吧？」

「說不定是那樣呢。」

我沒有告訴兩人請他們集合的理由。雖然洋介說不定已經察覺到了。

「關於明天的特別考試，我想先採取對策。」

「對策？那是只要達成全場一致的考試吧？」

「光聽概要的內容，感覺的確不是多困難的考試呢。畢竟至今舉行過的特別考試規則比這還困難許多。」

洋介表現出稍微思考起來的態度，一邊向惠說明一邊接著說道：

「但是，我想這場特別考試大概也跟過去那些困難的考試一樣，沒有這麼好應付。畢竟若按照規則來想，這將是只要達成全場一致，班級點數就會增加的考試。統一班上意見這件事本身並沒有多困難。」

「我也這麼認為。」

「換言之，所謂的不簡單，應該是指校方很有可能會出讓全班意見產生分歧的課題吧。」

就跟洋介想的一樣。縱然班上的學生們各自想法不同，但如果是為了班級的利益，可以在某種程度上通融，將票一致投給某個選項。

假如是剛入學的一年級生或許另當別論，但我們二年級生身為同伴的情誼也已加深了不少。

而且就算無法一次就達成全場一致也不會有懲罰，還能夠反覆安排用來討論的時間。

正因為是這種有問題還可以補救的考試，也難怪有人會像惠一樣覺得看起來很寬鬆吧。

「可是呀，很難達成全場一致的課題，是怎樣的課題？」

「雖然我無法完全看透……我想想……」

怎樣的課題會讓班上同學們傷腦筋呢？那似乎是洋介也無法立刻想到的事情。我試著說出一道簡單好懂的課題。

「從現在開始到畢業為止，只能吃白飯或麵包的其中一樣。選一邊吧。」

「咦，這什麼選項呀～」

「聽到白飯跟麵包或許有點好笑，但這是很困難的選擇喔。」

「若是我一定選麵包。到畢業為止都不能吃麵包類的生活，我絕對受不了。」

「我應該會選白飯吧……因為我覺得麵包一星期吃一次就行了。」

「真要說的話，我也會選白飯吧。哎，就像這樣，才三個人就各自有不同的意見對吧？要是全班一起投票，事情就沒這麼簡單了。如果白飯派有三十個人，妳會服從多數嗎？」

「不行，辦不到。因為到畢業為止都禁止對吧？我會一直投票給麵包。」

要是隨便被多數派牽著鼻子走而讓步，日後會出現為此感到痛苦的學生，因此也會出現像惠這樣進行抵抗的學生吧。

「用更加現實的比較對象來說，假如校方出了今後的特別考試都只要求『學力』或是只要求

『身體能力』這種課題的話呢？」

聽到這番話，洋介與惠面面相覷。

「像須藤那樣運動神經發達的學生，一定會選身體能力；對不擅長運動的啟誠來說，則是無論如何都必須促成全場一致選學力的結果。」

當然，如果是目前傾注心力在課業上的須藤，也能選擇讓步；但果然還是以身體能力來評斷比較能提升自己的評價，而且如果是完全不會念書的學生，也無法像須藤一樣妥協吧。

「課題以全場一致的結果成立的話，就會具備強制力對吧？換言之，這表示根據情況不做出任何選擇，則需要做好會接受懲罰，失去三百點班級點數的覺悟嗎？」

「這就難說了……當然會出現很困難的選項吧，但失去三百點班級點數可能等於是放棄升上A班的門票。首先應該把通過考試擺第一吧。」

「我開始覺得這可能是很困難的特別考試了……」

「所以你才找我們來這裡嗎？」

「對。接下來的特別考試會強烈地要求同班同學的團結力。一、兩次的全場不一致倒還好，但時間一拉長，應當也會產生糾紛。到時需要請身為班級中心人物的洋介與惠高明地周旋，將票集中到某一邊。」

「說得也是呢。不過，既然這樣，讓堀北同學也加入這個話題不是比較好嗎？畢竟她在這次考試中也擔任像班級領袖般的職務。」

洋介的指謫是理所當然的。不是我由主導，而是由堀北率領這兩人來控制班上同學，是最好的辦法。不過，在目前這個階段，還無法拔掉我這個支柱。

「這次要請你們從幕後支援堀北。在這邊談的事情要請你們保密。」

「為什麼？唉，雖然以我的立場來說，不太想服從堀北同學的指示啦。」

「惠跟洋介都比笨拙的學生具備更強的察言觀色能力。不過我希望你們學會比現在更懂得隨機應變的能力。倘若你們能切身感受到堀北在思考什麼、想怎麼做並加以配合，班級會變得更加強大。」

「這種事情由清隆來做就好啦。這樣就解決了吧？」

「我未必隨時都能採取行動。應該也要為了意外狀況做好準備。」

「意外狀況是指？」

「我也可能突然生病或出乎預料地被退學吧？」

「這……哎……雖然退學有點那個，但突然生病這種事確實有可能發生啊。」

我不可能無論何時都能幫忙打圓場。

要是無法設想那種狀況來行動，就不能指望班級突飛猛進。

「總之我理解了。我們只要巧妙地從旁協助堀北同學，讓特別考試能夠順利進行，對吧？」

「還有我會先決定好幾個指示與暗號，只有你們兩人看得懂的方法。」

中場休息時不僅能夠自由討論，也能夠移動，所以講悄悄話這個行為本身沒有問題。但是根據情況，也會需要在不被人知道我們企圖溝通的狀態下發出指示。即使是禁止私下交談的場面，也能藉由咳嗽或輕敲桌子的聲響等方法來互相交換暗號。

請他們兩人把好幾套模式大致記住後，我看向洋介。

「最後我要先給洋介一個忠告。如果五道課題可以順利結束就不需要這麼做，但假如剩餘時間已經不到兩小時，卻好像還是無法通過特別考試的話，我說不定會採取強硬的手段。」

為了避免洋介到時失控，我決定趁現在先勸他做好覺悟。

5

在很多方面十分匆忙的特別考試前一天，感覺即將迎向尾聲的晚上十點過後。

鑽進被窩裡滑著手機的我，接到了一通電話。

雖然是沒有加入通訊錄的電話號碼，但我對這十一位數的號碼有印象。

「喂，您好。」

『抱歉這麼晚打擾你，現在方便說一下話嗎？』

「沒問題。久疏問候了，坂柳理事長。」

沒錯，這個電話號碼的主人是擔任這所高度育成高級中學之理事的人物。

『我想應該讓你在很多方面感到不安了，但已經不要緊嘍。』

「您似乎很有精神，真是太好了。」

『你也很辛苦吧。但是，你居然能在那場非常不利的戰鬥中毫髮無傷地繼續留在這所學校，實在讓我大吃一驚呢。』

「碰巧罷了。假如他拿出真本事，我現在已經不在這裡了吧。」

就算不說出名字，也能明白這個「他」指的是之前來代理坂柳理事長職務的月城。

『事情結束後一看，我也對他的行動有幾個疑問呢……不過今天先別提這些。今後我也打算好好地幫忙支援你，所以想趕緊告訴你這件事。』

板柳理事長這麼表示，然後接著說道：

『關於那場破例的文化祭，你已經聽說校方似乎會邀請政府相關人士與其家人前來對吧？既然已經採取了行動，即使是我也無法阻止。』

如果已經通知了相關人士，要撤回十分困難，這是理所當然的。

「您用不著道歉。我認為學生們也很期待文化祭喔。」

雖然內容變得有些類似特別考試，但還是屬於像個學生一樣樂在其中的範疇。

至於對我而言是否能以單純的文化祭告終，則另當別論。

『關於這件事……其實有件事還沒通知學生，但我想先告訴你一個人。』

「是什麼事呢？」

『跟文化祭一樣，體育祭作為前一個階段，將在十月舉行。首先，校方匆忙決定了要在那時迎接一部分的來賓。』

「邀請來賓參觀體育祭嗎？」

這是我想都沒想過的事情。

『追根究底來說，畢竟所謂的體育祭就是學生們的父母親會前來參觀的活動嘛。就這層意義而言，迎接來賓參觀這種立場本身雖然並不奇怪……』

「原來如此。」

確實，以我看電視等媒體的印象，在被稱為運動會或體育祭的活動中，常會看到有學生的家人架起相機，或是做了便當來的身影。

『正因為是前所未聞的事，突然就讓來賓在文化祭中自由行動，在安全考量上也讓人感到不安嘛。』

也就是為了正式迎接大量來賓的預先準備，算是一種測試啊。

『因為人選都是由上面的人決定，說不定是老師……是你的父親在干預，目前處於無法完全否定這種可能性的狀態。考慮到你可能會面臨危險，以我的立場來說，希望可以派幾個負責監視的人守在你身旁。』

「我很高興您有這份心意，但我不過是這所學校的學生之一。不希望有那種特別待遇喔。」

『那麼，遭遇到老師派進來的人時，你打算怎麼應付？』

「我明白這是很困難的問題。」

雖然是理所當然，但我應該無法訴諸武力來克服這道難關吧。如果對方挑在沒人看到的地方來找我，我也會比較方便行動；但對方若是在周圍有朋友和熟人的狀態下以學校相關人士的身分露面，發出指示要我跟過去的話，我便沒有辦法拒絕。

因為我也沒辦法開口問對方：「你們是冒牌貨，是那個男人派來的刺客對吧？」

『我自認已經理解你就是那樣的人。但是，假如你因此以某些形式遭到退學的話……我想我一定會後悔。我想要避免自己因為沒有去做力所能及的事，與無法防範於未然而感到後悔。』

「就算我服從坂柳理事長的指示，在我身旁安排負責監視的人也會很不自然。」

『所以我希望你能缺席體育祭。』

「缺席……是嗎？」

這是我不曾在腦海中設想過的情況。

『我想你應該理解關於體育祭和文化祭這種只有當天才能進行的考試，因病缺席的狀況當然無可避免。』

「對。雖然班級會陷入不利的狀況，但沒有強制退學等措施呢。」

管理身體狀態是自己的責任，但就算這樣，身體不適的情形還是無法避免。

倘若是規模更小的特別考試等等，應該也能採取按年級來區分，等該年級所有學生到齊才進行考試等緊急措施，但與全校學生相關的體育祭可沒有那麼簡單。

『要請你以接受了健康檢查這個前提請病假，待在宿舍裡面。這樣就能光明正大地在宿舍外面安排我能夠信賴的人負責監視。』

如果是因為請病假被下令在宿舍靜養，同班同學也會覺得無可奈何而接受。

就算負責監視的人在宿舍周圍徘徊，在其他學生看來也只是警衛之一。

「的確，這樣說不定能逃離那個男人的魔掌呢。」

『當然存在別的風險。就像你剛才說的那樣，你們班的學生將在同學缺席的狀態下挑戰體育祭，所以避免不了會陷入不利的狀況。』

光是讓我能假裝因病缺席，就能感受到坂柳理事長無微不至的援助。絕對不是偏心並給予優待，而是希望以最低限度的措施來解決，這想法也令人感激。

雖然是令人感激的提議，但聽到這番話的瞬間，我以拒絕為前提在思考。

不過，在我內心也同時產生了新的想法。

「能請您給我一點時間考慮嗎？」

『當然，我無法強制你怎麼做，所以最終的判斷交給你決定。不過——』

「我明白。我現在也是認真地在考慮接受因病缺席這個選項。」

『嗯。麻煩你在體育祭的一星期前給我答覆喔。因為這邊也得準備呢。』

想到若要安排人手，最起碼也需要這些時間吧。

結束通話後，我思考起體育祭說不定會在自己缺席的狀態下進行。

當然，當天很有可能也有其他班或其他年級的學生因病缺席。反倒應該說全校學生每次都可以齊聚一堂進行考試這點並不容易。

「不，首先應該集中在眼前的特別考試上呢。」

這次的特別考試——說不定比至今的任何一場特別考試都還要艱難啊。

到目前為止的考試無論是怎樣的形式，都是些能夠採取對策的內容。

但是，這次的特別考試不存在任何「確實」的戰略。

而是要求我們相信同班同學，然後團結一致。

體育祭以及文化祭。雖然出現一些去年不用擔心的新問題，但一切都得等克服了明天的特別考試再說呢。

6

「請進，櫛田學姊。」

幾小時前，上完課的櫛田來到一年級生的宿舍，造訪八神拓也的房間。

夕陽從完全拉上的窗簾縫隙間隱約地照射進來。櫛田注視著被放在桌上、剛泡好的紅茶冒出的熱氣，沒有要伸手拿來喝的樣子。

「裡面沒有下毒或下藥喔？」

「那種事怎樣都無所謂，可以快點把事情說下去嗎？」

櫛田毫不掩飾她的煩躁，用嚴厲的表情拿出了手機。

「失禮了。那我就不客氣地聽吧。」

八神按下播放鍵，接著可以聽見茶柱的聲音在說明向二年級生公布的全場一致特別考試的概要——雖然是從中途開始錄音的。

在八神默默地聽完包括例題在內的課堂上所有對話後，將手機還給了櫛田。

「櫛田學姊想要擊潰堀北鈴音與綾小路清隆。我記得是這樣沒錯吧？」

櫛田認為事到如今根本不用回答，便貫徹無言的態度。

「雖然事先已經聽學姊說明過，但果然是很單純的特別考試。從複數選項中反覆進行投票，逐步調整成全場一致的結果。課題總共五道，然後規定時間為五小時。聽到這些內容，學姊有什麼想法？」

「……這很簡單吧。」

「說得也是呢。即使號稱是特別考試，但感覺非常簡單。不過，只有時間到的處罰特別嚴格。這肯定是因為校方以通過考試為前提在設計題目。只要考試時間快結束，投票結果必然會接近全場一致的考量。因為無論是否為自己不中意的選項，每個人都想避免受到嚴重的懲罰。」

八神在櫛田面前伸手拿起一直冒著熱氣的紅茶杯。

「那麼，進入正題吧。二年級生也已經邁入中間階段。不過學姊雖然想讓那兩人退學，卻到現在為止都無法獲得那種絕佳的機會。」

「以我的立場來說，感覺你也有一點責任，不過現在就算了。」

櫛田認為在這邊向八神找碴也不會有什麼收穫，忍了下來。

「妳向堀北學姊傳達了嗎？」

「哦……你說擔任領袖那件事？姑且是啦。哎，就算我不說，我覺得那個雞婆的傢伙也會自己跳出來做啦。」

「讓事情處於曖昧的狀態並不好。對櫛田學姊而言，確實取得承諾，讓堀北學姊擔任那個職務是很重要的事情喔。」

「那又怎麼樣？這樣就能在接下來的特別考試中讓堀北退學嗎？」

櫛田這麼反問，於是八神呵呵一笑，然後端起茶杯喝了口茶。

「正是如此。為了避免有聽漏的部分和解釋上的差異，才請學姊讓我聽了錄音檔，但這下就清楚了。接下來的特別考試……讓她退學的可能性很高。」

「……為什麼你知道這種事？讓人退學的條件只有在個人的投票時間拖延太久而遭到懲罰的累積時間而已。你覺得堀北會犯下那種失誤嗎？不光是堀北，無論是誰都不會犯下那種失誤。」

「當然，首先不會有人愚蠢到因為累積的懲罰被退學吧。不過就我的推測來看，我認為除此之外也存在著讓人退學的方法。」

「啥？」

「讓堀北學姊退學——或者視情況而定，讓綾小路學長退學。說不定也能夠指定想擊潰的人物。到時妳應該毫不迷惘地誘導話題進展，讓那兩人都能被退學。」

八神說出一道例題，是他推測會在這場特別考試中出現的課題。

「——這是說真的？」

「當然，我想不會一字不差就是了。不過，我認為有很高的機率會出現我剛才說的那種內容的課題。」

雖然八神並未從月城那邊聽說這場特別考試的存在，但聽了教師的說明後，對於會出現怎樣的課題，他大致上心裡有數了。

「出現了我剛才說的那種課題時，櫛田學姊要採取的方法只有一個。」

然後他說明該怎麼做才能靠那道課題把堀北和綾小路逼入絕境。

「如何？這樣應該可以看見讓他們退學的機會了吧？當然，要請學姊向全班哭一場就是了，但這對妳而言只是微不足道的小事吧？」

「你認為……我辦得到？」

「在我看來櫛田學姊應該有那種實力，還是我判斷錯誤了呢？」

「你挺看得起我嘛。」

「因為首次碰面的時候，我已經測試過學姊是不是有用的人了。」

「……這話什麼意思？」

「『是我，妳不知道嗎？』學姊還記得我這麼向妳搭話了嗎？」

「畢竟我那時有些慌張嘛。那又怎樣？」

「那又怎樣？——一般會感到疑問對吧？因為我跟櫛田學姊是一次也沒見過面的陌生人嘛。明明如此，妳卻立刻附和我說的話，靠臨場反應撐過了那個場面。這讓我明白了學姊是十分能幹的人喔。」

「但是，假如我當時反問你是誰呢？說不定只是我單純忘記了而已。」

「不會變成那種情況吧。既然不曉得在哪見過，說不定我們曾就讀同一所國中。這麼一來，我有可能知道妳的過去。要是我脫口說出：『我是因為那次事件認識妳的。』可就不得了嘍。」

為了否定那種可能性，櫛田才會立刻附和八神說的話。

「假如並非同一所國中，比方說是在補習班等地方認識的；或者日後得知其實是以前住在附近的學弟，我可能知道妳那些過去的風險就會大幅降低。只要笑著說是誤會一場就行了。學姊首先把確認是否同一所國中這件事擺第一對吧？然後要是我稍微提到關於過去的話題，學姊也會比較容易轉移焦點。」

八神喝了大約四分之一的紅茶後，將茶杯放到桌上。

「你到底是什麼人？為什麼明明不是同所國中，卻知道我的過去……」

「我明白學姊會有所戒備的心情，但請學姊把我當成特殊立場的訪客。只不過，這麼說好了。我的目的是跟綾小路學長玩。」

「啥？跟那傢伙玩？」

「對，雖然他應該完全不曉得我這個人就是了。在綾小路學長沒有察覺到的狀態下進行各種嘗試，是我目前正熱衷的事喔。」

「如果第一次碰面時，我感到動搖，沒有做出你設想的回答會怎樣？」

櫛田有些在意那時八神會怎麼回答。

「我認為那樣也很有趣喔。綾小路學長一定也察覺到那種不協調感，才會用懷疑的眼神看著我。我們大概可以在更前面的階段就打招呼了吧。」

「……該不會你其實是跟綾小路念同一所國中？」

「誰知道呢？這對櫛田學姊而言是微不足道的事。現在請妳專注在特別考試上吧。」

「我知道。假如跟你猜想的一樣，出現了那道課題……到時我會試著設下圈套。」

「試著設下圈套……是嗎。那樣太軟弱了呢。」

「……軟弱？哪裡軟弱了呀？」

八神站了起來，靠近櫛田身邊後，他抓住反射性地試圖逃跑的櫛田肩膀。

「等一下，你做什麼？」

雖然櫛田試圖逃離現場，但看似身材纖瘦的八神，他的力氣比想像中大，她無法動彈。

「請妳仔細聽清楚。櫛田學姊目前陷入絕境之中，情況比妳所想的還要嚴重。不只是圍繞在妳身邊的綾小路學長和堀北學姊，還有我和天澤同學的存在等等，讓妳感到擔憂的人物正持續威脅著妳每天的安全與生活……沒錯吧？」

「這……是沒錯啦……」

櫛田毫不畏縮地瞪著從正面注視自己雙眼的八神。

「雖然是理所當然的事，但在這所學校，要踢掉身為夥伴的同班同學並不簡單。要在私生活當中將同學逼到退學，會相當辛苦。假設像這次的特別考試中有讓同學退學的機會，那無庸置疑地是千載難逢的好機會。」

「這點我明白。但要是窮追不捨，連我都會暴露在危險之中。」

「所以說，學姊有必要先做好那樣的覺悟。要排除對方，或遭到排除——」

櫛田感受到一種強烈的壓力。要她去挑戰二選一的戰鬥。

「當然，做出決斷的是櫛田學姊。因為要是我在這邊說些：『假若妳不想被揭穿曾經讓班級崩壞的往事，一定要讓堀北學姊或綾小路學長其中一位退學。』那就變成會牴觸考試規則的威脅了呢。」

「你這樣就是在威脅我了……」

「失禮了。我真的不打算威脅學姊。只不過我認為櫛田學姊的覺悟不夠，這點是事實。無論付出怎樣的犧牲都要排除掉——如果不做到這種程度，妳永遠無法把他們逼到退學的。」

八神放開櫛田的肩膀後，再度回到自己原本的位置上坐了下來。

「請讓我再問一次。學姊想讓那兩個人退學，沒錯吧？」

對於再度看向自己雙眼的八神，櫛田將摻雜著強烈憤怒與不滿的感情發洩出來。

那種事情根本用不著確認。

因為那是這一年半來，櫛田每天都像詛咒似的一直盼望的事情。

「……沒錯。我想讓堀北、讓綾小路退學。我一定要讓他們退學……！」

「我感受到了，總算能夠確認櫛田學姊的信念是貨真價實的了。」

櫛田下定決心。為了不讓傷口繼續擴大，必須趕緊讓堀北與綾小路退學；還有眼前這個口無遮攔的八神，也一定要讓他退學才行。

烏雲

叮鈴鈴鈴鈴——

已經陪伴我十年的鬧鐘在耳邊響起。

我一言不發地迅速伸出手，毫不在乎並粗魯地按下按鈕，讓鈴聲停止。

由於氣勢過於猛烈，鬧鐘從小桌子上摔落下去，並「鈴！」地在最後響了一聲。它已經被我鍛鍊過好幾次，不是那種會因為這點程度的小事就故障的軟弱搭檔。

「……已經六點了嗎……」

結果我只睡了大約兩小時，就迎接早晨了。我脫掉不知是為了什麼換上的睡衣，就這樣只穿著內衣褲，用沉重的腳步前往洗手台。我順手撿起鬧鐘，發現卡榫已經折斷、用膠帶黏起來的電池蓋脫落，還有一顆電池掉落在地板上。

「好像有點太粗魯了。明天我會小心的，原諒我吧。」

之後我走到鏡子前面。

「臉色還真難看啊……」

憑現在的狀態實在無法在學生面前露臉。加上這幾天都淺眠，今天的黑眼圈看起來更顯眼。我仔細地洗過臉之後，將平常幾乎不會拿來用的化妝品擺了出來。因為不能讓學生們知道自己狀況不好……不對，是處於不穩定的狀態。

就在我拿起化妝水的瓶子時，忽然與鏡中的自己四目交接。

「真不像樣啊。」

我不由得摸了摸自己的臉頰。

從指尖傳遞過來的彈性和感觸，都無法與學生時代相提並論吧。

「我也老了啊。」

不過是十年多的時間，卻不容小看。

我不由分說地被迫體認到已經有那般漫長的歲月流逝了。

「這種事情只是微不足道的問題嗎……」

我也並非現在才掌握到時間的流逝。而是打從一開始就知道了。

我重新開始原本停下的動作，打開瓶蓋默默地開始化妝。

總有一天會到來。

從我決定成為教師那時起，就已經理解這種事了。

照理說早就知道，但其實我根本沒有準備好。

「冷靜一點。這並不是我的戰鬥。狀況也跟那時不同。如果是現在這個班級，肯定可以順利地通過考試。沒錯，應當是這樣。緊張只是白費工夫。」

我感受到逐漸加速的心跳，試圖說服自己這根本不關我的事。

這種膚淺的想法並不管用，心跳加速得更快了。

我這樣根本撐不到特別考試結束。前途堪憂啊。

「做好覺悟吧……」

我將雙手手心按在鏡子上，瞪著鏡中的自己這麼低喃道。

1

教師的早晨意外地忙碌。因為這所學校是住宿制，所以離位於校地內的職場——也就是學校很近，但要做的事情堆積如山。授課的準備、確認有無聯絡，有時還要調查游泳池的水質。但勤務的開始時間與班會開始時間相同，所以實際上類似免費加班。早晨的個別準備結束後，接著是教師們兼任朝會的會議。

尤其是實施特別考試的日子，匆忙程度更是平常的兩倍到三倍。

正因為會影響到學生們人生的一部分，所以學校這邊絕對不容許出錯。

「這次的特別考試中，我們教師要盡量留意不去干涉班級。請各位一定要避免因為想保護自己班的學生，忍不住伸出援手的事態。」

負責監察這次特別考試的碇老師召集四個班級的班導，用嚴厲的表情這麼警告。

「那個，雖然現在才問好像太慢，但我可以說一下嗎？」

「什麼事呢，星之宮老師？」

「我記得上次……十一年前實施的這場考試，採取了將班導洗牌的措施，以免跟負責的班級重疊吧？但這次卻是直接由班導守望自己的班級，這是為什麼呢？如果考慮到公平性，我認為應該更換才對。」

既然都提出警告，可以感受到校方想要阻止班導介入的意思。

但要這麼做的話，不如讓各班導師去負責別班還比較確實。

應該也沒幾個教師會不惜冒著危險也要幫助敵對的班級吧。

「難道不是因為校方相信可以保持公平性嗎？」

一直在旁聽著的坂上老師冷靜地這麼分析。

「是這樣子嗎～？」

「……我只能說因為這就是校方的決定。」

「是上面決定的事情嗎？」

在所有特別考試中，我們區區一介教師沒有任何能決定的事情。都是由地位更高的坂柳理事長和參與這所學校的營運經營者們決定的。

我們只是服從他們的決定，遵守規則加以執行。

不過知惠似乎無法接受，她毫不掩飾不滿的神色。

看不下去的碇老師壓低音量開口說道：

「這是我個人擅自的想像，但這場特別考試可能會看見學生們隱藏起來的內心想法。那是很龐大的情報。校方應該是認為那些情報若被別班老師得知，會對下次的特別考試造成影響吧？」

「那不就表示我們這些教師結果還是不被信任嗎？」

「這也沒辦法吧。畢竟這次的特別考試，好像有三位班導過去都體驗過相同的考試……去年舉行的班級投票，也是讓你們掌管各自負責的班級，這應該也跟那部分相關吧？」

「果然是那麼回事。」

彷彿想說打從一開始就知道了一樣，知惠似乎可以理解了。

「星之宮老師……我可以繼續說下去了嗎？」

「好的好的～我可以理解了，所以請儘管繼續說吧～」

雖然知惠還是一樣明顯地不太開心，但碇老師像放棄她似的重新開始說明。

「假如負責監視的人判斷教師算是給予建議時，會提出警告。若一犯再犯也會減薪。此外，雖然應該不需要擔心各位，但如果監視者判斷教師進行了惡質的干涉，例如刻意誘導應該由學生們決定的選項，最糟的情況也會有降職處分，請千萬別忘記這點。」

在全場一致特別考試中，選項就是一切。若教師偏袒特定選項，做出引導學生投票的行為，理所當然地會被追究特別考試的本質。

當然，無論是其他班教師或是我，都不打算那麼做。

只須與平常一樣，不對學生們投入過多感情，只是嚴肅地將事情進行下去。

縱然那是塞滿了這種痛苦回憶的特別考試，也依然不變。

「我要說的就是這些。那麼，今天的特別考試就麻煩各位了。」

接著，我提醒自己要保持平常心，撐過了上午的授課。

不，或許只有我覺得自己跟平常一樣，實際上根本不是那麼回事。

我感覺不到時間流動，回過神時，已經迎向午餐時間了。

教職員室的桌上擺著吃到一半的午餐。

將大約三分之一的份量吞進喉嚨後，我就再也吃不下去了。

我心想不能被人看見這種場面，便將剩下的便當裝進袋子裡收拾乾淨。

然後響起了宣告下午的課堂開始的聲響。

我注視著地板離開教職員室時，有個從後方奔來的腳步聲向我搭話。

「終於要開始了呢，小佐枝。」

「……是知惠啊。」

「妳從早上就是這樣，昨天是不是在想特別考試的事情，結果沒睡好呢？」

對於她顯而易見的挑釁，我當成耳邊風。

不，應該說我無法回答比較正確吧。

「現在這個班級跟我沒有任何關係。無論學生是否可以輕易通過考試，怎樣都無所謂。」

「是哦？雖然妳看起來不像能劃分得那麼清楚呢。」

「不過沒差啦。但小佐枝可別忘了妳根本沒有資格以A班為目標喲。」

知惠毫不掩飾她蘊含著恨意的聲音，目送我離去的背影。

直到最後，我都無法抬起低著的頭。

2

九月十七日。午休過後。暑假結束還不到三個星期，下一場特別考試就來臨了。

我在考試開始的大約五分鐘前回到教室一看，已經有一名大人在教室裡待命了。

他從教室後方靜靜地守望著學生們。

讓我有些驚訝的是學生並非坐在自己原本的座位上，而是被指示坐在僅限於這場考試中所規定的座位。是為了更加澈底地嚴守規則嗎？有趣的是我被分配到一年級時所坐的靠窗最後面的座位。至於其他學生……看來跟去年今年的配置無關，是隨機分配的樣子。我似乎只是碰巧坐到很相似的座位。我看向已經就坐的堀北，她好像跟現在的座位幾乎沒什麼變，依舊坐在最前排，只是往旁邊移動一個位置。

我的右邊是佐藤，前方座位則是坐了鬼塚。學生們陸陸續續到齊。

接下來我們要挑戰的試煉是「全場一致特別考試」。

將校方出的五道課題從複數選項中選出一個答案，反覆投票直到達成全場一致的結果為止，就只是這樣的簡單內容。

雖然這次的特別考試沒有什麼值得一提的地方，但能夠事先準備的對策也很少。

不分課題內容，第一次投票時無法進行溝通，所以為了避免達成意料之外的全場一致，先說好要投票給不同選項並留意投票時的時間限制。倘若因為要投給哪個選項產生糾紛而票數分散的時候，事先決定好要服從誰等等。無論哪個班級，能事先採取的對策都只有這些吧。

因此可以說班上幾乎不存在什麼沉重的氛圍。

說得極端一點，這場考試是「只要決定選項按下投票按鈕就好」這種所有參加者都能輕易達成的內容，也是會讓人比較輕鬆看待的原因。

因為是特別考試，當然還是多少會有緊張感就是了……

平板上牢牢地貼著防止別人偷看的保護貼。

就算從隔壁座位偷窺，也無法偷看到畫面吧。

因為投票中無法離開座位，要藉由視覺來鎖定別人投票給什麼選項是不可能的。

即使用某些方法或因為意外看見了第三者的投票結果，說出來有沒有人會相信，又是另一回事。說到底，既然學生們被禁止偷窺，要吵誰投票給哪個選項這種事本身就不可能發生。

只能從正面去對抗這場特別考試。

此外，放在桌上的平板似乎是關機狀態，我們甚至被禁止擅自開機。

「欸欸，如果只花一、兩個小時就通過考試，我們去逛櫸樹購物中心吧。」

「雖然想去逛，但我記得要留在宿舍自習吧。可以等傍晚再去嗎？」

已經完全變成恩愛情侶的池與篠原兩人，討論起放學後的事情。

能夠輕易通過的特別考試……嗎？目前究竟有多少學生理解到，這場考試根據條件可能會變成難關一事，實在讓人感到疑問。

將會成為瓶頸的是投票為匿名這件事。考試中就不用說了，我們甚至永遠無法得知誰投票給

了哪個選項。

完全匿名。一切就看這個要素會對這場特別考試造成多大影響了啊。

總之，特別考試的限制時間為從下午一點到下午六點為止的五個小時，是一場長期戰。

如果想得單純一點，一個問題可以被允許花上一小時來解決。

即使像池說的那樣，特別考試只花一、兩個小時就結束，也沒什麼好訝異的。

而且只要在限制時間內通過考試，就能輕易地獲得五十點班級點數。

另一方面，萬一無法在五小時以內通過考試，將會扣除三百點班級點數，所以讓五個問題都達成全場一致的結果是絕對條件。若回顧考試內容，可以說這偏少的報酬和嚴重的懲罰都還在能夠接受的範圍內。在大約一半的人已經就坐的教室裡，我坐到自己位於教室角落的座位上。負責主持這次特別考試的茶柱站在講台那邊，負責監視的教師則坐鎮在教室後方。

「如同事前傳達過的一樣，我們會回收所有通訊機器。」

限制能攜帶的物品、防止偷窺平板的措施以及從前後兩方進行監視。還真是澈底過頭了啊。這證明校方就是如此堅決地企圖防止有人知道誰投票給哪個選項。雖然看似很嚴格，但可以說這種措施是正確的。要讓學生純粹的心情反映在複數選項上面，必須維持百分之百的匿名性才行。

倘若可以趁機偷看，學生屈服於同儕壓力的機率會跟著上升。

因為大家都投給 α 這個選項，明明自己其實想要投 β，卻還是投給 α。

校方想避免這種情況。

他們很重視這場特別考試所意味的「學生個人的意志」。

只不過，就我們學生的立場來看，無論是同儕壓力還是什麼，所有人都希望達成全場一致，所以這個措施對學生而言並沒有加分就是了。

總之，沒有讓人作弊的餘地。

無論是怎樣的課題，都要求我們達成全場一致的結果。

「好啦，愛里。妳已經決定要好好說出口了吧？」

嗯？我將原本看向窗外的視線拉回教室內，只見被波瑠加從背後推了一把的愛里站在眼前。

「那、那個，清隆同學……！方……方便的話，放學後……可以占用你一點時間嗎？」

波瑠加一邊表示肯定地連連點頭，同時用眼神訴說著：「你知道該怎麼回答吧？」

「那個……關於文化祭的事情，我有些話想說。」

「是這麼回事啊。我也一直在想必須直接跟妳談談才行，無所謂。」

「謝、謝謝你！那、那麼，晚點見。」

愛里彷彿逃跑似的離開，在遠處的座位就坐後，背對著我。

「那孩子也總算冷靜下來了。雖然並非心傷已經癒合，但她正努力向前邁進。」

她在我面前完全不提那件事，且拚命與我對上視線。

「但那孩子會不會真的答應，接下來才知道。就看小清有多努力嘍。」

「我會盡可能努力試著交涉。」

「嗯。那麼放學後再見嘍。」

該說波瑠加真的很會照顧人嗎？那兩人最近一直待在一起呢。

到了考試開始兩分鐘前，身為班導的茶柱開始說明。

「那麼——時間差不多了。接下來要進行特別考試，因為考試時間較長，所以會安排最多四次上洗手間的休息時間。基本上只有在達成全場一致後，挑戰下道課題前能夠休息。也就是說，在還沒有達成全場一致的中間階段是無法休息的。此外每次休息最多十分鐘，但考試時間會持續倒數下去。假如你們判斷不需要，略過休息也是很重要的事吧。」

所有人都已經按照他們告知的先上過洗手間了，因此暫時不會有問題吧。

班上看起來也沒有學生發生肚子痛等預料之外的狀況。

那麼，特別考試終於要開始了啊。

雖然我這麼心想，但茶柱只是看著學生們這邊，沒有要開始流程的樣子。

她感覺心不在焉，只是茫然地發著呆。

一開始沒放在心上的學生們也逐漸面面相覷時，站在教室後方的教師似乎也察覺到了異狀。

「茶柱老師，考試時間到了。」

「啊，好。抱歉。那麼，接下來開始全場一致特別考試。從現在起會按照規則進行流程，所以在中場休息以外的時間離開座位，或是在禁止交談的時間閒聊等，我會毫不留情地提出警告。你們要多加注意。」

螢幕切換畫面，從二十六秒開始倒數計時。

這大概是因為開始的信號稍微慢了一些所產生的誤差，但對學生們沒有影響吧。

沒多久後倒數至零，文字切換成不同內容，顯示出第一道課題。

課題①．選擇在第三學期舉行的期末考中要與哪個班級對決吧。

（即使班級階級發生變動，也會以這次的選擇為優先。）

※（）內的數字是在對戰中勝利時能夠獲得的追加班級點數。

選項　A班（一百）　B班（五十）　D班（零）

「這選項是針對二年級生最後的第三學期末舉行的特別考試，用來決定對戰對手。如同補充所提到的，假設全場一致選擇了目前為A班的班級，即使現在這個A班在第三學期末之前跌落成B班，對戰對手也會是投票給這個選項時的A班，追加的班級點數也不變。此外，倘若所有班級

希望的選項組合都不一致，將會由校方隨機決定對手。」

說得好懂一點，就是在坂柳、一之瀨與龍園當中選擇要跟誰戰鬥，而且在這邊選擇的對戰對手不會更改。

「關鍵在於要看透自己班跟哪個班級戰鬥能夠獲勝。當然，未必一定能跟希望的班級戰鬥，不過……你們懂的吧？」

也就是說假設堀北等人指名了坂柳率領的A班，同時一之瀨也指名了坂柳班的話，就看坂柳班是選擇了堀北班，或是一之瀨班來決定。然後如果坂柳班兩邊都沒選，而是指名了龍園班，就會確認龍園班選擇的對手。若龍園班也避開了坂柳班，以結果來說所有班級的希望都沒有對上，這樣就會變成隨機安排組合。一般來說，會想選擇戰力較低的後段班級吧。

不過，看到選項就會明白，對於前段班級的待遇似乎有些不同。

倘若能打敗前段班級，就會追加更多班級點數作為報酬支付給勝者。即使跟後段班級戰鬥也無法獲得追加報酬。

一般來說會想避免與A班戰鬥，但如果存在這樣的好處，應該有充分的餘地考慮這件事吧。

「那麼，開始進行第一次投票。限制時間為六十秒。」

要是超過這六十秒，就會進入懲罰時間。

當然，為了避免從第一次投票開始就碰上那樣的麻煩，如同堀北事前決定好並向眾人傳達的一樣，班上同學們都各自投票給喜歡的選項。

我跟堀北商量好第一次投票時，我一定要選第一個選項，因此我毫不迷惘地選擇排第一個的A班。堀北則會投給排第二的B班。

雖然在我們這麼做時，便絕對不會達成全場一致，但能夠知道除了我們以外的三十七票純粹想跟哪一班對決。

「因為所有人都投票完畢，接下來公布投票結果。」

第一次投票結果　A班五票　B班二十一票　D班十三票

票數集中在一之瀨所屬的B班，而不是排名最低的D班。

「因為沒有達成全場一致，接下來設立中場休息時間。」

接下來有十分鐘的時間，我們被允許自由離開座位，與其他學生接觸或交談。無論要稍微大聲點說話，或是只跟特定的學生講悄悄話都無所謂。

「為了避免從第一道課題開始就浪費時間，我先來開口提議吧。」

坐在茶柱面前的堀北舉手發言，她站起身後轉頭看向眾人。

既然她在這場特別考試中也是擔任領袖，自然要率先展現出行動。

「就像目前投票分散一樣，大家應該都有各自的想法。我非常歡迎大家儘管提出感到疑問的地方，也希望整個班級都能不用客氣地說出意見。」

堀北這麼說道並深呼吸了一下，然後開始述說自己希望的選項。

「作為在學期末戰鬥的對手，我認為最理想的是B班，也就是一之瀨同學。有三個理由。其一是一之瀨同學跟坂柳同學和龍園同學不同，很有可能會是一場公平的戰鬥，也就是純粹靠潛力互相較量。就算碰上不合常規的特別考試，也不太需要擔心被反將一軍。第二個理由是他們目前身為B班這件事。因為除了原本的報酬還能拿到班級點數，不僅可以領先其他班級，還能居於優勢。最後的第三個理由，就是目前B班這個頭銜只是虛有其表。他們早已跟我們C班，還有龍園同學的D班處於不相上下的狀態。雖然曾有一段時間在班級點數上有很大的差距，但她的班級目前正在走下坡。可以說是很理想的競爭對手吧。」

因為在意時間，她的語速有些快，但她表達出清楚明確的理由，感覺打動了不少學生的心。

「假如有同學要反駁，希望可以現在就在這裡提出意見。相反地如果同意是B班也無妨，能趁早投票給B班的話，事情就好說了。」

關於這道課題，希望能在第二次投票便達成全場一致——

可以感受到堀北這樣的意志。彷彿在呼應她的意志般，洋介也站了起來。

「我也贊成妳剛才的意見喔，堀北同學。雖然打倒坂柳同學他們A班的追加報酬很龐大，但他們無疑是比任何班級都還要棘手的強敵呢。當然，一之瀨同學他們的強烈羈絆和踏實的戰鬥方式也不能大意，但我認為以對戰對手來說是最理想的。」

聽到兩人都推薦選B班，班上同學們的方針開始固定下來。然後彷彿要一口氣帶動趨勢般，又有另一個人雖然是坐著，但像在附和似的提出意見。

「我也贊成呢。畢竟跟龍園同學他們班戰鬥也沒有追加報酬這點感覺很吃虧，而且要是輸給坂柳同學他們班，就笑不出來了呢～」

在出現反對意見前，洋介與惠立刻將意見鞏固在投票給B班這一點上。雖然也可以說他們跟預定一樣幫忙支援了堀北，但大概可以認為他們兩人其實也希望跟B班戰鬥吧。從第一次投票時B班聚集了最多票數這件事來看，這也是很好懂的發展。

結果剩下六分多鐘的中場休息沒有出現任何反對意見，就這樣過去了。

茶柱一邊確認時刻，一邊重新開始剛才暫停的流程。

「那麼，因為中場休息時間已過，開始進行第二次投票。等平板畫面一切換，請各位儘速在六十秒內進行投票。如同事前的說明，超過六十秒後會逐漸累積懲罰時間。你們要注意這點。」

大家的速度都快到不需要她提醒，第二次投票不到十秒，所有人便投票完畢了。

然後螢幕立刻將計票結果加以反映並顯示出來。

第二次投票結果　A班零票　B班三十九票　D班零票

高圓寺也沒有故意胡鬧投票給別班，我們以無比順利的開頭成功獲得了首次的全場一致。

「因為達成全場一致，第一道課題確定選擇B班。正式決定後會向你們告知期末考要對戰的班級，但應該是明天以後了吧。」

這表示我們僅僅花了大約十分鐘，就完成了總共五道課題中的一道。

然後也成功選擇了投票給堀北等人希望的B班。

以我個人來說，如果要選戰鬥對手，肯定也會選擇一之瀨班吧。

至於理由，堀北都已經說出來了，所以我沒什麼要補充的。

剩下的就是祈禱坂柳跟龍園的班級可以配對成功，但因為一之瀨班是很好下手的對象，搞不好會變成其他三班要競爭啊。還是先期待一之瀨班會希望與堀北班對戰，省得麻煩吧。

「我想應該用不著休息，但為求保險起見，還是確認一下。接著進行下道課題也無妨吧？」

當然沒有學生提出異議，因此馬上就開始第二道課題。

「那麼，接著進行第二道課題吧。」

課題②・預定在十一月下旬舉辦教育旅行，選擇希望前往的旅行地點吧。

選項　北海道　京都　沖繩

這什麼啊——可以聽見學生發出這樣的聲音。

由於是禁止私下交談的狀況，這些聲音很快就被茶柱投射過來的視線給抹消了。

但有許多學生心想「這什麼啊」是無庸置疑的事實吧。

儘管如此，如果不先投票，我們甚至無法談論這件事。

只能純粹地自己思考應該選擇哪個選項，然後進行投票。

「這次投票也跟剛才類似，並非只靠這一票就拍板定案。根據其餘三班的狀況，結果也可能會改變，你們要先理解這點。」

第一次投票結果　北海道十七票　京都三票　沖繩十九票

除了京都之外，顯示出來可以說比剛才更難解難分的投票結果。

「因為沒有達成全場一致，接下來進行中場休息時間。」

「欸欸，這可以說是特別考試嗎？該說這種題目根本可以輕鬆獲勝嗎……」

一到中場休息時間，本堂就像沒了幹勁似的笑著這麼說道。

確實，第一、二道課題都是用不著特地安排這麼誇張的排場來詢問的事情。可以說只要開班會時順便提出，就能充分整合意見的事。

還只有出現兩個問題。但已經兩個問題了。

這題結束的話，表示特別考試已經達成了五分之二。

內容實在過於簡單。比起緊張，有更多學生開始感到鬆懈了吧。

不過有趣的是，也有學生因為這種狀況反倒更加覺得不安。

代表人物就是堀北和洋介這些個性謹慎，且具備高度思考力的學生。

在每個人都笑著討論要選哪邊的時候，他們認真地注視著課題。

這是當然的吧。我實在不認為這種選什麼都無妨的課題會持續到最後。反倒應該說前面的題目越輕鬆，後半堆積起來的壓力就會越沉重。

我抱持著這樣的預感，靜靜地守望中場休息的發展。

「我想大家都一樣有些想法，但先集中精神在這道課題上吧。」

洋介警戒著大家開始心不在焉一事，提醒全班重新繃緊神經。

第一次投票我按照約定投給了選項一的北海道，接著該怎麼做呢？

各班的課題內容都一樣。也就是說其中一個選項一定會拿到兩個班級的票。

這的確是用來決定教育旅行地點的重要一票。

「堀北同學，大家的意見好像產生分歧了，妳有沒有什麼建議呢？」

擔心與剛才不同、沒有立刻出聲的堀北，櫛田這麼向她搭話。

但堀北沒有立刻回應，有一瞬間教室變得鴉雀無聲。

「堀北同學？」

櫛田看起來有些擔心似的呼喚堀北的名字，於是堀北連忙回答：

「對不起。我稍微陷入沉思了……我在想這些選項雖不複雜，但要達成全場一致的結果，說不定意外地辛苦。畢竟教育旅行對我們學生而言是很重要的活動，當然無法靠我的一句話就整合大家想去的地點。」

雖然約定好有什麼萬一時要服從領袖的決定，但就算這樣，也不該由堀北一個人決定教育旅行的地點。考慮到這無關利益得失，而是個人偏好的問題，實在是很傷腦筋的選項。

「總之，只能先聽聽看大家對於想去的旅行地點有什麼意見了呢。」

須藤彷彿就在等這句話般，舉手發言。

「那從我開始吧。我投給沖繩。說到教育旅行就想到海邊，那當然是沖繩吧？而且沖繩也拿到最多票，應該可以拍板定案了吧？」

「先等一下啦。我承認沖繩是教育旅行常去的地點之一，但要這麼說的話，北海道也一樣。

票數也只差一點而已。大家不想滑雪嗎？」

應該是投給了北海道的前園像在反對須藤似的說道。

「我比較想去沖繩呢～想體驗看看浮潛！」

「沖繩我去過好幾次了，還是北海道比較——」

投票數很接近的兩個地點，雙方支持者開始正面爭論起來。

因為彼此都認為自己選的地點最好，所以會對其他選項大肆批評也是很正常的情況。

「說到底，北海道什麼的只有雪而已吧？一定很無聊啦～」

「不，要這麼說的話，沖繩根本只有海吧？」

雙方感覺沒完沒了地爭論幾分鐘後，看不下去的洋介插嘴說道：

「北海道跟沖繩都是很受歡迎的教育旅行地點，所以也難怪你們會起爭執……但你們或許應該再多替對方著想一下比較好呢。」

洋介這麼訴說，希望他們停止近乎謾罵的發言。

因為他們一開始還在互相主張自己想去的地點有多麼美好，後來卻逐漸變成在貶低對方想去地點的發言。

「平田同學是投給北海道對吧？」

「喂，平田，你應該選了沖繩吧？」

「咦？呃……」

被兩邊的小團體包夾在中間，洋介露出為難的表情。

「這應該說是……祕密……吧？」

在這種狀況下實在很難回答自己投給了哪邊。就某種意義來說，是匿名發揮了作用的瞬間。

「十一月也能游泳的地方只有沖繩喔？果然還是會想去海邊吧？」

「可以不用再提海邊啦。畢竟在無人島考試中已經充分體驗過了。絕對是北海道比較好！」

雖然洋介暫且中斷了議論，但雙方又立刻激動地爭辯起來。

大概可以把須藤與前園的爭論視為班級全體的意見縮圖吧。

「怎、怎麼辦，堀北同學？」

櫛田露出傷腦筋的表情，向堀北求助。

「我想想，這是道棘手的課題呢。」

或許很快就出現了讓眾人知道要達成全場一致有多困難的問題呢。

事情當然沒有這麼簡單就歸納出結論，十分鐘的中場休息迎向尾聲。

順帶一提，第二次投票我打算投給京都。

歷史悠久的京都。因為我想親眼看看當地光景的心情十分強烈。

「那麼，因為所有人都完成了第二次投票，接著顯示結果。」

第二次投票結果　北海道十八票　京都四票　沖繩十七票

「啊，北海道逆轉了嘛！太棒了！」

「可惡，是誰從沖繩倒戈去北海道的啊！」

即使票數比剛才多了一點的北海道暫時領先，但可以說幾乎是平分秋色吧。

不過，北海道派跟沖繩派都開始為了浮動的票爭論。

假如要以這種狀態試圖解決爭論，不管反覆投票幾次，都不會有結果吧。

但令人難過的是完全沒有人提起的京都。畢竟只是多了我一票嘛……

這樣看來，說不定一開始選了選項二——也就是選了京都的堀北並沒有改投別的地點。當然也有可能是堀北投給了北海道或沖繩，然後有其他人投給了京都，所以我也不能肯定就是了。雖然也能使出強硬手段，就算只是多一票也要求眾人集中投給投票數多的選項，但那樣很容易留下餘恨。如果說北海道二連勝也就罷了，但第一次投票時是沖繩居上嘛。

「真沒辦法呢。既然這樣，只能一決勝負了吧。北海道派跟沖繩派請各自選出三名代表來猜拳。請選出先鋒、中鋒、主將，採用淘汰賽的方式。只不過票數較少的京都請派一個人代表，雖然是場嚴峻的戰鬥，但這是為了盡量保持公平。」

畢竟身為少數派的京都如果能跟其他兩派對等戰鬥，確實會讓人產生強烈的不公平感嘛。

如果要不強制也不花時間地整合眾人的意見，就應該採用這種方法。

雖然多少還是會留下不滿，但只要一開始就決定好規則，也只能乖乖服從。

儘管為了由誰擔任猜拳代表稍微有些爭執，但大家還是很快地決定好出場者，開始決勝負。

北海道隊　先鋒：前園　中鋒：石倉　主將：篠原　是三名女生的隊伍。

沖繩隊　先鋒：小野寺　中鋒：本堂　主將：須藤　是男女混合的隊伍。

「接著可以請投票給京都的人派出一名代表參加猜拳嗎？」

堀北希望有一名代表者參賽。這時，有一個男人準備萬全地舉起了手。

「假若沒有人要參加，就讓我以主將身分出賽吧。我一定會帶大家到京都。」

這麼表明了強烈的意志，投身於嚴峻戰鬥之中的人是啟誠。

他是第一個出聲的京都派學生。京都也是我想去的教育旅行地點。

我的份也交給你嘍，啟誠。雖然會是場艱辛的戰鬥，但請你設法戰勝到最後吧……

為了趕上第三次投票，眾人迅速地開始猜拳，首先是前園與啟誠用布對抗小野寺出的剪刀。

很乾脆地變成沖繩隊先拿下一勝的發展。夢想在一瞬間便破碎的京都隊就這樣失落地離開戰場。

從啟誠自告奮勇算起，僅過了不到十秒、過於虛幻的時光。

我目擊到堀北手扶著額頭嘆氣的瞬間，確信了那傢伙果然也是想去京都的其中一人啊。

彷彿這樣的京都派打從一開始就不存在般，比賽繼續進行。首戰便打敗兩個人的小野寺擊敗身為中鋒的石倉，以二連勝一口氣準備將軍。但以主將身分登場的篠原擊敗了小野寺，緊接著又打敗本堂，演變成出人意料的發展。

於是比賽進入雙方主將的對決戰，兩人互相瞪著彼此。

「一定是沖繩啦！沖繩排骨麵！風獅爺！海人（漁夫）！」

「一定是北海道喲！螃蟹！溫泉！滑雪！」

兩人各自講著不知所云的話，同時握緊拳頭。

雙方高舉的拳頭一揮下，只見彼此都是出布——兩人平手。

即使很想立刻繼續猜拳，但雙方都停止動作，先休息了一下。

只是在決定教育旅行的地點，卻散發出異常的緊張感。

「要出拳嘍！剪刀、石頭——布！」

第二次的正面對決。須藤出的是強而有力的石頭。

然後另一邊的篠原則是連續兩次拋出華麗的布。

「萬歲～！是北海道～！」

北海道派同時發出勝利的歡呼聲。

「你搞什麼啊，須藤！」

「唔，抱歉……！」

雖然不想做這種像在潑冷水的行為，但這終究只是我們班的一票會投給北海道而已。如果沖繩或京都拿到了兩票，旅行地點就會變成那邊了啊。

堀北似乎也理解到現在的氣氛不適合說這些話，只見她露出有些傻眼的表情。

接著進入第三次投票，所有人同時操作平板。

第三次投票結果　北海道三十九票　京都零票　沖繩零票

「因為在第三次投票達成全場一致，通過第二道課題。」

儘管約半數的人心存不滿，但按照決定好的規則進行一場公平的戰鬥後，我們漂亮地在第三次投票中成功地達成全場一致。

雖然沒能如願去內心想選的京都，但我也很期待北海道之旅，而且根據其他班級的動向，去京都或沖繩也還殘存很大的希望。

總之，無論最後會去哪裡，這道課題都讓人對教育旅行迫不及待啊。

「那麼，接下來進行第三道課題。」

茶柱的態度始終如一，但可以發現她聲音的語調有些微的變化。

或許到目前為止一直很輕鬆的課題，接下來會有什麼不同的發展。

課題③．每個月按照班級點數發放的個人點數將變成零，但會從班級裡隨機選出三名學生給予保護點數。或者發放的個人點數變成一半，但可以任選一名學生給予保護點數。倘若不想選上述任何一邊，則下次筆試成績為倒數五名者的個人點數會變成零。

※無論選擇哪個選項，沒收個人點數的期間都會持續半年。

與至今為止的兩道課題不同，出現了對班上含有重大好處與壞處的題目。選項一會失去龐大的個人點數，因此能獲得的回報也比較多，但隨機選出學生給予保護點數這點也無法忽視。即便保護點數是非常強力的制度，但根據看法不同，其中也存在著這三年期間都不需要保護點數即可畢業的學生。倘若隨機給了那樣的學生，也有可能白白浪費寶貴的保護點數。

選項二也是匯進來的個人點數會變成一半，所以絕對稱不上是便宜的金額。而且只會給予一個人保護點數。但能夠任意選擇一名學生是很重要的要素。

選項三是極力避免損失個人點數的選擇。若判斷保護點數過於昂貴，或是根本不需要的話，

可以選擇這個選項吧。只不過不能忘記雖說是五人，也會背負損失。

計算得失不用說，感覺也需要考慮班上的狀況啊。

應該也有學生有很多話想說吧，但首先只能投票。

「在投票之前，我先告訴你們如果是選項二——也就是給予指定學生保護點數的選項達成全場一致的情況。倘若全場一致投票給選項二，還不算通過課題三，而是會接著進行下個選項，決定要給予哪一名學生保護點數。你們還記得例題吧？」

也就是說我們要在中場休息選出一個人，針對是否要給予那名學生保護點數拉贊成票或反對票。倘若全場一致贊成，那名學生就會獲得保護點數；若全場一致反對，那名學生在這道課題中就不可能再有機會獲得保護點數。然後剩下的三十八人進行討論後再選出一名學生，再次投票贊成或反對——必須像這樣細分過程來反覆進行課題。

「那麼在這些前提下，公布第一次投票結果。」

第一次投票結果　隨機給予三名十二票　選擇一名給予五票　不給予任何人二十二票

關於第一次的投票結果，看來打算放棄保護點數，寧可對不太方便的部分睜隻眼閉隻眼的人占了多數。這也是當然的吧，會失去個人點數的已經確定是筆試成績倒數五名的人。對不會是倒數五名的學生而言，可以說是毫無風險的部分。另一方面，也有人認為既然都知道有半年期間領不到個人點數，在這邊獲得保護點數會比較划算吧。

「先、先等一下啦！總覺得無法接受耶！」

「我也是、我也是！要是不拿保護點數，只有五個人會吃虧不是嗎！」

率先出聲的是池與佐藤。成績應該是倒數幾名的學生們。

「哎，這也沒辦法吧。畢竟半年都不會有個人點數匯進帳戶，實在有點……而且被隨機選上的機率很低，如果是指定感覺也輪不到我……所以說，麻煩你為大家犧牲了，寬治。」

須藤彷彿在曉以大義似的說道。因為他的學力已經脫離班上倒數五名了嘛。

「這樣不公平吧！我現在也有很多事情需要用到個人點數啊！」

「該不會是用來跟篠原約會的資金吧？」

「咦？咦？咦～真假，為什麼會穿幫啊？真傷腦筋呢……」

雖然他看起來並沒有對用途穿幫一事感到傷腦筋，但這似乎是攸關生死的問題。

「就這麼決定啦。全場一致投給不給予任何人保護點數吧。」

「這樣我很傷腦筋耶～！」

「那你就認真念書啊。這樣問題就解決了吧？」

「咕……總覺得被你這麼說，實在讓人怎樣都無法接受耶！」

當然，用功念書脫離倒數幾名是很重要的事，但也無法改變不管拿到幾分，都會有五個人犧牲的事實。

「我明白你想說什麼，但要悲觀還太早了。這終究只是想把會損失的個人點數控制在最低限度，只要所有人互相補足須承擔的部分就好。半年不會有點數進帳的五名學生所需的個人點數，由其餘三十四人來籌措，均分給他們。這樣也不會只有特定的學生感到不滿了吧？」

簡單來說，假設一名學生一個月可以獲得五萬點，乘以五人份就會有二十五萬點消失。剩餘三十四人總共會獲得一百七十萬點，把這些點數除以三十九，捨去小數點後面的數字，就是四萬三千五百八十九點。

即便無法避免拿到的點數減少，但每個人只損失大約六千五百點就能解決。

即使這種情況持續半年，應該可以把每個學生的壓力控制在最低限度吧。

「哎，嗯，如果是那樣倒還好……」

「雖然我覺得可以不用大家一起分攤啦，但這也沒辦法吧。」

須藤好像有些不滿，但他似乎還是願意幫助池。

一方面也因為希望不給予任何人保護點數的學生比較多，意見自然地朝投票給選項三的方向開始整合起來。不過，洋介在這樣的氛圍中出聲說道：

「堀北同學認為選擇不給予任何人保護點數是最好的方法嗎？」

「這很難回答呢。老實說這些選項讓人相當苦惱。保護點數是非常強力的工具，能夠防止退學。但是，這點也可以套用在個人點數上。平田同學有不同想法嗎？」

「雖然只是一個意見，但我認為應該在這道課題裡獲得保護點數喔。當然是三人份。」

「有半年期間無法獲得個人點數，是相當嚴重的損失喲。不只會在日常生活中感受到強烈的壓力，視情況而定，也可能會對特別考試造成影響。」

我們無法徹底否定個人點數會分出勝負的可能性。

「即使發生意外狀況，也能夠保護三個人。能夠獲得保護點數的機會不僅相當有限，而且這是無法單純用價格來衡量的貴重事物呢。」

我也不是不懂洋介有些激動地這麼訴說的心情。能夠阻止退學的保護點數的價值，實質上等於最多兩千萬的個人點數。

應該沒多少機會可以獲得三人份的保護點數吧。

特別是為同伴著想的洋介，以他的角度來看，這可說是金錢難以取代的價值。

這又是個有別於選擇教育旅行的地點，無法輕易達成全場一致的話題。

無論選擇哪個旅行地點，都很難對班級的前途造成影響，但這個保護點數同時也是班級全體的問題。若能在這邊先獲得，之後也有機會拯救某人吧。

「不好意思，也讓我說說我的意見吧。」

這時，啟誠也站起來陳述意見。

「從下個月起的半年期間，我們打算逐步增加班級點數對吧？」

「那當然了。既然要以升上前段班為目標，根本沒有可以停滯不前的時期。」

「這次的特別考試可以拿到五十點，如果能在文化祭進入前幾名，可以拿到一百點。假設體育祭也會增加差不多的點數……等第二學期結束時，或許已經增加兩百點以上，視情況而定，可能會增加三百點左右。可以這麼想嗎？」

「可以這麼說吧。」

假如在今年內增加了三百點，班級點數也會恢復到將近一千點的程度。這麼一來，在半年期間發放的個人點數總額會比現在增加大約五成，大概是兩千萬點吧。

這麼一想，一點保護點數的最大價值正好是班級收入的半年份。呈現出彷彿經過計算一樣的漂亮構圖。不過如果在這邊選擇三人份的保護點數，每一點保護點數可以用大約七百萬點的個人點數換取。

真是拿捏得很巧妙的基準啊。

然後被選上的可能性最低、用一半的個人點數換取給予任意一人保護點數的這個選項，雖然看起來也像在利益得失間只挑出有利的部分，但實際上以經營成本來說並不划算，很難選下去。只不過，它是唯一具備能夠給予指定學生保護點數這個好處的選項，這是十分重要的因素吧。

假如只是要任選一名學生給予保護點數，在等著我們的當然是要求全場一致的投票。要是輕率地讓這個選擇通過，可能會因為要把保護點數給誰而起爭執。

「以個人點數為優先的想法是進攻的戰略，以保護點數為優先的想法是防守的戰略——這麼說沒錯吧？」

櫛田像在整理狀況似的這麼詢問，於是目前從座位上站起身的三人幾乎同時點頭同意。

「但如果沒有用到保護點數就畢業，風險就是變成我們只是買了個昂貴東西對吧？當然那樣我也是無所謂啦，不過……」

為了先讓大家知道這個事實，也無法避談這個話題吧。

「對。倘若沒有使用的機會，結果也等於是無價值。當然也不能否認持有保護點數可以讓人有種安心、安全感就是了……」

「有無價值是另一回事吧。即使不需要用到它原本的用途就畢業，也能夠採取刻意消費保護點數的戰略來發動奇襲，或當成自爆方法那樣使用。說不定不只是單純地防守，也能夠運用在攻擊層面上。」

我也很能理解啟誠為何這麼提倡保護點數有各式各樣的用途。

能夠反過來利用可以防止退學這點，採取不同的戰鬥方式，也是很大的優點。

但特別考試的內容無論以前或是以後，都必須看見全貌才會明白。

沒人能保證之後一定有機會有效活用這個保護點數。

不過這道課題——不，應該說這場特別考試意外地深奧啊。

即使所有班級都是一樣的課題內容，也會因為班級的排名和狀況呈現不同的色彩。

假如是班級點數幾乎等於零的狀態，就不會產生什麼糾紛，並全場一致投給有三人可以拿到保護點數的選項。能夠當成追上其他班級的契機。另一方面，一直位居第一遙遙領先的A班，要付出的代價則會比其他班更高。

即使每道課題分開來看沒什麼太大的意義，也能確實地縮短差距。

反過來看，第一個和第三個選項對A班來說也能算是略微不利的選擇。

「那麼，幸村同學。你的意思是應該選擇隨機給予三人保護點數對吧？」

為了鎖定選項，堀北進行最後確認，試圖取得啟誠的承諾。

「不……我推薦的是第二個選項。就是任選一名學生給予保護點數。」

他希望的竟然是感覺最不值得的選項二，這發展讓堀北露出驚訝的表情。

「我說得直接一點，這是要大家把保護點數給你的意思嗎？」

「如果大家願意那麼做，我也會坦率地感到高興啊。但那樣並不實際。因為大家基本上應該都希望保護點數可以給自己吧。」

就算是簡單地要求大家舉手表達意願，即使班上所有人都舉起手也不奇怪。

「要選出指定人物十分困難。但無論有多麼划算，也不曉得隨機給予三人保護點數能發揮出多少效果。」

「看來你似乎有明確地想到應該給予的對象呢。你想給誰呢？」

「如果以戰略性來判斷……堀北，我認為除了妳之外，別無人選。」

啟誠對筆直地互相面對面的存在斬釘截鐵地這麼斷言了。

「……我？」

「對。目前妳正作為這個班級的領袖在發揮力量。我對妳在ＯＡＡ的實力也毫無不滿。今後要跟坂柳和龍園那樣的傢伙較量的話，領袖可以說是最危險的職務。如果是那兩人，就算毫不留情地想讓別人退學也不奇怪。既然這樣，只要先給予妳保護點數，妳就不用畏懼其他班級的強敵對手，可以大膽地制定戰略來戰鬥。我想像了那樣的狀況。」

一般來說這樣可能會招人反感，但班上同學們都很自然地側耳傾聽著。

因為他並非隨便說說，而是有確切的理由。

「理由不只這樣。一般來說，倘若持有保護點數，也容易讓人鬆懈下來。還存在讓持有者覺得自己不會有事，態度變得不夠認真的風險。但是，妳大概不是那種人……我這麼覺得。」

並非只是給予具備實力的人，應該選擇的是獲得保護點數後，能夠更加為了班上發揮實力的人物。啟誠主張那人就是堀北。

「即使明白你說的話……但代價可不便宜喔？」

倘若點數不是給予自己，就單純只有半年期間個人點數會減半。

有學生會像本堂這樣想，也是理所當然的。

「因為認為這樣只是損失個人點數而已，才會覺得好像吃虧了。這是前期投資。堀北會把我們在這個選項中支付的代價變成更多的班級點數。這麼想的話，不覺得輕鬆多了嗎？」

「你還真是看得起我呢……說不定會暴跌喲？」

「我不認為不承擔任何風險就能贏過A班。畢竟我也在這所學校奮戰了一年半啊。」

「呵呵呵。這樣沒什麼不好吧？我也贊成你這個提議喔，眼鏡同學。」

原本以為不會干預這場特別考試的高圓寺，用話語表示贊同。

「只要請堀北Girl比任何人都拚命努力，對得起給她的保護點數就行了。」

「雖然你明明擁有保護點數，卻好像不會努力呢。」

「因為努力是凡人才做的事情嘛。」

即使須藤這麼奚落，高圓寺也絲毫沒放在心上。

總之，能夠獲得感覺會成為最大難關的高圓寺贊同，是很大的收穫啊。

我原本打算投給選項一或三，但我能夠同意啟誠的宣導。

最重要的是，如果要在這邊提出反對意見，需要有相稱的理由。

若只是因為不想領不到個人點數，很難說是為了班級著想。

在啟誠創造出來的氛圍中，到了第二次投票時間。

第二次投票結果　隨機給予三名零票　選擇一名給予三十九票　不給予任何人零票

啟誠的提議漂亮地鑽過縫隙，獲得採用。

不過，稍微有些麻煩的是這種要選擇對象的選項，規定必須插入中場休息時間。

這次沒有學生對給予堀北保護點數一事提出異議，因此中場休息時，學生便自由發言來打發時間。我們也決定不用舉行推薦投票，直接由堀北毛遂自薦當指定人物。

於是沒有發生任何風波，我們用投給堀北的三十九票贊成票達成了全場一致。

原本以為這道課題會耗費很多心力，結果卻出乎意料地順利通過，是很大的收穫。

「課題三到此結束。接下來的半年期間，匯給所有人的個人點數都會平等地變成一半，但在此刻就會給予堀北保護點數。」

當然，在這場特別考試中無法活用保護點數，但這麼一來，我們成功地讓擔任領袖的堀北擁有寶貴的護身符了。

雖然代價絕對不算便宜，但感覺可以說也沒有過於昂貴。

課題④・在第二學期末的筆試中，選擇的下述規則會套用到班級上。

選項　提高難易度　增加懲罰　減少報酬

居然出現了這麼壞心眼的選擇。

無論哪個選項，對班級來說都只有壞處。

如果是被允許私下交談的時間，想必會怨聲四起吧。

第一次投票結果　提高難易度六票　增加懲罰十八票　減少報酬十五票

基本上都是讓人不想選的選項，票數也相當分散。

原本以為這道課題會耗費很多時間，但一方面也因為這之後對筆試有信心的學生，與沒信心的學生進行了一場熱烈的議論，我們在接著的第二次投票中以「增加懲罰」這個選項引導出全場一致的結果。

只要認真準備，要避免遭受懲罰並不困難——堀北這般強力的說服似乎也奏效了。

3

在五個小時的限制時間中，我們只花了大約一小時，就輕易抵達最後一道課題。

因為過程十分順利，應該有不少學生覺得可以穩穩地通過考試了吧。只要最後一題結束，就會正式通過特別考試，獲得五十點班級點數。

不過唯一讓人擔憂的事情，就是班導的狀況吧。

「那麼……接著就是最後一道課題。」

每前進一道課題，茶柱的臉色明顯地越變越糟。惡化情況似乎終於達到了顛峰，學生們也能明顯看出茶柱臉色蒼白。

「老師，妳不要緊嗎？」

雖說課題尚未公布，但私下交談不是值得稱讚的行為。

不過洋介認為不能置之不理，他出聲這麼問道。

「……什麼意思？」

「呃，因為老師看起來很明顯地不太舒服。」

「……是嗎？沒那回事。」

茶柱看起來並非虛張聲勢。

也就是說，她甚至沒有察覺到自己本身的狀況不對勁。

應該說她沒有意識到這方面。

總之，既然茶柱表示沒那回事，洋介也不得不退下。

因為在後方觀察的教師也沒有動作，應該會就這樣開始最後一道課題吧。

不過有一件事可以確定。就是對茶柱而言，接下來的課題與她目前的身體狀況有很大的關係

——應該這麼看待吧。

「那麼，接著顯示最後一道課題。請各位準備投票。」

茶柱這麼告知，她一邊調整呼吸，一邊操作手邊的平板。

然後最後一道課題顯示在我們的眼前。

課題⑤・讓一名同班同學退學，相對地可獲得一百點班級點數。

（若全場一致贊成，接著需指定要退學的學生並進行投票。）

選項　贊成　反對

最後一道課題是到目前為止的題目中選項最少的，只有兩個選項。

乍看之下，人們常會認為選項的數量越少，越容易整合意見。

但實際上，選項的數量並不具備多大的影響力。

若是聚集了許多陌生人，或是無法互相討論的情況，選項數量太多會變得不利，但我們班能夠反覆進行討論。

無論何時，重點都在於課題的內容。

退學 or 班級點數。

在我原先設想的題目中，可說是最糟糕的一道課題在這邊出現了。

即使學生們被禁止私下交談，但在內心唸出那道課題後，都感到動搖了吧。

這道課題，如果投了贊成票，表示同班同學裡面會出現一名退學者。

一般來說，這道課題應該要毫不迷惘地全班一起投下「反對」票。

雖然一百點班級點數不算少，但代價是要一名同班同學退學，大多數人都會想避免這種事發生吧。

假設這是多數決，恐怕只要一次投票，反對票就會過半數，當場結束這道課題。

但是，在過去四個問題中，也已經實際證明事情不會這麼順利。

這就是全場一致雖然簡單，但同時也是個難題的部分。

「接下來開始倒數計時六十秒……所有人準備開始投票。」

校方當然不可能給我們多餘的時間，立刻就開始六十秒的投票時間。

倘若全場一致贊成，便會從這個班級裡面匆忙地開始選定退學者。

我再重複一次，當然會期望這種事情的學生，照理說幾乎不存在才對。因為一百點班級點數也不是多到一定要獲得才行的點數。

假如這是三年級的第三學期，特別考試也只剩下一、兩次的狀況，我們應該無法保持跟現在一樣的精神狀態吧。

陷入連一點都要競爭的苦戰時，這個一百點的價值會暴漲。到時候說不定會有可說是終極二選一的戰鬥在等著我們。

但現在情況不同。幾乎所有人都不會對投票給「反對」感到迷惘。

就算這樣，包括高圓寺在內，還是有幾個讓人擔憂的因素也是事實。

正因如此，我將手從平板上移開，緩緩地思考。

按照我跟堀北的約定，無論是怎樣的課題，第一次投票時，我的任務就是投票給選項一。

但是，假如現在包括堀北在內的三十八人都投下反對票，我應該略過中場休息直接投給反對，讓三十九票都集中起來比較好。

這是一道最好不要讓人有機可乘，應該趕緊結束的課題。

只要中途插進一次議論，就無法保證不會出現對一百點感到心動的學生。

我判斷只有這道課題不需要任何中場休息。

耗費將近六十秒的時間後，平板顯示出所有人都投票完畢的通知。

「……因為所有人都投票完畢，接著公布結果。」

儘管抱有明顯的異狀，茶柱仍保持平常的態度繼續進行流程。

第一次投票結果　贊成二票　反對三十七票

並未達成全場一致啊。

我將手指從自己投的選項上移開，靜靜地注視那個結果。

「…………」

應該朗讀結果繼續進行流程的茶柱，跟學生們一樣注視著螢幕，動也不動。那個結果……以票數分散的方式來看，好像也不到讓人意外的地步。

沒有任何人可以保證能夠不用經過中場休息，一次就達成全場一致的結果。

既然如此，茶柱感到在意的說不定是這道課題本身呢。

「茶柱老師，請繼續進行流程。」

雖說只有幾秒，但負責監視的教師從後方提醒任憑時間流逝的茶柱。

「……十分抱歉。呃……贊成二票、反對三十七票。因為沒有達成全場一致，進入中場休息時間。」

贊成有二票啊。

「喂，是誰投了贊成票啊！在開玩笑嗎？」

儘管嘴上說著是誰，須藤強烈的視線已經完全盯著高圓寺看。

雖然在關於保護點數的課題時曾經發言，但高圓寺並沒做什麼很引人注目的行為。只是因為這樣的課題內容，須藤才會認為他是犯人吧。

當然，雖說這是須藤的武斷，但應該有很多學生跟他抱持相同意見吧。

「你投給哪邊啊，高圓寺？」

「我有必要回答嗎？」

「不敢回答的話，就表示你投了贊成沒錯吧？」

「擅自斷定可不好喔，Red hair同學。追根究底來說，按照堀北Girl所說的話，第一次投票應該被允許任意Choice。無論我投給哪邊，應該都沒有道理要被你抱怨吧？」

聽到他這番正論，須藤明顯地不高興起來。

「假設其中一票是高圓寺投的，表示還有一個人投了贊成對吧？」

池注目的是扣除高圓寺也還有一票的部分。

「那的確也是個問題啊。是誰投的啊，喂！」

大概是因為想不到另一個人可能是誰，須藤也露出傷腦筋的模樣這麼怒吼。

「別慌張。投了贊成票的其中一人是綾小路同學喲。」

「啥？綾、綾小路投了贊成？為什麼妳能這麼斷言啊，鈴音。」

「雖然一直保密到現在，但在這場特別考試開始前，我跟他約定了一些關於投票的事。我事先調整成了無論出現怎樣的課題內容，第一次投票都不會變成全場一致的狀況。」

一方面也因為來到了最後一道課題，堀北說出我們事前商量好的內容。

已經到了這個階段，繼續瞞著大家確實也沒什麼好處。

畢竟耗費時間與精力去探查另一票是誰投的，很明顯地更浪費時間嘛。

「是為了避免因意料之外的選項達成全場一致的結果，對吧？」

為了讓沒有完全理解的學生們也能聽懂，洋介這麼補充了。

「對。」

「……什麼嘛，原來是這麼回事啊。可是，既然這樣，那妳早點告訴我們啊。」

「也不能那麼做呀。為了正確得知班上同學們希望的選項，不允許交談的第一次投票是很重

要的機會。如果知道我制定了不會讓全班從一開始就達成全場一致的作戰，也會出現隨便投票的學生。以我的立場來說，想避免那種情況發生。投票給第一個選項就是他的任務。我則是投給第二個選項。事情就是這樣，所以實質上只有一人投了贊成票。」

堀北環顧教室內一圈，對著那個某人述說：

「雖然是略微偏激的課題，但要投票給哪邊是個人的自由。我不會覺得為了把握班級點數而投下贊成票這種行為是錯誤的。可是，這邊應該全班團結起來，所有人一起投下反對票喲。如果有人想反駁，希望可以跟之前一樣在現場提出意見，會省事很多……如何呢？」

正常來說，投了贊成票的學生會因此自報名號。

但我們左等右等，都等不到有人回應堀北的呼喚。

「你要保持沉默到何時啊，高圓寺？」

「呵呵。我剛才也說過，真希望你別擅自斷定我投了贊成票呢。」

「少囉唆。我知道反正一定是你在胡搞啦。」

假如不是高圓寺，對方說不定會因為面對須藤這股衝動的怒火而感到不知所措，很難出面承認是自己啊。

倘若全場一致贊成，就會開始進行從班上選出一名退學者的投票。

換言之，這個人想要讓一名同班同學退學，來獲得一百點班級點數。

這會在負面意義上受到眾人注目，成為批判的對象。

沒有人想被當成是有那種想法的人——這是大家的真心話吧。

「你差不多一點——」

「冷靜一點，須藤同學。還只是第一次投票，沒有必要感到慌張喲。」

「可、可是啊！居然在這種選項中投贊成，我就是看這點不順眼啊。」

「要那麼解釋是你的自由。但是沒有確切的證據可以說是高圓寺同學。而且不管是誰投了贊成票，沒有自報名號就表示因為他感到過意不去——我是這麼解釋的。這畢竟是匿名投票，還是別在這邊深入追究吧。只要對方願意在第二次投票時投下反對票，就能達成全場一致。這樣就足夠了。」

堀北似乎判斷到時便能正式通過課題，沒有必要耗費多餘的時間。

就和我本身也考慮過的一樣，不去追究這件事，是目前能做的最佳選擇之一吧。

「這道課題不需要繼續議論下去。好啦，在下次投票中讓課題結束吧。」

看到冷靜沉著的堀北，須藤也像要律己似的拍了一下兩邊的臉頰。然後我們一邊稍微閒聊無關的話題，一邊迎向第二次投票時間。

「接下來開始進行六十秒的投票。」

液晶螢幕切換了畫面，顯示出贊成與反對的投票鍵。

所有人的投票不需到六十秒，大概只花了二十秒，似乎就完成投票了。

「……因為投票完畢，接著顯示第二次投票結果。」

第二次投票結果　贊成二票　反對三十七票

到目前為止，這場特別考試不曾產生出強烈的緊張感。但在看到第二次結果公布的瞬間，現場的氣氛明顯地凍結了起來。又是贊成二票的結果。

這表示即使聽到剛才的說明，贊成票也沒有移動。

這個事實從冷冰冰的螢幕裡傳達給眾人。

「等一下……這是怎麼回事？」

堀北邊這麼說邊看過去的對象不是別人，正是我。

為什麼第二次也投了贊成票？她對此感到疑問。

包括須藤在內，理解堀北剛才那番說明的學生們也看向我。

「無論是第一次投票或剛才的第二次投票，我都投了反對票。」

「啥？喂，慢點，那什麼意思啊。綾小路的任務是投票給選項一對吧？」

「沒錯。但因為是那樣的課題內容，我擅自判斷從第一次投票開始就投反對票會比較好。剛才沒有說出這件事，是因為不想招致多餘的混亂。」

倘若知道第一次投票就有兩人贊成，會有更多人感到動搖。會沒辦法用「反正是高圓寺在胡鬧吧」的猜測讓事情結束。

至今一直冷靜行事的堀北，也稍微慌亂了起來。

「是嗎……也就是說目前有兩個人抱持著贊成的想法呢。」

堀北將手抵在嘴唇上，思考起來。

雖然很想停下腳步仔細思索，但中場休息時間十分寶貴。

「如果某人打算繼續投贊成票，可以在這邊明確地告訴大家贊成的理由嗎？結果就如各位所見，除了兩人之外，有三十七人都表示反對。如果想讓所有人都投贊成票，希望可以提出充分的理由來說服大家。」

拉票的基本就是協商。

只要有更多人判斷贊成的好處比較多，票數就會自己移動。

相反地如果不協商，要讓票數變動並不容易。

但堀北這樣的詢問，得到的回答是所有人的沉默。

「欸、欸，堀北同學，沒事的……對吧？我們班不會出現退學者吧？」

感到擔心的櫛田受不了這陣沉默，這麼詢問堀北。

「我的方針就如同剛才所說，是不讓班上出現任何退學者。」

堀北再次說出她的決心，但那之後現場又再度陷入沉默。

要說出最初也是最後的強制命令很簡單，不過……

「我並不曉得是誰在反對。但希望那兩個人可以仔細聽我說。」

洋介站了起來，發出溫柔卻又蘊含著力量的話語。

「我們不該為了獲得班級點數，做出捨棄同班同學的選擇。即使是五百點或一千點，我認為在這種選項中獲得的點數毫無價值。最重要的是，實際上能獲得的點數是一百點。有充分的挽回餘地喔。」

最厭惡犧牲任何人的男人這麼訴說的內容，是理所當然的。

三十九人裡面有三十七人就像洋介說的一樣，對這件事有某種程度的理解。

即使有些不捨這一百點，也認為不能讓班上出現退學者。

只不過……那是否為大家真正的意願，又另當別論。

對於這道課題的贊成或反對，從第一次投票前，投票結果就因為無聲的同儕壓力受到重大的影響。

班上應當也有認為自己絕對不會退學的學生。

這種時候，即使有人的真心話是根本不在乎同班同學會犧牲也不奇怪。

「呵呵呵，這場特別考試開始變有趣了嘛。相當Cool啊。」

看似愉快地笑了起來的高圓寺，更進一步接著說道：

「我還以為第二次投票時，除了我之外的人會改投反對呢。」

高圓寺看起來毫不愧疚地這麼回答了。

「除了你之外，也就是說……果然是你啊，高圓寺！」

「高圓寺同學，這話是說真的嗎？你要是在這邊當放羊的孩子，會產生很麻煩的混亂，希望你別這麼做就是了。」

堀北首先以釐清高圓寺是否真的在與大家作對為優先，再次進行確認。

「放心吧。無論是第一次或第二次投票，我都千真萬確地投了贊成票。」

「……能讓我聽聽你的理由嗎？」

「答案很簡單。班級點數會增加一百點對吧？也就是說每個月能領到的個人點數必然也會增加，根本沒有理由選反對啊。」

「開什麼玩笑，你是說班級點數比夥伴還重要嗎！」

「你說的話還真有意思。剛入學沒多久時，你看起來實在不像這種人耶？」

「吵死了！」

「畢竟我是投贊成票，當然也是考慮過那些事才決定這麼做的。」

「你把夥伴當成什麼啊……」

「夥伴？我可從來沒有認為你們是夥伴呢。」

「你的意思是下次投票也不打算改投反對是嗎？」

「那當然了。如果要『維持現狀』，我應該會一直投下贊成票吧。堀北Girl應該也想避免拖到時間結束吧？」

「哈！你可別以為事情會照你想的發展，高圓寺。如果你打算這麼做，我們也不用手下留情了，鈴音。只要所有人一起投贊成票，讓高圓寺退學就行了！」

這大概是須藤突然想到的解答吧，但對於投贊成票的人而言，這道課題確實也具備這樣的一面。其他人也能團結一致，把斷言同班同學退學也無妨的壞人趕出班上。

人類會在無意識中選擇想相信的事物，之後再正當化選擇的理由。

雖然不想讓任何人退學，但既然有學生投了贊成票，這也是無可奈何。

那樣的人就算被退學也是沒辦法的事——大腦會開始運轉，試圖把這種想法正當化。

還會把對自己有利的理論、陰謀與錯誤的情報都照單全收。

「所有人都投贊成票是我求之不得的事。不過，最好別以為那樣就能讓我退學。沒錯吧？堀北Girl。」

當然會變成這樣。既然高圓寺承認他是投了贊成票的其中一人，周圍會吵著要把他當成退學對象是很自然的發展。這個男人不可能沒有理解到這件事。

就像他表現出綽綽有餘的態度一樣，高圓寺絕對不會遭到退學。

「……他說得沒錯。我沒辦法讓高圓寺同學退學。」

「這話什麼意思啊？」

「我在無人島考試開始前跟高圓寺同學約定過了喲？假如他在無人島考試中拿到第一名，今後我會保護他直到畢業為止。」

班上同學們應當也記得那時的對話。

「對我來說，他能拿下第一名也是預料之外的事情。但多虧他在那場考試中拿下第一名，我們班才能一口氣與B班並駕齊驅。這份功勞難以估量喲。」

「是、是這樣沒錯啦……可是，如果他做出會陷害班級的行為，就另當別論了吧！」

「居然說是陷害，真讓人意外呢。我不過是自由地選擇託付給我的Choice喔。你們無法斷定投贊成票一定是壞事，沒錯吧？」

假設這道課題的內容是「可以從班上選出最多一名的退學者。贊成或反對？」可以斷言投贊成票純粹只是壞事。但是，這次的情況是出現退學者可以獲得班級點數。

雖然要把一名學生的價值化為具體的數值相當困難，但無人有權利否定高圓寺衡量投贊成票比較划算這件事。

既然他說的是正論，而且還有那個約定，堀北就無法投票支持讓高圓寺退學。

「對、對了。那種約定反悔就好啦！如果是不把同班同學當成夥伴的高圓寺，就算退學也沒人會傷腦筋吧！」

「辦不到。我不打算毀約。」

「我想也是呢。不遵守約定的班級領袖會失去所有人的信任。就這層意義來說，我現在比任何人都信賴妳喔，堀北Girl。」

高圓寺棘手的部分排山倒海似的浮現出來。

既然事情變成這樣，堀北首先必須設法說服高圓寺才行。

不過還充分殘留著那樣的機會。

即使高圓寺認為堀北基本上不會背叛自己，但他也並非因此百分之百受到保護。高圓寺應當也在腦海中的一角考慮到堀北可能會捨棄自己。

換句話說，就是如果有那樣的徵兆出現，高圓寺也會改變態度。

只不過，要讓事情朝那個方向發展十分困難。

倘若開始具備身為領袖自覺的堀北，立刻切割掉用成果回應了期待的高圓寺。

這樣的選擇會對今後造成嚴重的影響。

「如果妳不打算切割高圓寺，那妳要怎麼做啊，鈴音？」

「給我一點時間思考……說是這麼說，但也不能只是陷入沉默呢。」

沒錯，如果只有高圓寺投贊成票，那樣也無妨吧。

但也不能忽視還有另一個沒有報上姓名的贊成者。

「除了高圓寺同學以外投了贊成票的人，可以主動出面說明嗎？」

不釐清這件事的話，就無法向前邁進。

但回應堀北的果然還是只有深刻且漫長的沉默。

倘若在這裡自報名號，可能會跟高圓寺一樣受到恐嚇或被切割。

也有可能反倒會比高圓寺更令人反感吧。

沒有出現沉默以外的回答。

沒多久後因為中場休息時間到，第三次投票時間不由分說地來臨。

不幸中的大幸是投票次數並沒有限制。

只要時間允許，每十分鐘就會有一次達成全場一致的機會。

第三次投票結果　贊成二票　反對三十七票

跟前兩次一樣，高圓寺與看不見的某人投了贊成票。

雖然現在大部分學生還是把重點放在高圓寺身上，但之後會怎麼樣呢？

有個學生不肯報上名號，一直虎視眈眈地投下贊成票——這樣的現實讓人感到苦惱之時已不遠了。我們正準備面臨原本最想避開、由匿名造成的危險性。但首先應該把處理高圓寺擺第一。不讓這邊的贊成票改投反對，問題永遠解決不了。

「我們沒辦法無視投了贊成票的人是誰這件事。但那並非絕對的。既然對方這麼堅持投贊成，我想他應該有當事者才懂的信念。既然這樣，包括高圓寺同學在內，就讓我同時對那個看不見的某人述說我的看法吧。」

堀北沒有浪費不斷流逝的時間，開始整理思緒。

「我們這邊的三十七人接下來也會一直投反對票。然後那兩人會一直投贊成票。這樣爭持不下的結果，等著我們的是考試時間到這種最糟糕的狀況喲。身為同班同學，會損失的班級點數是相同的，雖然感覺像兩敗俱傷，但我們反對派即使會損失班級點數，也可以不用失去夥伴。能夠在不讓任何人退學的情況下跨越這場特別考試喲。但贊成派別說拿不到唯一的好處，還會有嚴重的損失。這樣是本末倒置喲。不對嗎？」

堀北將具體的利益得失提出來比較，說明考試在無法達成一致的狀況下結束的風險。

當然，看不見身影的另一個人什麼也沒有回答，但高圓寺會怎麼反應呢？

「如果拖到考試時間到，的確會變成那樣吧。所以你們快改投贊成吧。」

高圓寺彷彿理所當然似的要堀北改投贊成。

「……若全場一致贊成，確實能夠向前邁進一步。但是，接下來等著我們的是要讓一名同班同學退學這種更大的難關。你也不認為能夠輕易地達成全場一致吧？」

「高明地整合大家的意見，就是妳的任務啊，堀北Girl。而且讓班上出現退學者，也不是那麼糟糕的事情吧？」

「才不是那樣。我們不應該讓班上出現退學者。」

在堀北反駁之前，洋介這麼向高圓寺主張。

「我真不明白呢。你們好像害怕讓班上出現退學者，但把這件事看得正面一點，在精神上也比較輕鬆吧？不但可以隨心所欲地Delete無用的學生，還能拿到班級點數。只要稍微換個想法，應當就能明白贊成是多麼美好的選項。這表示除了我之外也投下贊成票的那個人懂得這一點。」

雖然這種想法有些偏激，但作為他投贊成票的理由相當充分吧。

「我認為不是那樣喔，高圓寺同學。某人從這個班上消失這種事，絕對不是什麼好事。」

彷彿在附和洋介般，櫛田也發言表示應該以同班同學為優先。

至今比較寡言的反對派，也配合他們兩人一起提出了異議。

但高圓寺並沒有軟化他的態度，只是露出微笑。

最想讓他發言的高圓寺之後也沒有回應討論，就這樣迎向第四次投票時間。

第四次投票結果　贊成二票　反對三十七票

這幾十分鐘的呼籲完全沒有造成任何影響，我們在茶柱的信號下開始第四次中場休息時間。

「該怎麼做才好啊？可惡，乾脆痛扁他一頓讓他昏倒，我們擅自幫他投票好了，這種方法行得通嗎！」

「怎麼可能行得通呀……先暫且客觀地思考看看吧。這麼一來，說不定高圓寺同學的想法也會出現變化。」

堀北想要避免雙方一直是平行線的狀況，以她的立場來說，不得不嘗試用其他方法呼籲。

「要怎麼個客觀法啊？」

「就是思考除了我們之外的三個班級會選擇哪邊。」

「這個嘛……龍園班肯定會隨便找個人捨棄掉吧？」

須藤將雙手盤在後腦杓，毫不迷惘地這麼說道。

大多數班上同學似乎也可以理解他的看法，紛紛說著：「確實如此。」

只要觀察龍園至今的行動和想法，確實有充分的可能性。

「也是呢，會這麼做的班級，確實是龍園同學班機率最高也說不定。」

「相反地，一之瀨同學班絕對不會這麼做呢。至於坂柳同學班……不知道是哪邊呢？」

應該有較多人投贊成的龍園班。

應該有較多人投反對的一之瀨班。

然後是兩邊都有可能的坂柳班。

三個班級的風格碰巧都不同，全班同學一起共享這種有趣的結果。

以這次的情況來說，對於可以想見會投反對的一之瀨班幾乎沒有出現什麼議論，話題的中心果然逐漸變成龍園班。

「實在不想被龍園班搶先啊。他們目前氣勢正旺，也就是說他們會在這邊領先一步，變成B班對吧？」

「說是這麼說，但也不會有太大的差距。即使扣除目前領先的部分不看，會拉開的班級點數差距也只有一百點。只要一次特別考試就足以挽回了。」

「我明白妳想說什麼，但還是讓我說句話吧。」

至今一直默默地參加考試的明人，在最後一道課題打破沉默。

「雖然可能性很低，但哪天也有可能因為這一百點吃到苦頭對吧？」

「什麼啊，三宅，你的意思是要選出退學者嗎？」

「別誤會我的意思。我的立場很明確是投反對。」

三宅這麼反駁。與其說是生氣，不如說他露出感到意外的模樣。

「我認為這個班級在無人缺席的狀況下以A班為目標是最適合的作法。所以才不該小看一百點，必須先理解到它的重量才行吧。」

「這話什麼意思啊？」

「就是所有人應該先想像一下即將畢業的時候，這場特別考試變成轉捩點的未來，然後再來表明反對的意願。」

沒有任何覺悟便投下反對票是錯的——這就是明人的意見。

「的、的確，我可能根本沒想那麼多……」

必須二話不說地投下反對票才行——學生們察覺到這種同儕壓力的陰影。

「高圓寺。我非常清楚你在無人島考試中很活躍這件事。就算不看你跟堀北的約定，我也認為要投票讓選擇贊成的你退學是很奇怪的事。」

不只是堀北和須藤，明人也針對高圓寺思考了一番。

「但就算這樣，也不該讓你一直隨心所欲地給班上造成麻煩。大家的關係並非只靠班級點數成立。你明白我這番話的意思嗎？」

「呵呵呵……」

高圓寺閉上雙眼，深深地點了點頭。

然後他不曉得是否有在思考，只見他睜開眼睛後，瞥了明人一眼。

「當然——我完全不明白呢。」

「唔……」

「你想想這所學校的結構吧。一切都是靠獲得的點數成立的。與友情或愛情根本都沒有關係喔。決定前段班的是班級點數，個人的資產是個人點數。這是一體兩面的評價制度。我並不覺得把點數擺第一的贊成票是壞事喔。」

「一直對班上毫無貢獻的你，還真好意思講這種話啊！就算你在無人島考試拿了第一名，也不代表你可以一直擺出那種態度喔！」

「看來你最好去照一下鏡子呢，Red hair同學。我跟你到底是誰對班上比較有貢獻，我想應該顯而易見吧。」

雖然須藤的評價目前一直在提升，但他剛入學時是跟高圓寺半斤八兩的問題人物嘛。不，倘若把對班級點數的影響也算進去，須藤的處境比較不利。

「哎，雖然對我而言，重要的並非班級點數就是了。」

到這邊為止，高圓寺對於贊成的態度讓人覺得束手無策。

但堀北並沒有聽漏高圓寺這番發言。

「班級點數並不重要——那麼對你而言，這一百點的存在並不是為了升上A班，而是為了個

人點數。所以你才一直投贊成票是吧？」

「妳說得沒錯。我是為了個人點數想選贊成喔。畢竟在第三道課題中，選了匯進帳戶的個人點數金額有半年期間會減半的選項嘛。為了要保護我的妳，我想那麼做有必要，才忍痛選的，但這次可不能退讓了。」

為了彌補損失的個人點數，才想要班級點數。

這下釐清了這就是高圓寺投贊成票的理由。

站在一部分學生的角度來看，或許會對高圓寺為了個人點數想讓同學退學一事感到火大也說不定。但堀北認為這是個好機會。

「——我明白了，高圓寺同學，我們來進行交易吧。對你而言不是壞事。」

「哦？聽起來很有意思啊。就讓我聽聽妳的簡報吧。」

高圓寺並未感到驚訝，反倒像等候已久似的歡迎堀北的提議。

「如果你現在就改投反對票，之後達成全場一致反對的話，今後到你畢業為止，每個月我都會代替學校支付一萬點的個人點數給你。這樣對你來說，就跟班級點數增加了一百點是同樣的意思吧？」

「的、的確，這樣對高圓寺同學而言，沒有繼續投贊成票的意義了……」

「不愧是堀北Girl，看來妳不需要花太多時間，就思考出這個結論了呢。」

「……你一開始就是為了讓我說出這個提議，才投贊成的吧？」

「這表示我的一票具備這樣的價值。雖然也不是不能抬價，但有必要請堀北Girl當我可靠的同伴嘛。就以這個條件成交吧。」

「應該不需要特地用白紙黑字寫下來吧？畢竟茶柱老師也在這裡。」

「當然，我並不認為妳會毀約。契約成立嘍。」

原以為高圓寺的贊成票會不動如山。

堀北終於讓他答應改投反對票。

一直刻意投下贊成票，就為了讓堀北做出這種提議，應該說真不愧是高圓寺。

就這樣我們迎向第五次投票。

因為高圓寺表明會改投反對，這應當也對看不見的那個人造成了影響。

即使是匿名，只有一個人一直表示反對，也不是什麼簡單的事情吧。

換言之，就算不特別去說服，這次投票那個人也可能會改投反對。

不過——

第五次投票結果　贊成一票　反對三十八票

即使高圓寺從贊成跳槽到反對，但依然有一票贊成繼續留在那裡。

堀北應該想稍微卸下肩膀上的重擔吧，但真正的戰鬥似乎現在才要開始。

因匿名而絕對不動的贊成票。

要打破這種僵局，果然還是有必要查明是誰投了贊成票。

不過，這是最困難的事情。

雖說基本上沒辦法偷看平板，但如果有那個意思，可以靠指尖的位置看見別人點擊的地方。但校方已經考慮到這點，從一開始就隨機安排選項的順序。每次投票選項都會換位置，所以也不可能互相確認手指的動作。除了利用反覆進行的中場休息來設法解決之外，別無他法。

「哎呀哎呀，看來事情沒那麼簡單呢。」

「雖然已經說過，但只要沒有達成全場一致反對，剛才的契約就無效喲。」

「我明白的。如果因為情勢發展變成全場一致贊成，或是拖到考試時間結束的話，我也會無可奈何地放棄。」

既然是匿名投票，要證明高圓寺沒有投贊成，只能靠達成全場一致反對這個方法了嘛。縱然是高圓寺，似乎也不認為可以靠除此之外的選項獲得個人點數的樣子。要是他在這邊隨心所欲地投票，對自己有利的交易也會化為烏有。

最重要的是，對於想輕鬆度日的高圓寺而言，與堀北為敵也會很不方便吧。

剩餘時間大約三小時。

儘管陷入苦戰，堀北仍以確實的戰略讓人看到她在向前邁進，試圖打破僵局。

不過，無法一直旁觀下去這點也是事實。

必須請她在剩餘的緩衝時間用完之前，達成全場一致的結果才行。

我原本打算在那之前，只是靜靜地守望這場戰局就好，但還是可以多少給予一些援助，於是我趁中場休息的空檔輕輕地咳了兩聲。

在眾人互相閒聊的聲音當中，沒有人會把沒在注意的咳嗽聲放在心上。

反過來說，只要稍微注意，就能聽見這個咳嗽聲。

「我說呀，堀北同學。」

「……什麼事呢？輕井澤同學。」

「雖然這只是我的直覺啦，但妳該不會心裡有數，知道是誰在投贊成票吧？」

「咦……為什麼妳會這麼想呢？」

惠出乎意料的指謫讓堀北不禁露出驚訝的表情。

「我只是隱約有這種感覺而已。」

如果是到目前為止的堀北，應該會認為這只是惠忽然想到的發言吧。但因為惠跟我在交往的事情已經公開，讓堀北的想法開始出現變化。

「是、是呀……輕井澤同學說得沒錯。一直投贊成票的人物是誰，我心裡有數……說不定是那樣呢。」

「什麼啊，那妳早點說嘛。到底是哪個傢伙啊？」

「這我不能說。這場特別考試是匿名投票。如果只是心裡有數就說出名字，萬一弄錯人的話，會變成無法挽回的局面。」

「可是啊！」

「……我明白。所以我認為我也必須做好覺悟才行。我會再安排幾次投票的時間。如果這樣贊成票還是沒有變成零……到時我會逼不得已地說出那個人的名字。」

「請等一下，堀北同學。我無法贊成喔。就像堀北同學剛才說的一樣，這次不存在可以確實地確認誰投票給哪個選項的方法。只是心裡有數就指名道姓這種事，應該不被允許吧。當然，我是基於不想讓班上出現退學者，並非毫無意義地這麼說，妳應該明白這點吧？」

「我也贊成平田同學的意見。明明沒有絕對的確切證據，我覺得不能說出來。」

櫛田也看似不安地表示她跟洋介意見相同。

以兩人的意見為開端，學生們逐漸籠罩在不安之中。

倘若因為堀北有什麼誤會，講出了自己的名字，就會遭受大家的批評。

明明是投反對卻被說是投贊成——會陷入這種四面楚歌的狀況。

假如因為擔心拖到考試時間結束，其餘三十八人都改投贊成的話，被指名的人物無法避免被當成退學的對象遭到議論吧。

「我明白……就是因為明白，才會到現在都沒有說出名字。但無論如何都不能讓時間到。沒錯吧？」

「我明白妳的心情。我也跟以前不同了。如果真的面臨必要的選擇，我也打算做好覺悟。但那必須是百分之百確定才行。」

「……是呀。」

對於開始變沉重的現場狀況，我更進一步地嘗試稍微給予變化。

「除了堀北以外，有其他同學對一直投贊成票的人有什麼頭緒嗎？」

「沒有啊。應該說除了高圓寺以外，居然還有人這麼堅持要投贊成，實在讓我想不通啊。」

應該不只須藤有這樣的疑問吧。

允許出現退學者的狀況，有這種想法的人。

「即使無法說出名字，也知道贊成者是誰——若是這樣，說不定那人的想法也會稍微改變。如果有同學想到什麼線索，希望可以舉手一下。」

我再一次像提醒似的試著詢問。

但沒有任何人像堀北一樣心裡有數。

「洋介。你大概不想懷疑別人，但如果是無論男女都交友廣闊的你，應該有什麼頭緒吧？」

「……沒有。這不是謊言，我真的想不到。」

「是嗎……那櫛田妳呢？」

即使我突然拋出話題，櫛田也沒有表現出任何奇怪的感情。

反倒是堀北稍微轉過頭來，彷彿想說：「你打算說什麼？」感到動搖似的。

「妳覺得是誰投了贊成票？」

「唔嗯……對不起喲，綾小路同學。我也跟平田同學一樣，想不到可能是誰呢。」

「畢竟櫛田是最了解班上的人嘛。我原本以為妳應該也稍微知道對班上感到不滿的學生。因為大家知道妳比任何人都替班上著想，會設身處地陪其他人商量煩惱嘛。希望妳可以仔細地回想看看。」

確實如此──班上同學都用期待的眼神看向櫛田。

「唔、嗯……能想到的頭緒……好像沒有呢。不過，假如之後我有想到什麼線索，我會好好告訴你喲。」

「好。拜託妳了，我覺得這場最後的特別考試，不能缺少像洋介或櫛田這種角色的存在。」

如果不大家一起同心協力，要用反對突破這道課題很困難。

但這樣的合作也徒勞無功，第六次的投票結果也是……

第六次投票結果　贊成一票　反對三十八票

還是一樣的結果與反覆進行的討論。

第七次投票結果　贊成一票　反對三十八票

第八次投票結果　贊成一票　反對三十八票

持續著沒有任何變化的結果，對話也在不知不覺間越來越多沉默。接著即將開始第八次的中場休息。這道課題開始之後，已經過一小時又多一點。

嘎噠——伴隨一聲格外巨大的聲響，茶柱的身體失去了平衡。

她彷彿要趴下似的將手臂按在講桌上，勉強防止自己跌倒。

「呼、呼……」

在眾人持續討論的期間，一直站在講台上的茶柱，呼吸變得急促起來。

「老、老師？」

「我、我沒事……」

茶柱這麼說，像要鼓舞自己似的重新站穩。

不知道在想什麼，只見茶柱用空虛的眼神注視著學生們。

然後她隱藏著某種決心，大大地吐了口氣。

「——校方不允許教師誘導學生投給特定的選項。當然，以我個人來說，也不會做出那種行為。不過，可以讓我講一件往事嗎？雖然這會剝奪你們寶貴的時間，如果這樣你們也不介意，我再繼續說吧。」

「茶柱老師，雖說校方並未禁止教師發言，但倘若發生會牴觸規則的情況，妳也無法全身而退喔。只要我判斷那是為了保護班級所做的誘導……」

「是。假如能看出我有誘導選項的意圖，我已經做好接受處罰的覺悟。」

因為茶柱回答她明白，監視員也只能陷入沉默。

理所當然地從未干涉過特別考試的茶柱，主動提了出乎意料的建議。

在走投無路的這個環境裡，那也彷彿有一道曙光照射進來。

「目前，我們正為這種狀況所苦。請在不會影響到投票選項的範圍內，讓我們聽聽老師的故事。」

堀北表示如果能靠某些方法打破這種僵局，應該加以歡迎才對。

當然如果要說真心話，其實是希望能增長大家投反對的氣勢。

不過既然有監視員在看，就必須避免直截了當的表現。

「……我出身於這所高度育成高級中學。而且在學生時代接受過這種特別考試。」

首次聽說的話題讓以堀北為首的班上同學們大吃一驚。

「老師也接受過這種全場一致特別考試……？」

「沒錯。五道課題裡雖然也存在內容不太一樣的題目，但你們目前面臨的最後一道課題，跟我那時碰到的題目完全一樣，一字不差。看是要選出退學者來獲得班級點數，或選擇保護夥伴，放棄班級點數。」

茶柱表示她經驗過完全相同的特別考試，這番發言引起學生們注目。

「有一件事可以確定，就是要全力以赴，不要留下悔恨。贊成、反對，或者時間到——無論你們做出什麼選擇……去摸索一條不會對結果感到後悔的道路吧。你們還有時間。」

茶柱首次用真正的感情在對學生述說，這讓所有人都側耳傾聽。

她並非在誘導我們選擇哪個選項，或是提示什麼解決的方法。

這可以說是她身為教師能夠做到，並在勉強不至於違規的範圍內給出的確切建議吧。

在後方聽著的教師也沒有宣告茶柱違反規則，而是聽到了最後。

不知道這樣是否會讓結果產生變化。

但是，她確實提供了讓學生們重新面對這場特別考試的話語。

雖說有來自茶柱的掩護射擊，但白白浪費剩餘的中場休息時間並非上策。即使只是百分之一也好，為了提高機率，堀北繼續掙扎。

「差不多該做好覺悟的時刻逐漸逼近了……不過，在那之前再讓我說一次話吧。我並不是你的敵人……而是同伴喲。」

那個贊成者的名字應該在她腦海中閃過無數次吧。

長相、聲音、眼神與呼吸。

堀北用不會讓人察覺到是哪個特定人物的說法，拚命地繼續說服。

她應該反覆地在捫心自問吧。

是否應該乾脆地把名字說出來？

儘管如此她還是沒有說，因為堀北一直是真心想要當對方的同伴。

她的呼籲也像悲痛的吶喊。

在堀北這番勸說之後，我們開始第九次投票。

結果是——

第九次投票結果　贊成一票　反對三十八票

果然那一票贊成還是沒有變動。

有一名學生始終緊抓著那一百點不放。

不——應該說有人緊抓著可以強制讓同學「退學」的權利不放。

這是只有我——不對，包括堀北在內，這是只有我們兩人察覺到的實際的真相。

應該可以認為是某個人物從頭到尾一直在投贊成票，不會錯吧。

但是，在目前這種狀況下，沒有任何方法可以客觀地確認是那個人物在與我們作對。

堀北曾說如果時間緊迫，會逼不得已地說出那人的名字。

不過，實際上無論反覆進行幾次投票，堀北都不會說出那人的名字。因為她知道「是你在反對嗎？」這樣的詢問其實並沒有意義。反倒該說如果講出那人的名字，最後堀北將會失去今後的一切吧。

雖說還有一些時間可以猶豫，但之前設定的剩餘兩小時的時限正逐漸逼近。

那是為了做出重大決斷的最後期限。

這場特別考試開始前，無論哪個教師都認為某個班級一定會通過。另一方面，他們也同時預知到倘若完全沒陷入苦戰就通過考試，那個班級恐怕會從今後的A班競爭中倒退好幾步吧。那就是一之瀨所在的B班。

課題⑤．讓一名同班同學退學，相對地可獲得一百點班級點數。

（若全場一致贊成，接著需指定要退學的學生並進行投票。）

沒花多少時間就抵達最後一道課題的一之瀨等人結束第一次投票，等待結果公布。這當中看不出有任何不安或動搖的色彩。除了僅僅一個人之外。

神崎注視著已經投完票、除了自己之外的三十九人，同時祈禱著。

他強烈地盼望投票結果能夠變成票數稍微分散開來的發展。

「……那麼，接著公布結果喲。」

星之宮露出似乎有些失望般的感情，同時操作著平板。

在所有人的守望中顯示出來的結果是……

第一次投票結果　贊成一票　反對三十九票

得知是想像中最糟糕的結果後，神崎暫且閉上雙眼。

反對票壓倒性地占了大多數，當然B班學生並不會對此感到驚訝。

因為他們深信不疑，並理所當然地認為會達成全場一致反對的結果。對於有人投贊成票一事不覺得有任何異常，正象徵著這點。

「欸，是誰按了贊成啊。按錯邊了喔～」

坐在前方的柴田絲毫沒有危機感地這麼說並轉過頭來。

沒錯，他們完全沒有考慮到這一票可能是有人抱持明確的意圖投下的贊成票。

不只是柴田，班上所有人都這麼認為。

正因為明白這點，神崎的內心湧現出無法澈底抑制住的憤怒情感。

一直以來，神崎總是極力顧慮同班同學的意願，靜靜地從旁協助。

但不能總是持續這種無論是什麼狀況，都盲目地只是保護夥伴的戰鬥。

正因為神崎處於參謀的立場，才會比任何人都更強烈地感受到這樣的憂慮。

「總之應該也沒什麼事要討論，到下次投票前就隨便——」

絲毫沒有危機意識，斷定班上不可能有學生把班級點數看得比同班同學還重要的想法。

被迫清清楚楚地看見這樣的現實，神崎再也無法一直靜靜地忍受下去了。

「大家先等一下……如果是我們，的確隨時都能達成全場一致反對的結果也說不定。但我們真的能夠確實地主張一直選擇保護同班同學是正確的行為嗎？」

神崎打斷柴田的話，雖然冷靜但他仍用力地拍了一下桌子，站起身來。

「我們班沒有任何迷惘和疑問就聚集了三十九票反對票，卻沒人覺得這樣很異常，我只覺得這是大家陷入了正常化偏見。」

所謂的正常化偏見，是指人們不去正視對自己不利的現象或情報等等，不認知危機的特性。

「為了讓我們班今後可以獲勝並前進，有必要選擇新的決斷吧。我們已經站在懸崖邊了。明明如此，卻始終認為自己不可能從那個懸崖上摔下去，小看了這種狀況不是嗎？如果不更貪心地追求班級點數，要升上A班根本只是虛幻的夢想。」

希望大家可以理解這件事——神崎進行他並不擅長的辯論，但班上同學守望神崎的眼神卻是前所未見的冷淡。

「什麼啊，神崎。也就是說這一票贊成是你投的嗎？」

柴田看起來像無法接受這並非按錯的贊成票般，轉過頭來這麼說道。

不，不只是柴田。無論是濱口、安藤、小橋、網倉和白波，全班都用那樣的眼神看著神崎。

「沒錯。保護同班同學的確很重要。但我們班從入學開始到現在為止，分數一直慢慢地在掉落。如果後段班把班級點數擺在同班同學之前，我們會因為這場特別考試後退到D班。」

從正面接受並聆聽著神崎這樣訴說的人，大概只有班導星之宮吧。

不過站在教師的立場，她無法做出贊同神崎的發言。

「這麼說是沒錯……但這個班上沒有任何即使退學也無所謂的人喲。」

白波立刻這麼反駁神崎，表示根本沒有議論的餘地。

「……我知道。這點我是知道的。」

「雖然你說會掉到D班，但我很難想像有人會為了僅僅一百點就讓某人退學喔。哎，若那個人是龍園可能就難說了，但這次考試的條件是全班藉由匿名投票達成全場一致的結果。我實在很難想像其他班會選擇讓人退學的方案呢。」

假如預估到所有班級都會全場一致反對，差距就不會擴大。

「無論哪個班級，要選擇割捨夥伴的選項，確實都不容易吧。但我重視的是那個過程。就算不到半數，多少還是會有學生認為應該把班級利益擺在朋友之前——這樣才比較自然吧？」

「意思是你想討論這個話題嗎？明明已經確定會達成全場一致反對的結果？」

「……並沒有已經確定。而是要把全場一致贊成的情況也納入考量來討論。」

「不不，那樣很奇怪吧。因為有夥伴、因為沒有缺少任何一人，我們才會努力想往上爬不是嗎？缺少一個人也無所謂這種事，絕對不可能發生的。」

班級點數與同班同學。

如果是哪邊比較重要這種簡單的二選一，神崎也不會有懷疑的餘地。

不過，情況已經從入學時起產生很大的變化。

在B班開始起跑，原本不相上下的班級點數——

在一年級第一學期時，遙遙領先了後面兩個班級。倘若一直維持那樣的狀態，神崎也不會對同學主張夥伴有多尊貴這件事發牢騷。

「真的沒有人可以陳述一下……反對之外的意見嗎？」

儘管已經快要放棄，神崎仍然相信最後的可能性，環顧同班同學。

然而，沒有任何一人表現出贊同的態度。

即使有人在內心對部分內容感到同意，也不存在能夠說出來的學生。

每個人都相信在第二次投票時會達成全場一致反對的結果——不，是這麼期待著。

「不好意思，我……對於這個選擇，我不打算讓大家達成全場一致反對的結果。」

儘管感受到沉重的壓力，神崎仍像要抵抗似的這麼低喃。

「意思是……你下次投票也會投贊成嗎？」

至今一直保持沉默的一之瀨這麼詢問神崎真正的意圖。

「……沒錯。」

「可是神崎同學，我們的想法不會改變喲？為了獲得班級點數而犧牲朋友……我絕對不想讓我們班變成那種班級。」

「就是說啊，神崎。該說是校方的挑戰嗎？這道課題不管怎麼想都是個陷阱。為了眼前的班級點數犧牲同班同學——要是開始抱有那種想法，在今後的戰鬥中也會體驗到類似的痛苦吧？」

「但是不惜捨棄夥伴也要獲得班級點數的話，就能更接近A班。如果那種機會降臨了兩、三次，更應該好好把握。相反地如果只有我們班選擇了保護夥伴，就會逐漸被其他班級超越。」

「我覺得要犧牲好幾個夥伴不是那麼容易的事喔。而且那樣的班級能夠一直戰勝下去嗎？一直保護夥伴、始終相信夥伴的班級才會在最後獲勝。沒錯吧？」

所有同班同學幾乎同時點頭同意。

「認清現實吧，柴田。狀況已經跟去年有很大的不同。我們目前正陷入絕境之中。選擇不讓任何人退學這條路的結果，也失去了大量的個人點數。另一方面，少了同班同學的三個班級則是順利地在提升成績。」

「不會一直持續下去的。」

「你能斷言不會一直持續下去的根據是什麼？」

「那我反過來問，你覺得會一直持續下去的根據又是什麼啊？」

「只要觀察現狀就會明白。原本位居第二名的我們，現在正處於跌落到第四名的危機。」

「你才應該看清楚現狀啊，神崎。我們目前可是B班啊。無論是領先一點還是一百點，事實上都是B班吧？而且就算排名稍微往下掉，結果還是能拉回來的啦。」

到目前為止神崎也一直受到周圍的期待壓迫，但他拚命地站穩立場。

為了讓大家對這種異常的想法抱持疑問，他拚命地抵抗。

「神崎同學。我很明白你為了獲勝，想要多一點選擇的心情喲。可是，其中也有絕對不能選的選項。我認為這道課題的選擇就是那種情況。並不是因為讓人退學能拿到的班級點數很少，而是把班級點數跟朋友拿來衡量這件事本身就是錯誤的。」

因為一之瀨做出發言，同班同學們的決心變得更加穩固。

不，他們原本就秉持著堅定的意志以夥伴為最優先，但現在又多了一層防護。

神崎大失所望。常常會有別人很羨慕這個班級。

溫柔、開朗且平等，無論學業或運動都能發揮一定水準的理想夥伴們。

這是身為領袖的一之瀨所創造出來的優點，但相反地也抱有很大的缺點。一之瀨的存在量產出信徒們，構築起不去正視骯髒事物的環境。

即使校方表示只要選出退學者就確定升上A班，這個班級也會以夥伴為優先。如果要切割夥伴，不如維持在B班就好了──會迫使人這麼說的強迫觀念。

神崎重新體認到這是唯一一個，同時也是最大的缺點。

「是嗎……我想也是。說不定是我錯了。」

為了克服這個缺點，神崎決定背負風險，嘗試下猛藥治療。

儘管知道自己不適合這麼做，但既然也沒有其他適任者，只能放手一搏了。

「就算這樣，如果我到最後都一直投贊成票，你們要怎麼做？這場特別考試即使只是一票也具備很大的力量。我也能無視你們三十九人的意思，一直投下贊成票。」

「怎麼可能辦得到那種事啊～要是因為考試時間到而失敗，會扣三百點。那樣才會再也無法勝過其他班級吧。」

不可能有人選擇拖到考試時間結束──這樣的常識。

「都是一樣的。如果不在這邊做出犧牲把握這一百點，我認為這個班級不可能以A班身分畢業。換句話說，無論是一百點或三百點，損失的點數多寡只是微不足道的問題──」

「好了，到此為止。接下來是投票時間，請大家中斷討論喲。」

星之宮打斷神崎的話，讓眾人進入六十秒的投票時間。

平板的螢幕切換成投票畫面，出現贊成與反對的按鈕。

神崎只是靜靜地眺望著那按鈕。全班的動作停止下來，陷入一片寂靜。

三十九人花不到五秒就投票完畢的氛圍飄散過來。

不，實際上已經投票完畢。

神崎下定決心按下按鈕後，星之宮便在同時動了起來。

「好，那麼所有人都投票完畢，接著公布結果～」

第二次投票結果　贊成一票　反對三十九票

拚命地說服也是徒勞無功，顯示出的結果跟第一次投票沒有任何不同。

當然，投下這一票贊成的人是神崎這點也一樣。

「原來你不是開玩笑啊……」

「神崎同學，這表示你是認真地在投贊成票？」

包括一之瀨在內，班上同學們與其說是憤怒，更像是感到傻眼地這麼說道。

不過那種輕鬆的氣氛也因為神崎堅決的意志開始慢慢產生變化。

「對。剛才的第二次投票讓我真正地做好覺悟了。我希望這道課題可以達成全場一致贊成的結果。」

明明中場休息才剛開始，這番發言卻讓全班變得鴉雀無聲。

「只要我一直投贊成票，幾小時後，你們也只能解凍已經停止的思考，開始動腦想。不得不認真討論投反對票是否真的為正確答案。」

神崎表示他準備把剩餘約三小時半的時間都用上。

「能突破這種狀況的方法很有限。就是你們改變意見，達成全場一致贊成的結果。」

「你在說什麼呀，神崎同學？那種事情——」

「這感覺並不實際吧？因為就像你們說的一樣，這個班級除了我之外，打從一開始就沒有犧牲某個同班同學的想法。話雖如此，我也不打算移動我的贊成票。」

神崎打斷一之瀨的話，就算這樣他也不放棄抵抗，接著說道：

「既然這樣，實際上只有一個方法。就是大家都選擇贊成，然後讓我退學。」

不惜犧牲自己也想改變這個班級。神崎將這樣的意志具體地表明出來。

「如果無法在這場特別考試中拿出向前邁進一步的勇氣，就沒辦法爬上A班。那表示我們會毫無意義地度過剩下一半的校園生活。若要變成那樣，我寧可退學去摸索下一條道路。」

這看起來像是奇策，但也是神崎唯一能夠做到的方法了。

會貼近弱者的這個班級，不可能有辦法採取選出退學者的行動。

話雖如此，也不會對退學這種嚴重的刑罰採用聽天由命的手段。

然後在神崎的抵抗之後，又重新插入總計三次的中場休息，反覆進行投票。

合計多達五次的投票結果，都是贊成一票、反對三十九票。

沒有任何一票產生變動，只是重複著相同的畫面、相同的結果。

「那麼，又是中場休息時間～」

似乎是看膩了這種膠著的狀況，星之宮毫不掩飾地表現出感到麻煩的態度。

在教室後方守望的監視員，也沒有把教師這種態度當成問題看待。

教師被賦予的職責終歸是保持公平。

就算學生胡鬧，或者教師一副毫無幹勁的樣子，那都是在規則的範圍內被允許的自由行動。

但那之後又經過了三十分鐘以上。

換言之，即使又重複了三次投票，出現的結果也還是沒有改變。

只有始終不變、已經固定下來的投票結果反映在班上。

「只為了這最後一道課題，已經過了一小時以上嘍？」

「但這也沒辦法吧。我們只能等待神崎同學願意投下反對票。」

投下反對票的三十九人的願望，就是神崎能夠認輸，改投反對票。

雖然一開始大家還會設身處地試著貼近神崎的想法，或是用嚴厲的語調斥責他等等，但神崎只是一直默默地反覆進行投票。

「我說呀～大家一直陷入沉默也很無聊，可以由我來說些話嗎？啊，不感興趣的人可以無視沒有關係。」

至今一直守望著最後一道課題的星之宮開口說道：

「其實老師我也在學生時代跟大家有過一樣的經驗喲。要問為什麼？因為我也曾經接受過這場全場一致特別考試。然後第五道課題內容跟現在的完全一樣呢。」

「老師居然會提學生時代的事情，感覺真稀奇呢。這好像是第一次吧？」

一之瀨班跟星之宮的關係良好，全班同學從很早以前就知道星之宮出身於這所學校。即使有不少學生在知道後想聽她學生時代的故事，但可以說之前並沒有機會聽到她認真述說。

「雖然班級的狀況完全不同，但跟你們一樣，在這道課題被絆住很長一段時間呢。」

她像是回想起當時般，露出有些冷淡的笑容。

「要選擇班級點數還是夥伴，這是很終極的選擇呢。所以我們爭執了很久，男生們甚至還互相抓住彼此的衣襟，差點打起來呢～」

「那、那樣會不會爭執得有點過頭了？」

抓住彼此的衣襟——在這個班上無法想像那種狀況吧。

白波與其他女生們面面相覷，露出苦笑。

「哎，畢竟時期也不同嘛。我那時是三年級的第三學期，是會卯足全力爭取一點班級點數的時期。要是稍微提到打算讓特定的某人退學，朋友會理所當然地袒護那個某人。不過也有為了獲勝，必須割捨掉某人的情況吧？假如你們處於只要再拿到一百點就可以升上A班的狀況，能夠做出跟現在一樣的決斷嗎？」

星之宮也非常理解神崎原本想問大家的事情，她直接將其化為言語。

「我們沒辦法做出讓某人退學這種事。只要努力在下次的特別考試中挽回——」

「如果沒有下次呢？假如這場特別考試是畢業前最後一次考試的話？假設現在大家抵達夢寐以求的A班，但跟B班的差距只有僅僅幾十點。如果在這邊選擇保護夥伴，就確定會變成B班。好了，你們要怎麼做？當然，從後面追上來的B班也一樣沒有下次嘍？他們應該會不惜割捨掉某人，也要拿到一百點吧。」

就算是聚集了一堆老好人的班級，也必須認真思考才行。

要是選擇保護夥伴，就幾乎確定會跌落到B班。

「要跟現在一樣全場一致反對嗎？要賭賭看B班會放棄升上A班，選擇不讓任何人退學這種像作夢一樣的事情嗎？」

一直提出反駁的班上同學們，終於也變得寡言起來。

「這是個壞心眼的問題呢。實際上現在也並非那種狀況。但有一件事可以確定，那就是如果你們真的有心想要升上A班，也會碰到不管是猜拳或做什麼，都必須選擇贊成的時候。更不用說

拖到時間結束了。」

「老師妳……當時做了什麼選擇呢？」

「我？我呀……當然是選了捨棄沒用的人喲。因為就算說什麼朋友或摯友，結果重要的還是自己本身嘛。現在投反對票的同學們也一樣吧？在本質上認為只要自己能得救就好了。」

希望大家可以一起把握機會升上A班畢業——這是每個人都有的想法。

但也有許多人在內心理解到這是個理想論。

要選擇夥伴還是保身？被這麼詢問答案的學生們都說不出話來。

「因為後面有人嚴格地監視，我只能說到這邊了。無論你們選擇哪邊，我都會尊重。但是，只有曖昧的決斷是絕對不行的喲。如果只是表面上的朋友，便不用放在心上，以班級點數為優先就行。你們相處的時間還只有一年半多一點吧？朋友離開的傷痛不用多久就會癒合啦。實際上從其他班退學的三人，也已經被當成過去的回憶了吧？但要是無法升上A班，那種悔恨今後也會一直跟著你們呢。如果你們不是這樣，而是真的認為朋友比什麼都重要，就必須以朋友為優先。」

星之宮並沒有特別推薦哪個選項，她一邊避免被監視員盯上，同時結束了話題。她不過是以教師的身分告訴大家無論選哪邊都有好處與壞處。在聽完這番話的時候，又到了接下來的投票時間。無論是誰都對贊成與反對的按鈕感到一種異樣的不協調感。在這當中，花了一些時間舉行的投票結果，仍是贊成一票與反對三十九票。跟至今為止一樣，一票也沒有移動。

星之宮並沒有特別感到驚訝，反倒像被迫見證到這個班級的型態。

「我說呀，神崎同學。你該適可而止了吧？」

在投票結束後的中場休息時間，姬野用感到傻眼的態度向神崎搭話。

「把星之宮老師說的話也聽完後，我很清楚神崎同學想表達什麼了。但是，就算這樣，我覺得那也不會變成我們現在要投下贊成票的原因。就算會拖到考試時間結束，這點一定也不會改變吧。」

如果是為了保護夥伴，甚至會選擇拖到時間結束。這就是姬野，還有班上大多數人抱持的認知。一之瀨針對這點陳述自己的想法：

「無論是神崎同學說的話，還是星之宮老師說的話，嗯，我都能確實地理解喲。可是呢，你們剛才說的是如果置身於那種狀況時，要怎麼做的問題對吧？我也能明白大家感到動搖的心情，我認為那並不是壞事。可是——假如我陷入那種狀況，我還是覺得讓朋友退學才升上的A班毫無意義。那該怎麼做才好呢？為了避免變成那種狀況、為了不用被迫做出那種不講理的選擇，我想重要的應該是確實地把握機會升上A班吧。」

「妳這是……理想論啊。可以不用讓任何人退學，壓倒性的A班。要實現這個理想，不知道得蒐集多少班級點數才行……」

「或許我們現在實力還不夠。但我想以那樣的班級為目標。」

對於她這番只是夢想的主張，班上同學們都感同身受地聽從並連連點頭。

神崎的抵抗已經毫無意義了吧。

即使在這邊一直投下贊成票，也只會像姬野說的一樣拖到時間結束而已。

「我們一起加油吧，神崎同學。」

「——說得也是。」

僅有一人的反對勢力，被不知恐懼為何物的人們捕食並吸收。

「我原本心想就算要來硬的，也要用自己的方式改變這個班級。不過，看來我似乎沒有那種資格……不，是沒有那種實力啊。」

這個班級不會改變。雖然不知道會在B班畢業或是在D班畢業，但絕對無法到達A班。這段時間足以讓神崎這麼確信。他接受投反對票的表情感覺不到任何活力，但幾乎沒有學生注意到這件事吧。之後，彷彿從一開始就沒發生過什麼爭執般，迎向了投票時間。

四十人引導出的答案是……

第十次投票結果　贊成零票　反對四十票

他們貫徹了放棄班級點數，保護同班同學的選擇。

「那麼，因為最後一道課題也達成了全場一致的結果，特別考試就此結束。」

「這樣就好啦，神崎。畢竟也拿到五十點的報酬了嘛。」

所花時間大約三小時。雖然不被允許留在校內，但接著將是自由時間。

「順帶一提，A班好像已經結束特別考試了。」

「真假？不愧是坂柳班啊。」

「也就是說龍園同學和堀北同學的班級還在考試中對吧。」

「好啦，各位同學～等離開學校再去閒聊這些有的沒的吧。因為其他班級還在進行特別考試，記得不要妨礙到他們。接下來老師們會引導你們路線，所以請安靜地離開座位喲。」

同學們因為從特別考試中解脫而獲得喜悅，各自說著感想，而神崎在這當中離開了座位。

從下午一點開始的全場一致特別考試，D班。

身為另一個四十人的班級，這間教室也開始籠罩在沉重的氣氛之中。

這當然是因為，總算抵達的最後一道課題內容相當令人震撼的關係。

課題⑤・讓一名同班同學退學，相對地可獲得一百點班級點數。

（若全場一致贊成，接著需指定要退學的學生並進行投票。）

第一次投票結果　贊成十四票　反對二十六票

投票結果公布的瞬間。跟堀北班和一之瀨班一樣，較多人投了反對票。不過這個結果與另外兩班相比，贊成選出退學者的同班同學絕對不算少。

換言之，有三分之一以上的學生，第一印象是覺得即使要選出退學者，也應該以班級點數為優先。

「該、該怎麼辦啊，龍園同學？」

得知結果後，石崎首先向身為班級領袖的龍園翔請求指示。

一直到進入這道課題為止的過程，也都是從這個步驟開始的。

因為一次就讓課題達成全場一致的機率很低，所以大家在第一次中場休息詢問領袖的方針，以在第二次以後的投票中達成全場一致為目標。

這一連串的流程跟其他班很相似，但他們的精密度極高。課題一的對決班級、課題三的保護點數相關問題，與課題四的給自己班的試煉——無論哪道課題都只靠一次中場休息時間，便全場一致投給龍園指示的選項。

唯一讓同學們隨自己喜好投票的題目，只有課題二的決定教育旅行地點。龍園讓班上同學們盡情討論了大約三十分鐘，最後全場一致投給原本投票數最多的旅行地點。

雖然大家都看得出來這道課題五的內容較為異質，但做法在本質上是一樣的。

認為需要指示的課題，都會憑龍園一句話來決定。

學生們強烈注意的只有龍園把票投給了哪邊這點。

假如龍園投贊成，那就表示有某個人確定要退學。

無法反抗的決定——這也是藉由獨裁來整合學生們的班級之特徵。

龍園注視著結果，他一邊露出笑容，一邊從椅子上站了起來。

「雖然到目前為止是一段無聊的時間，不過這表示校方也不打算只當成一場遊戲就結束啊。不這樣就沒意思了呢。」

龍園一邊嘟噥著像要講給全班同學聽的自言自語，同時前往講台上。坂上在旁守望著自己負責的班級的發展，他感受到龍園逐步靠近，於是保持了距離。

因為他很清楚接下來龍園要開始他的花式表演了。

龍園坐到講台上，彷彿想說那是他的指定座位一般。

然後他擺出能夠環顧全班同學的姿勢，說出第一句話：

「投了贊成票的傢伙給我舉手。」

龍園那毫無顧慮的命令，讓不論是投贊成或反對的人都竄起強烈的緊張感。

因為到目前為止的課題中，龍園從來沒問過同學是投給了哪個選項。

在幾秒鐘的迷惘後，有人零星地開始舉手。其中也可以看到感覺沒什麼幹勁似的一邊注視窗外，一邊舉手的西野和金田的身影。

「——五個人嗎？哎，我想也是這樣吧。以一開始來說算不錯了。」

沒有服從命令，不肯說出自己投了贊成票的學生多達九個人這件事實。

目睹到這種狀況，最先感到大吃一驚的是石崎和小宮這樣的學生。

「喂，就算隨便隱瞞也沒什麼好處吧？只是投了一次贊成票而已，不會被罵的啦。」

小宮這麼呼籲保持沉默的同學，表示如果現在坦承，事情還不會變得太麻煩。

「剛才並沒有收到指示。無論要投贊成或反對都是個人自由，沒錯吧？」

小宮說明那並非會受到責怪的事情，為了保險起見，他也向龍園確認是否無誤。

但龍園沒有立刻回答，這讓小宮一瞬間也緊張了起來。

因為如果是自己理解錯誤，也有可能遭到斥責。

「在麻煩龍園同學親自處理前，快點舉手啦！」

石崎怕現場氣氛改變，連忙這麼追擊。

於是慢了幾拍後，一名學生看似過意不去地舉起了手。這下合計有六個人了，但表示剩餘八人還是一樣沒有舉手。

「沒關係的，石崎。不想舉手的傢伙可以不用舉手。至少現在是這樣。」

「咦，可、可以嗎？」

「小宮剛才也說了吧？無論投贊成或反對都是個人的自由。所以首先要每個人自己思考該怎麼做。剩餘時間還有八分多鐘，有充分的餘裕可以思考。」

龍園不慌不忙地確認時刻，他依舊保持著笑容，沒有要改變姿勢的樣子。

好好想想——他只是籠統地這麼說道，之後什麼也沒有做。

然後在長達兩分鐘以上的這段時間，眾人沒有特別做什麼，只是持續保持沉默。

「聽好了，別浪費這段時間。好好想想自己投票給哪邊才是正確的吧。」

接下來又再次陷入沉默。

十秒、三十秒、一分鐘——即使時間不斷流逝，龍園也沒有做出任何表示。

到目前為止的課題，龍園都會在第一次中場休息時強制決定要投的選項。

正因如此，學生們的腦海中充斥著為什麼龍園沒有做出指示的想法。

不過沒幾個學生能夠大膽提出意見，時間經過越久，眾人就越不敢開口。

——請做出一些指示。

一開始應該能這麼開口的石崎等人，也漸漸低下了頭。

上唇和下唇黏在一起，彷彿用膠水固定了似的打不開。

時間經過得越久，越讓人提不起勁開口發言。

然後想要主動發言的人都安靜了下來，開始轉換成想依靠別人的心態，認為應該會有誰幫忙發言吧。連這樣的想法都過去後，明明剩餘時間還比較長，卻開始期待趕快進入投票時間。

讓人感覺漫長無比的第一次中場休息，大半在沉默的時光中度過，就這樣迎向尾聲。這種狀況似乎也在坂上的意料之外，即使過了預定的時間幾秒，他也忘了讓流程進行下去。

「坂上，時間應該到了吧？」

龍園暫且走下講台，準備回到自己座位，他的這番話讓坂上猛然回神。

「……沒錯。接下來進行第二次投票。請各位在六十秒以內投票。」

於是所有人結束第二次投票後，結果立刻反映在螢幕上。

第二次投票結果　贊成十票　反對三十票

原本有十四票的贊成票，其中四票改投了反對票。對於不希望退學的大多數人而言，這個結果並不算壞。只要龍園再擱一、兩次狠話，贊成票就會減少更多。然後在不久的將來，也能達成全場一致反對吧——第二次投票結果讓人有這種感覺。

不過龍園看到這樣的結果，卻表現出無法接受的樣子。

「這就是你們想出來的答案嗎？我不覺得是這樣啊。」

「是因為贊成票沒有減少很多嗎？」

金田一邊調整好眼鏡的位置，一邊這麼詢問，但龍園立刻否定這點。

「也就是說……龍園同學投了贊成票，是這麼回事嗎？」

龍園也否定了這樣的指謫，他感到傻眼似的哼笑了一聲。

「究、究竟是什麼讓你覺得不對勁呢，龍園同學？我不明白啊。」

「你們真的在第一次與第二次的投票中，反映了自己的意志嗎？只有這最後一道課題明顯比較異質，並不普通。所以我才想知道你們『真正的想法』。別在意我投給了哪邊，順從感情老實地做出選擇吧。」

龍園這麼說完後，他離開座位，並在教室裡緩緩地走了起來。

「這十分鐘你們澈底討論吧。搞清楚自己到底想投贊成還是反對。」

既然收到這樣的指示，學生們不得不拚命地進行討論。

教室籠罩在慌張的喧囂聲中，眾人開始各自談論起來。

龍園一邊傾聽他們的對話，有時會將嘴湊近學生們的耳邊，小聲地搭話。

他搭話的對象有西野、椎名、吉本和野村，看起來並沒有特別挑選學生。

接著他靠近鈴木身邊，用類似的方式小聲地向鈴木搭話。

「要投贊成或反對都是你們的自由。投票給想投的那邊吧。」

龍園這麼說，然後這次又對坐在鈴木後面兩個座位上的時任也講了悄悄話。

儘管感到不可思議，覺得這不是什麼要特地講悄悄話的內容，學生們還是在時間允許內繼續討論。於是到了第三次投票時間。

第三次投票結果　贊成九票　反對三十一票

與第二次結果幾乎沒什麼改變的狀況顯示在螢幕上。

坐在講台桌子上的龍園，決定在第三次中場休息時述說自己的想法。

「投了贊成的傢伙給我舉手。」

看到結果之後，龍園再次要求舉手。而舉起手的只有西野與金田兩個人。

剩餘七人隱藏著自己的存在，沒有報上名號的意思。

看不見的贊成票讓石崎露出煩躁的神情，但龍園毫不在乎地注目著舉手的兩人。

「你們好像三次都投了贊成票啊。金田，理由是？」

「是為了獲勝呢。雖然選出退學者絕對不是什麼好事，但我認為可以獲得一百點班級點數，這件事很重要。」

「舉手的話你可能會變成要退學的候補人選，你沒想到這點嗎？」

「這問題很愚蠢呢，龍園同學。就算你會把沒有用、不需要的人割捨掉，也不會做出割捨必要人才的行為。至少在這個班級裡，就憑一百點無法撼動我的價值。」

他是衡量過自己的價值，判斷沒有被切割的危險性才這麼做的。

「哎，除了長相以外，你的確有很多用處啊。」

「謝謝讚美。」

金田毫不在乎龍園對自己長相的指謫，看似滿足地點了點頭。

「西野，妳也跟金田一樣嗎？」

「啥？怎麼可能。我只是贊同了可以迅速增加班級點數的方法而已喲。我會舉手也只是討厭偷偷摸摸。投贊成票又不是什麼壞事。」

「差不多可以告訴你們一直很在意的事情，就是我投給了哪邊。」

西野這種一個不小心可能會被龍園盯上的說話方式，讓石崎比西野本人還要擔憂。

「請、請告訴我們吧！」

如果不聽一下龍園投給了哪邊——也就是這個班級的方針，根本無法開始行動。

石崎將身體向前傾，大聲地表示希望龍園告知。

「我在這道課題中——三次投票都投了『贊成』。」

換言之，剛才那次投票，可以得知贊成的九票裡面有三票是龍園、西野與金田。

「也、也就是說要從班上選出一個退學者……是這樣沒錯吧？」

對於石崎這樣的疑問，龍園只是詭異地露出微笑。

「別急著下結論。我只不過是告訴你們我投了什麼票而已。因為我判斷這道課題想怎麼做，應該是由你們來思考。」

「由、由我們……是嗎？」

「我的確三次投票都毫不迷惘地投了贊成票。」

既然龍園三次都投了贊成票，應該可以判斷他打算採取從同班同學裡面選出退學者的方針。但龍園卻不認同這點，因此石崎也不明白這到底是什麼意思，說不出話來。

「我贊成的理由很簡單。只要捨棄一個人就可以獲得一百點。換句話說，這是不但可以處理掉沒用的東西，甚至還能拿到班級點數，划算到不行的選項。就算因此受益，也不會有什麼傷腦筋的事情，可說是最棒的選擇。不過，即使反覆進行了三次投票，反對的人還是比贊成多。換言之，這表示班上有一半以上的人對這道課題提出『反對』的意見。既然這樣，我會尊重你們的意見，把票集中在反對上。」

龍園提出放棄班級點數，留下同班同學這樣的方針。

「這、這下決定了！你們別投贊成票，投下反對票吧！這是龍園同學的指示！」

簡單易懂的方針讓石崎露出鬆了口氣的樣子，同時這麼呼籲同班同學。

「先等一下啦。這樣很不像你的作風吧？」

特別考試進行到現在，一直覺得很無聊似的，伊吹發出有些不滿的聲音。

「這話什麼意思？」

「你是贊成派對吧？既然如此，就像平常那樣擅自強迫大家投贊成不就好了？難道你現在才打算裝好人，說什麼要保護夥伴之類的話嗎？」

她在暗示會去撿擺在眼前的班級點數才是龍園的作風。

「怎麼，妳也是贊成派嗎？」

「我是投了反對。但我的意見根本與你無關吧。」

「如果這不是匿名投票，我可能會不客氣地讓你們全場一致贊成吧。只要把反抗我意見的傢伙逼到退學就好。不過，這次不巧是匿名投票的考試。既然無法確定誰投了哪個選項，將結果統一成超過半數的反對，事情會比較簡單。」

「也就是說，你沒自信能達成全場一致贊成的結果？」

「咯咯，要怎麼想也是妳的自由。」

「妳、妳別多嘴啦，伊吹。既然龍園同學都叫我們投反對了，那樣就行了吧？如果班級點數會減少就算了，但這樣也能通過考試啊。」

「沒差。只是這樣不太像他的作風，讓我有點在意而已。隨你們高興吧。」

既然方針已經決定，這次中場休息也是保持沉默的時間比較多。

然後是第四次投票。

結果是——

第四次投票結果　贊成七票　反對三十三票

即使沒有達成全場一致，原本推測應該會幾乎都是反對票的這次投票，出乎意料地還殘留著許多贊成票。減少的僅有兩票而已。

「金田、西野。你們投了哪邊？」

「當然是按照龍園同學的指示，投了反對。」

「雖然我心情上是贊成派啦，但感覺不要擾亂班上和平比較好，所以投了反對喲？」

之前舉手的兩名贊成派改投了反對。

還有考慮到龍園在剛才的投票中改投了反對，贊成票最起碼也該減少三票以上才合理。而且這次並非自由投票，是收到龍園指示，被強迫投反對的投票。明明如此，卻還剩下七票贊成。是多了新的贊成者嗎？或者也無法澈底排除金田或西野在撒謊的可能性。雖然龍園本身百分之百投了反對，但站在周圍的角度來看，就連這點也沒有方法能確認真假，新的不安慢慢地蔓延開來。

看到這個結果，龍園冷靜地思考起來。並非只是觀察票數，而是試著看透票的流動與匿名性。

「是誰還在投贊成票啊！」

龍園的命令是投「反對票」。

明明已經有明確的指示，卻有七個學生沒有服從，這讓石崎無法冷靜下來。倘若龍園改變心意要投贊成，就會出現退學者。

「咯咯，別那樣大聲嚷嚷，石崎。畢竟事情越來越有意思了啊。這是完全匿名的投票，自己投了什麼絕對不會洩漏出去。也就是說有不少人是打從心底想投給『贊成』的啊。」

「可、可是他們居然沒有服從龍園同學的指示，這是很大的問題喔！」

「那倒未必。不惜捨棄同班同學也想獲得班級點數並不是壞事。反倒可以說有七個目標是升上A班的貪婪學生，沒錯吧？」

龍園彷彿在歡迎這種狀況般，高興地拍了拍手。

「不過，既然要允許出現退學者，就會附帶要讓『誰』退學這個問題。表示投了贊成票的這七個人，有明確地想到應該捨棄的對象吧。」

「……該、該不會是我？」

石崎慌張起來，覺得自己該不會就是要被捨棄的對象吧。

「哎，雖然無法澈底排除有人認為不需要你的可能性，但沒人有勇氣報上姓名嗎？不是針對別人，而是主張希望『我』退學的傢伙。」

龍園彷彿想說「自己報上姓名吧」似的這麼挑釁。

但現場氣氛再度被靜寂包圍，理所當然地不存在出聲的學生。

「哈，我想也是，不可能這麼輕易就坦白吧？咯咯，我就慢慢陪你玩吧。」

就這樣來到第五次投票時間。

換言之，已經過了四次中場休息。

表示這道課題開始之後，已耗費了大約四十分鐘的時間。

然後這次的結果是……

第五次投票結果　贊成八票　反對三十二票

雖然龍園的目的是減少贊成票，但結果反倒又增加了一票。

「怎麼辦呀？龍園。快經過一小時嘍？」

這時，西野感到很厭煩似的發出聲音。

「別這麼慌張嘛。時間還很多吧？」

「是那樣沒錯啦，但有很多人反抗你的意思投了贊成。這不是很不妙嗎？」

很明顯地不受龍園支配，象徵著龍園沒能控制住的贊成人數。

「說得也是啊。畢竟也無法澈底排除妳投了贊成的可能性嘛。」

「……或許吧。」

聽到龍園像反擊般的回應，西野雖然有些驚訝，仍與龍園四目交接，強硬地回嘴。

「哎，就算一個個逼問，只要對方不坦白，就沒有證據嘛。」

很難罪疑即罰的考試。

「我有個提議，可以聽我說嗎？」

到目前為止一直守望著狀況的藪菜菜美拋出一個問題。

「說來聽聽。」

「乾脆我們全場一致贊成，讓退學也無妨的人退學如何？」

「可以當作妳是投了贊成嗎？」

「不是。我到目前都是投反對。可是，既然贊成票一直不動，我開始覺得改成那樣的方針也沒差吧。比方說……讓伊吹同學退學如何？」

藪這麼說道，並用冷淡的眼神看向伊吹。

「假如是伊吹同學要退學，我也贊成吧……啊，當然我到目前為止都是投反對喲？」

諸藤梨花也接在藪後面舉手附議。

「我說妳們啊，龍園同學都說要把票集中在反對上了，所以我們要投反對啊。」

「先等一下。我很歡迎這兩人的意見喔。」

「咦，是、是這樣嗎？」

「畢竟從她們的樣子來看，到目前為止都是投反對這件事也是事實吧。下次投票最少也要有兩票以上改投贊成，否則就會產生矛盾。妳們不會犯下這麼愚蠢的失誤吧？」

對於這個提問，藪和諸藤都用力地點頭回應。

當然也無法完全否定目前投贊成票的匿名八人，在下次投票時改投反對的可能性，但龍園很清楚這是兩回事。

「而且她們甚至還指名要退學的人，顯示她們要投贊成的覺悟。和匿名的那八個人不同。看起來除了藪跟諸藤之外，也有好幾個人露出想要搭順風車的表情啊。」

與藪她們很親近的女生團體，在這個班級裡面位於最上層的階級。

雖然表面上是兩個人的意見，但實際上可以當成是那個團體有著相同意見。

「可以告訴我們，聽了我們說的話之後，龍園同學有什麼想法嗎？」

「要讓特定的某人退學，大前提是不存在會掩護那傢伙的票。這個班級裡面有不惜賭上自己退學的可能性，也想保護伊吹的傢伙嗎？」

龍園這麼詢問班上同學，但沒有人立刻舉起手。

「好像是這樣啊，伊吹。妳會老實地接受退學嗎？」

若伊吹在這裡回答會接受或隨你們高興，龍園便會毫不迷惘地為了讓伊吹退學而採取行動。

這樣的氣氛充斥著整間教室。

「不好意思，我不打算退學。」

伊吹看也不看指名了自己的藪和諸藤，這麼回答。

「奇怪？伊吹同學不是秉持就算退學也無所謂的立場嗎？」

「雖說學校怎樣都無所謂，但我有想要雪恥的對象呀。再說，妳們以為我會接受這種退學方式嗎？我可不打算為了讓討厭的傢伙中飽私囊，被當成方便的工具人利用。」

「妳只是在找理由，不想退學而已吧？看妳一副滿不在乎的樣子，但果然還是會怕呀？」

藪像在挑釁似的笑了笑。

「哈！妳也變得挺會擺架子了嘛。明明之前只會拍真鍋的馬屁。她不在後，妳就成了女生的領袖，這讓妳那麼開心嗎？」

龍園收起笑容，用眼力威嚇著這麼回嘴的伊吹：

「喂，伊吹。認清妳現在的立場。藪有幾個會反對她被退學的夥伴，但妳一個也沒有喔。再說妳對學校也沒什麼類似執著心的東西吧？」

「……那又怎麼樣？」

「雖然我不討厭妳，但如果妳可以乾脆地退學來替班上做出貢獻，情況就不同了。與意志無關，我們會把妳的血肉啃得一乾二淨。」

「真是難看呢，伊吹同學。只有妳覺得自己受到龍園同學寵愛呢。」

「你會恨我嗎，伊吹？」

「沒差。本來我就絲毫不打算跟你很要好。為了獲勝，你什麼都會做吧？我不會感到驚訝。但是，我不打算退學。」

伊吹再次表示拒絕，但龍園的語調也稍微變得嚴厲。

「妳打不打算退學根本沒有關係啦。那我再問一次。我賭上接下來是否會達成全場一致贊成的結果來問喔。能夠為了伊吹挺身而出的傢伙舉手吧。只不過要在一分鐘以內做出決斷。」

在緊繃的氣氛中，石崎略微顫抖了一下身體。

那並非對龍園感到畏懼，而是他用來做好覺悟的時間。

「算了吧，石崎。」

阻止石崎的是不知何時站到了他旁邊的西野。

「喂、喂，西野……？」

「我們是為了獲勝而戰。你那種半吊子的夥伴意識只會產生混亂而已。」

「可是、可是啊，伊吹也是我們的——」

「——時間到。」

一分鐘經過，最終沒有出現任何一個表示要守護伊吹的學生。

藪等人露出冷笑的視線，也有人露出憐憫般的視線，還有因為自己不會變成退學對象而鬆了口氣的學生們。各種想法在靜寂之中交錯。

「啊，是哦。既然這樣——」

原本近乎自暴自棄地要回答的伊吹，暫且中斷了話語。

伊吹知道連一個像樣的朋友都沒有的自己，在這道課題中十分不利。

所以才早早就告訴周圍自己投了反對票。

不過既然事情變成這樣，只能靠自己來保護自己了。

「既然這樣，怎麼樣啊？」

像在等待接下來的話語般，龍園維持著寂靜。

「……我在這所學校還有事情要做。」

「啊？」

「不好意思，但我不打算回應你們的期待。就算全班同學都投贊成，我也會一直投反對票。如果始終無法達成全場一致，這場特別考試就算失敗呢。」

「什、什麼？妳打算為了自己，拉全班陪葬嗎？」

「就是這麼回事。」

做好覺悟的伊吹親自說出反對宣言，表現出強硬的態度。

「哎，當然會變這樣。藪，妳提議改投贊成的意見並不壞，但指名得太快了。如果妳是認真地想除掉伊吹，首先應該等全場一致贊成後，才說出她的名字吧？」

「唔……！」

倘若知道自己會退學，當然不可能投贊成票。

「你們乖乖地投反對票就是了。」

龍園這麼做出指示，這讓西野有種奇妙的不協調感。

「為什麼要演剛才那齣鬧劇？這根本只是在浪費時間吧？」

在出現個人的名字時，要達成全場一致就會很困難這點顯而易見，因此龍園應該可以在更早的時候就制止藪跟伊吹的爭論。叫大家舉手也毫無意義，根本沒必要那麼做——西野這麼指謫。

「只是打發時間罷了，反正時間多到用不完嘛。」

雖然龍園說沒有什麼深遠的意義，但班上有一部分學生注意到龍園另有其他意圖。可以理解他會附和藪根本不可能通過的提議，是為了讓伊吹說出她絕對不會投贊成的言論。

他這麼做是為了間接地把「要達成全場一致贊成很困難的印象」灌輸給眾人。

這像是龍園綽綽有餘且高明的周旋，但看起來也像是因為對這種狀況束手無策的焦慮，才想出來的苦肉計。

然後接下來的第六次投票是贊成七票、反對三十三票。第七次投票是贊成六票、反對三十四票。原以為贊成票慢慢地在減少，但第八次投票時又變回贊成票七票、反對票三十三票的結果。

接著迎向第九次投票時間。

第九次投票結果　贊成七票　反對三十三票

贊成票依然持續不動。

這數值也像在表示龍園目前的統率力。

從第六次到第九次投票，龍園都只是在講台上坐十分鐘，一句話也沒有說。他只是露出詭異的笑容，一直在觀察班上。

不過，這種狀況在第十次投票開始前的中場休息時出現了變化。

「喂。」

至今一直在笑的龍園，突然朝著班上同學簡短地這麼呼喚。

與其說是討論，原本更接近在閒聊的學生們連忙將背挺直坐正。

「我說你們啊，要是我不做出指示，你們連靠自己一個人投反對票都辦不到嗎？」

這明顯的異變讓學生們同時閉上了嘴。

「你們大概覺得有一定數量的贊成票就沒什麼好怕的，但要是以為我看起來只是毫無意義地在眺望投票，那可就大錯特錯了。」

咚——龍園用腳跟用力地踹了一下講桌的背面。

「你們好像仗著匿名就天不怕地不怕，但已經寫在臉上啦。我大致上心裡有數了。你們要是再繼續胡鬧下去……知道會有什麼下場吧？」

第十次投票結果　贊成六票　反對三十四票

因為有龍園那番強勢的發言，有一票贊成移動到反對票。

只不過，在第七次投票時已經有一次贊成票變成六票的紀錄，因此這個結果可以說剛才的恐嚇實際上並沒有效果。

原本感覺非常充分的時間，就這樣大把大把地被揮霍掉。

「…………」

不知不覺間，龍園早已沒了笑容，轉變成嚴厲的表情。

「真是群頑強的傢伙啊。我也差不多覺得陪你們玩很麻煩嘍。」

原本剩餘大約四小時的限制時間，已經因為最後一道課題經過了一個半小時以上。

第十一次投票結果　贊成七票　反對三十三票

好不容易減少的贊成票又變回七票了。

「照這種狀況，你打算怎麼讓大家都投反對？」

完全不掩飾煩躁情緒的西野向龍園詢問方針。

「說得也是。差不多該讓投票結束了。」

「……你辦得到嗎？」

「妳以為我是毫無意義地在這邊看著你們嗎？你們知道從第六次到第十次投票，存在著奇妙的一票對吧？那個一下投贊成一下投反對，搖擺不定的愚蠢傢伙。我現在就指出那傢伙是誰。」

教室內的學生緊張了起來。

一般來說，無法識破完全的匿名制。

然而——

「是妳對吧？矢島。」

「咦……？不、不是！」

被點名的是矢島麻里子。

雖然她連忙站起來否認，但她明顯地感到動搖，態度顯得忐忑不安。

「妳可別以為因為是匿名，只要否定我就會相信啊？既然被我這麼認為，表示妳確定是有罪的。妳懂我要說的意思吧？」

「怎、怎麼這樣——我——！」

「我說妳有罪就是有罪，而我說妳無罪就是無罪。看在妳是第一個人的分上，我就給妳一次機會。接下來妳沒有未經允許就投贊成的權利。知道了吧？要是『我』判斷妳沒有遵守這點，妳就可喜可賀地準備退學了。」

不由分說的威脅。就算在這道課題中一直投反對，讓特別考試失敗，在不久的將來也會被龍園用某些凶狠的手段逼到退學。不需要太多時間就能想像到那樣的光景。

「我不會說全部看透了，但我大致猜到是誰投了贊成。那些傢伙是不是像矢島一樣的蠢貨，要被我直接點名才會明白……就讓我用下次投票來判斷吧。」

於是迎向第十二次投票。

第十二次投票結果　贊成五票　反對三十五票

因為矢島已經堅定地只投反對，贊成票並沒有增加。

但是，即使來到像是最後一次警告的狀態，贊成票還是只有減少兩人，剩下五票。

班上同學們也逐漸明白威脅對這五票是無效的。

「五人嗎……」

龍園這麼低喃後，確認剩餘時間，再次離開座位。

「只能承認是群有骨氣的傢伙啊。不過，就算這樣，我還是有些不滿。若無論如何也不打算退讓，差不多該自己報上名號了吧？這五個匿名的人希望我退學。既然這樣，只能讓大家全場一致贊成。因為時間到而落幕未免太無趣了吧？那就採取行動。那樣才稱得上對等的戰鬥吧？」

如果沒有達成全場一致贊成或反對，無法通過這場特別考試。

要是不查明想要贊成的學生，只會讓時間一直白白流逝。

原本以為在這種狀況下，應該不會有贊成者現身，但——

這時，終於有一個一直投贊成票的匿名者下定決心挺身而出。

「好啊，龍園。那我就報上名號吧……投贊成票的是我。」

「時任，你這傢伙！知道自己在說什麼嗎！」

石崎像要撲上去似的逼問，葛城抓住石崎的手臂攔住他。

「住手，石崎。現在還在特別考試中，你打算在這種地方做出暴力行為嗎？一個不小心，坂上老師會毫不留情地宣告考試中止，是這樣沒錯吧？」

「當然了。那麼一來，這場特別考試就會因你們失去資格而結束。」

「唔……！」

「而且，雖說時任是自己坦承的，但就算那樣，也沒人能保證那就是事實。」

葛城表示即使百分之九十九不會錯，但既然是匿名投票，就不存在百分之百確定的方法。無法徹底排除他雖然投了反對，卻假裝投了贊成的可能性。

「雖說這是事實啦。我一直在等這種特別考試來臨。即便憑一般的特別考試根本束手無策，但這道課題出現的瞬間，我就靈光一閃啦……想要除掉龍園，只有這個機會了。」

「為什麼你現在才出面承認啊，時任……」

「因為我跟龍園對上了幾次視線啊。他應該猜到是我投了贊成票吧。雖然也可以更早出面承認，但看到贊成票沒有減少，一直東奔西竄的模樣，實在很痛快啊。」

「不錯喔，時任。你也不是第一天採取這種反抗的態度了。反倒應該說你是贊成派這件事，讓我坦率地感到高興啊。」

「你能夠得意忘形到什麼時候？你應該沒那種餘裕吧。」

「是啊。無論重複幾次投票，贊成票絕對不會消失。換言之，要是拖到考試時間結束，我們班就會損失三百點。等於從A班競爭中被淘汰，這樣說也不為過吧。」

「沒錯。你好歹也是這個班級的領袖。要是特別考試失敗，責任不在於我，而是在你身上。說到底，這場特別考試你也是一直自由地在控制我們的選項。你對應該與一之瀨班戰鬥的意見充耳不聞，強制指名了坂柳班當對戰對手。你當然會負起輸掉時的責任吧？」

「原來如此啊。在這邊進行反抗的你，之所以到目前為止的課題都老實地服從指示，是因為

這個緣故嗎？」

「這是為了告訴班上同學這樣是錯的。我並不是想讓他們傷腦筋。我是對你擔任領袖這件事感到不滿。」

「不過，可以讓特定的某人退學的機會在這邊降臨了。所以你決定賭一把是嗎？然後呢？這麼光明正大地反抗給我看，你最大的期望是什麼？」

「如果你希望我——不對，是希望我們投反對票的話，你現在就放棄班級領袖的地位。若你肯在所有人面前發誓，反對票一定也會增加吧。」

就算再怎麼討厭龍園，時任也明白要達成全場一致贊成是很困難的事。所以才提出這個妥協方案。

「講這什麼軟弱的話啊，時任。你沒自信讓我退學嗎？」

「別笑死人了。假如全場一致贊成，到時退學的人會是你喔，龍園。」

「可以問你一件事嗎，時任同學？」

金田一邊調整眼鏡的位置，一邊舉手發言：

「的確，我能夠理解倘若特別考試失敗，領袖應該負起一部分責任的道理。但是，假使全場一致贊成準備選出退學者，會退學的人肯定是你喔？實際上也有許多學生服從龍園指示，一直投下反對票。」

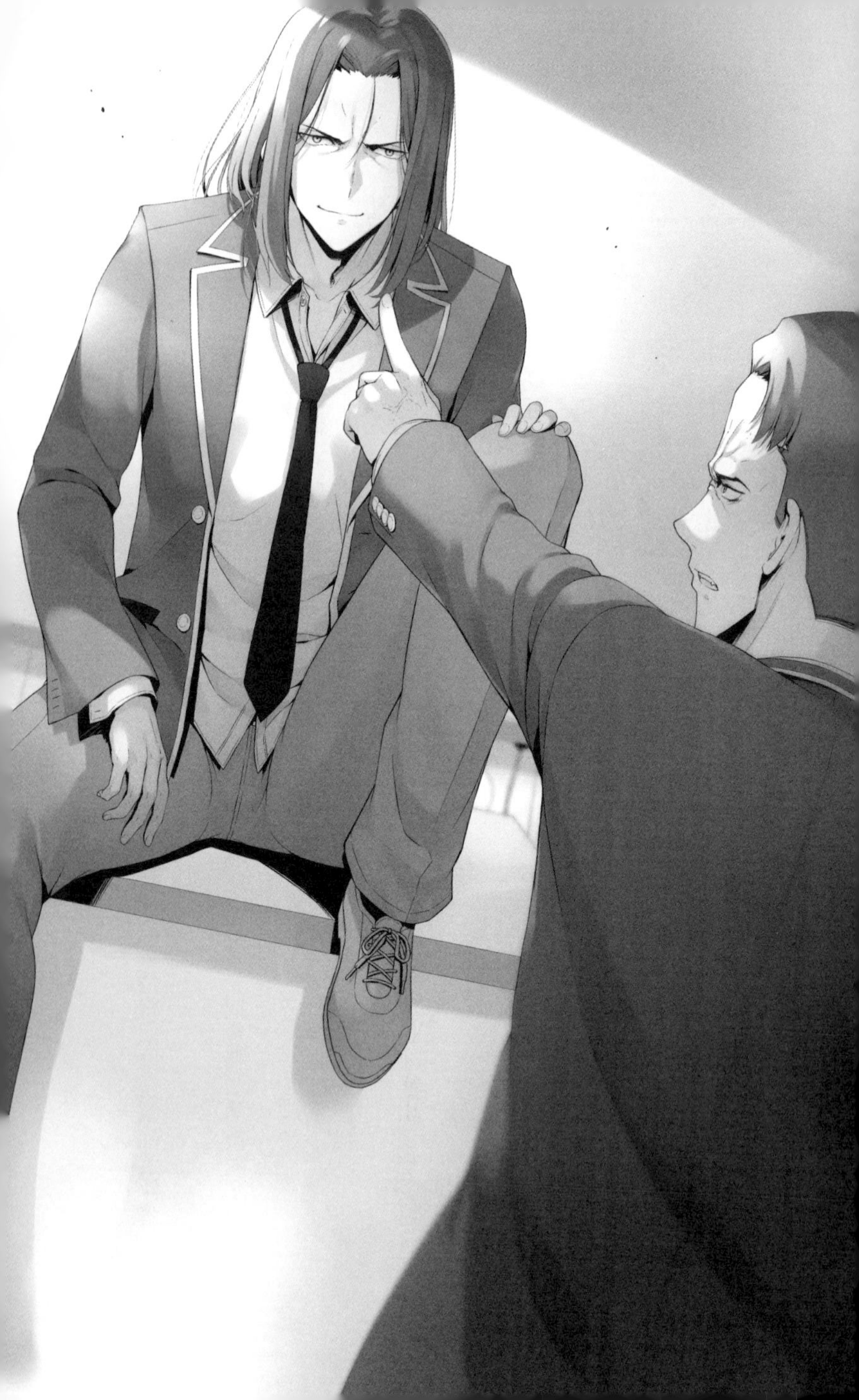

即使聽到金田這番考慮之後發展、冷靜沉著的說明，時任也不為所動。

「現在這些反對票根本沒有意義。你該不會以為所有反對票都屈服於龍園吧？能夠站出來反抗的傢伙確實很少，可是啊，現在除了我這一票之外，還有四票贊成票。即使這傢伙一直要大家投反對票，還是有四票殘留著。表示有這麼多個意志堅定的傢伙盼望著你這傢伙退學喔！」

「跟藪和諸藤比起來，你的理論好像挺合乎邏輯啊，時任。」

龍園感到佩服並送上讚賞的掌聲後，他接著說道：

「既然這樣，用不著客氣。我跟你來一場單挑怎麼樣，時任？」

「什麼？」

「包括我在內，一直投下反對票的三十五票，我會讓他們都改投贊成票。這麼一來，就像金田說的一樣，會開始進行要讓誰退學的投票。這樣剩下的就簡單了，我跟你靠投票來互毆吧。」

既然其他學生不會變成投票的對象，便不需要害怕達成全場一致贊成的結果。

「這樣好嗎？要是在這邊消除反對這個選項，就無法避免出現退學者。這樣你便無法倖存下來嘍，龍園。」

留下全場一致反對的可能性，算是時任的一種慈悲。

「每個人都想避免拖到時間結束。既然如此，由我們兩個來單挑，看大家要全場一致選我或是你。這樣對班上同學來說也比較有趣吧？」

龍園當然不可能答應時任的提議，他反倒想推動全場一致贊成。

「人類是很任性的生物。倘若有退學的風險，連大方地報上名號也不敢；但如果像這樣是我跟你其中一邊會退學，態度就會大轉變。而且還確定可以拿到一百點的追加報酬，大家一定樂於投票吧。」

「你是說現在投贊成票的傢伙，會同意讓我退學？」

「誰知道呢？如果你覺得不妙，投反對票也行喔？」

「放屁！要退學的不是我，是你啊，龍園！」

「是嗎？那趕快來一對一決勝負吧。」

一直匿名殘留下來的四票，還有雖然討厭龍園，仍無可奈何地一直投下反對票的學生們。只要反覆進行幾次賭上龍園翔退學的投票，隨著剩餘時間減少，贊同票應當也會越來越多才對——時任擁有這樣的自信。

「好啊，既然你都說到這種地步——」

時任接受挑釁，準備爽快答應那個提議的瞬間，拍桌子的聲音響徹教室內。

「先等一下，龍園。能不能給時任一點時間？」

聲音的主人是葛城。他急忙站了起來，這麼向龍園搭話。

「啊？你這是什麼意思，葛城，我不記得有給你發言權喔？」

「我也不打算被剝奪發言權。」

對於龍園要求閉嘴的指示，葛城不為所動地這麼回答，面向時任說道：

「就像你說的，只要不服從龍園的人沒有變成零就可以放心，這種想法並沒有錯。不過，龍園所說的也是事實。倘若附帶直到確定讓龍園或時任其中一邊退學為止，這種制約來進行決戰投票，學生的感情會隨著剩餘時間產生強烈的動搖。這麼一來，能夠控制多數票的人，也就是龍園會壓倒性地占上風。」

「我說過了吧，別只憑這點就斷定他會占上風啊，葛城。班上其實有很多人不歡迎龍園啦。只是被他用力量抑制住，內心抱有很多不滿。只要時間快沒了，放棄袒護這傢伙的人一定也會變多。就算是他的走狗石崎也一樣。」

「你說什麼！」

「你也曾經反抗過龍園一次吧？想起那時的反骨精神啊。」

「那、那是——」

去年在屋頂上的事件——與綾小路起爭執，打算讓事情落幕的時候，石崎曾經打敗龍園，暫時掌握了班級的主導權。時任提起了這件事。

「雖然我不清楚當時的狀況，但你的意思是最終你能獲勝？」

「對，沒錯。」

「那我問你，假設龍園退學了，之後要由誰來統整這個班級？」

「到時大家商量一下就行了。不過，只有身為外人的你是不可能的喔，葛城。」

「身為外人的我，的確不可能被納入選項也說不定。但如果你無法提示明確的下任領袖，會欠缺決定性的說服力也是事實。那樣無法追上並超越坂柳。」

雖然葛城放遠眼光環顧狀況，不斷進行說服，仍阻擋不了時任。

「吵死了……那又怎麼樣？要是沒有跟這傢伙同歸於盡的覺悟，我打從一開始就不會報上姓名了。」

「咯咯咯，打從一開始？我看你倒是觀察了情況很久嘛。」

「……吵死了！」

「算啦，畢竟如果沒有幾個人跟你有相同志向，也是束手無策嘛。」

正因為確認到有好幾票沒有服從龍園的投票，時任才會採取行動。

「拜託你，龍園。給時任一次機會吧。」

葛城始終認為龍園較為有利，聽到葛城這番話，龍園彈響一次手指。

「好喔。時任，我給你一次機會。下次投票時，一切都看你那一票怎麼投了。假如你投了贊成，到時我就會讓你退學。」

「哈……你真敢說大話啊。你以為能讓我退學嗎？」

「對。下次投票時，除了你之外的人都會投反對票。也就是會變成贊成一票與反對三十九票的狀況。換句話說，只要你投反對，就會達成全場一致，這道課題就通過了。」

「喂，除了我之外的四票贊成，什麼時候消失了啊？」

「咯咯……我在這次中場休息時讓那四票倒戈了啊。」

「放屁，你怎麼可能辦到那種事。」

明明還有四票贊成頑固地殘留到現在，而且這次中場休息，龍園幾乎都把時間花在跟時任的對話上。也沒有說服人倒戈的舉動。

「那你試試看吧。你就跟之前一樣投贊成，這麼一來便知道答案了。」

中場休息的剩餘時間一分一秒地流逝，剩下不到一分鐘了。

雖然冷氣十分涼爽的室內維持著舒適的溫度，但時任的背後卻開始冒出汗水。只是單純的威脅、虛張聲勢罷了。很難想像會因為這次中場休息有什麼變化。不過，假如除了自己以外的贊成票，真的都變成反對票的話？那表示除了時任以外的學生都站在龍園那邊。即使也可以在達成全場一致贊成前改投反對票，採取跟伊吹相同的防衛手段，但那樣會當眾出醜，因此時任無法選擇那麼做。無論如何，都無法避免跟龍園單挑的最終投票吧。

那麼一來，可以確定時任本身會敗北了。

「你有退學的覺悟對吧？不用客氣，儘管投贊成票吧。」

「……用不著你說，我也會投。」

沒多久後，來到投票的時間。時任不加思索地將他那一票投給贊成。

「那麼接著顯示投票結果。」

在坂上這麼告知的同時，結果反映在螢幕上。

第十三次投票結果　贊成二票　反對三十八票

「唔！」

看到這個結果的時候，時任的心臟跳得比任何人都快吧。

因為就像龍園說的那樣，剩餘的四票裡面除了一票之外，都改投反對了。

「哈，我的確嚇到了……不過啊，這表示還有另一個跟我一樣擁有堅定意志的學生喔！就算被威脅到這種地步，也沒有屈服的傢伙！」

時任這麼吶喊，等於在宣言自己勝利似的發出咆哮。

不過龍園並未看向時任，而是將視線朝向完全不同的另一個學生。

「你打什麼主意？是你投了贊成對吧，葛城？」

「什麼……？」

聽到預料之外的人物名字，時任大吃一驚。

「沒錯。假如我投了反對，就會跟你的宣言一樣變成贊成一票、反對三十九票的情形，接著進入最終投票。那麼一來，只有讓其中一邊退學，才有可能通過這場考試。」

「原本應該是那樣發展啊。依照你的回答，你也別想全身而退喔。」

「有一個理由。因為我認為時任是對班級而言有必要的學生。不，不只是時任。我是從A班來到這裡的外人。所以才能用客觀的角度觀察這個班級。結果就是我清楚地了解到沒有任何一個不需要的學生。」

「你說不服從指示的時任是有必要的學生？」

「沒錯。我反倒認為他是寶貴的戰力。他是像我一樣──不，是比我更能毫不猶豫地對你提出反對意見的存在。當然，他在這次特別考試中的做法是錯誤的。只為了將龍園拉下台，而讓班級暴露在危機當中的做法不值得稱讚。」

葛城不只對龍園這麼說，他也看向時任並拋出話語：

「如果你不滿意龍園是領袖，就用不會牽連到任何人的方式，光明正大地提出訴求吧。只要你的主張正確，我會毫不迷惘地站在你那邊。」

「葛城……你……」

「要是在這邊中了龍園的戰略而退學，你會一無所成地結束校園生活。今後龍園也不會想起時任裕也這個學生的存在。」

「但、但是投票前明明還有四票夥伴——」

看不見的援軍推動著時任奮戰到這個地步。

那也是時任心靈的寄託。

「那種東西打從一開始就不存在，只是幻想罷了。」

「你說是幻想……？」

「正確來說，應該是在反覆進行的投票中被淘汰了，龍園點名矢島之後，仍然有五票贊成繼續殘留下來。投了那些贊成票的，是時任你，還有……」

葛城轉過頭，他緩緩地移動視線，並指了幾個人。

「椎名、山田、我，以及……龍園這四人。」

聽到這個回答，時任還有其他同班同學都無法理解。

「……你在說什麼……你說龍園也投了贊成……？」

「在贊成變成五票的時候，剩下的匿名投票就只有一人。不過，那也因為你自己報上名號，一切都攤開在光天化日之下了。」

「也就是說這次中場休息的期間，龍園一直在內心嘲笑我嗎……真丟臉啊。」

「不是那樣的。他確實有查明誰是贊成者這個目的吧，但在你自己出面承認時，就已經確定了。他也可以不要特地煽動你一決勝負，默默地繼續進行投票。這麼一來自然地會達成全場一致贊成，只要在接下來的投票中逼你退學就行了。」

「所以他是為了侮辱我，才玩這種文字遊戲的吧！」

「不是那樣的。他是在給予你不會被退學的可能性。」

「什——唔……！」

「但你沒有注意到那種可能性，試圖橫衝直撞。雖然你應該壓根沒有想到龍園會用很迂迴的方式在給你機會吧。」

「我、我是……！」

「我說得再多，如果你都不肯聽進去，也沒什麼好說了。雖然會占用大家時間，但可以給時任最後一次機會嗎？在所有人改投贊成前，希望可以再一次一起投下反對票。」

「你要我再給他一次機會？我可沒那麼好心喔？」

「你也有疏忽的地方。因為你挑釁過頭，他才會看漏了救命稻草。在事情皆已明朗的現在，時任才總算獲得了選項。」

「要是他這樣也聽不進去，你應該對他的退學沒有異議吧？」

「對，我沒有異議。隨你們高興就好。」

葛城閉上雙眼，雙手抱胸。時任變成要由自己來決定自己的前途。

倘若自己投下贊成票，百分之百會退學。

相反地如果投下反對票，就可以達成全場一致反對，避免退學危機。

但無論是以怎樣的形式，投下反對票便等於向龍園屈服。

這會顯著地傷害到時任的自尊。

「那麼，接著開始六十秒的投票時間。」

在坂上這麼說的同時，倒數計時開始了。

即使除了時任以外的三十九人都在限制時間內投票完畢，也還沒有停止倒數。

坂上暫且抬起頭，看向時任。

「我事前也說明過，經過六十秒後，會開始累積懲罰時間。」

時任低著頭，輪流注視著顯示在平板上的贊成與反對的文字。

「可惡……可惡啊！」

照理說是等時機成熟才升起的反擊狼煙。但從途中開始變成只剩自己一人。

自己只是一直被龍園玩弄於股掌之間。

懊悔、羞恥與慚愧。

各種負面情感包圍住時任的內心，揮之不去。

怎麼能在這種地方屈服於龍園——這樣的自尊探出頭來。

乾脆地凋零吧。不，或者也可以故意投贊成票來爭取時間。只要一直跟三十九人投相反的選項，說不定也能讓這道課題以失敗告終。

自己不會退學，並讓特別考試以失敗告終——

這樣的想法閃過腦海中，但時任用力地左右搖了搖頭。

就算為了對抗龍園做那種事，也不會有任何收穫。

只會給同班同學造成莫大的困擾，比龍園更討人厭罷了。

時任並非期望著那種事情。

「可惡——啊！」

時任誇張地高舉手臂，然後點擊投票按鈕。

「——所有人投票完畢。那麼接著公布結果。」

坂上停頓了一會兒後，他操作平板，讓結果反映在螢幕上。

第十四次投票結果　贊成零票　反對四十票

「因為達成了全場一致，將會否決這道課題內容。特別考試到此結束。」

讓人感覺很有可能出現退學者的龍園班，確定所有人都會留下了。

「時任，你──」

石崎轉過頭去，向低著頭的時任搭話。

「……你別誤會了，龍園，我並不是認同了你的做法。要是我判斷你採取了我們班無法升上A班的做法，無論幾次我都會設法排除你。」

「隨時放馬過來吧。到時我會毫不留情地奉陪。」

「哼……」

時任對繼續留在現場感到心情複雜，他快步地離開了教室。

確認他離開之後，葛城走到龍園的身旁。

「你真是多管閒事啊，葛城。我可是很歡迎有退學者喔？」

「有一半是那樣吧。但剩下的一半，你應該也在摸索不是那樣的可能性吧？」

「放屁，我看起來有那麼天真嗎？」

「我不知道你天不天真，但假如你的目的是完全控制投票，不要做多餘的事情，先把會盡忠的學生拉攏成夥伴才是重點。但你在第二次投票後，一邊隨便找了幾個學生講悄悄話，同時對真正要找的椎名做出了指示。因為如果只跟特定的學生講悄悄話，會被猜想你在擬定什麼戰略啊。然後你透過椎名，在反覆進行討論的期間召集了投假贊成票的夥伴。然後那些夥伴之中也包括了我。理由就是你算到了我應該會保護時任對吧？」

「你會保護時任？那是從哪冒出來的情報啊？」

「椎名曾聽見我跟時任在討論關於你的事情。就算你接到報告，知道這件事也不奇怪。」

「我只是在尋找並嚴選被假贊成票迷惑，投下贊成票的傢伙而已。這當然是為了讓那傢伙退學，獲得班級點數啦。真是可惜啊。」

龍園晚了點離開教室後，葛城面向一直看著自己和龍園的視線。

看到椎名溫柔地露出微笑的模樣，他坦率地感到佩服。

「將我拉進來這件事，也可能是椎名的獨斷嗎……」

但無論如何，龍園準備了用來幫助時任的稻草，而且給了他機會的事實也依然不變。看到因為沒有出現退學者而鬆了口氣的學生們，葛城這麼確信。

這個班級隱藏著打敗坂柳，成為A班的潛力。

還有自己盼望與這個班級一同朝那條道路邁進的心情。

坂柳有栖的選擇

特別考試開始後過了一小時又多一點。坂柳率領的A班儘管中間插入了幾次投票與休息，仍順利地進行著課題。於是他們抵達了最終課題。

課題⑤．讓一名同班同學退學，相對地可獲得一百點班級點數。

（若全場一致贊成，接著需指定要退學的學生並進行投票。）

雖然被退學這個關鍵字嚇到，眾人還是按照規則，默默進行第一次投票。

為了避免預料之外的事故，坂柳跟堀北一樣，事先向與自己較親近的四名成員做出一定要分散票數的指示。

因為有兩個選項，在確定會有兩票贊成與兩票反對中進行的投票結果是……

第一次投票結果　贊成二票　反對三十六票

呈現出這樣的結果。

扣除掉受到控制的兩票贊成票，反映出所有學生都表明反對的結果。

「哎，一定會變成這樣吧。那要怎麼做啊，公主殿下？下次投票所有人都投反對就好嗎？」

負責投選項一，也就是剛才應該投了贊成的橋本，在進入中場休息後立刻向坂柳確認。

「你有什麼看法呢，橋本同學？」

橋本沒有想到坂柳會對提問反過來要求答案，儘管感到有些驚訝，他仍再次於腦海中朗讀這道課題。

「如果要直接做出結論，我選反對。不過冷靜思考的話，也覺得一百點班級點數好像意外地不能小看。」

「換言之，你認為就算要讓同班同學退學，也應該拿下一百點？」

「不……我不會說到那種地步。我只是對『小看一百點真的好嗎？』感到疑問吧。」

「假若這是競爭已經進入終盤的校園生活，我也會逼不得已採取割捨同班同學的方針吧。不過，目前我們班遙遙領先。要是在這裡為了拿一百點班級點數，選擇讓一名同學退學，反倒可以說是荒謬。」

「那當然。只不過，我可不想將來為了這一百點哭泣喔？」

「人數減少這件事同時也是個壞處。即使單純一點來想，每個月能獲得的個人點數總量會減少，也會讓班級的士氣低落，還會萌生不信任感。要用有趣一點的方法，倒是可以刻意選出退學者，再籌措兩千萬個人點數來救濟他。雖然也有不用出現犧牲者並獲得班級點數的方法，但資產也會影響到即將舉行的體育祭和文化祭呢。雖說可以拉開一百點的差距，但把看不見的要素也算進去的話，這道課題無論選哪邊，我認為利害得失的差距都不會相差太多。還是說這個班級裡面有哪位自願要退學的人物嗎？」

坂柳這麼說，然後環顧班級一圈。待在如同坂柳所說遙遙領先其他班的A班裡，當然不可能有主動提出自己退學也無妨的學生。

「三足鼎立的其他班級應該會苦惱不已吧。然後就算做出艱難的選擇，選定了一名退學者，班級排名也未必會上升。失去夥伴這件事並不是那麼單純的事情喲。」

這一番話穩固了A班的方針。

假設A班選擇選出退學者，會輕易地全場一致通過吧。

然後十之八九是被坂柳選上的學生退學。

「你們這些同班同學跟已經不在的葛城同學和戶塚同學不同。我不會捨棄願意為了我行動的夥伴。」

這是坂柳的謊言。

萬一發生A班被逼入絕境的狀況，坂柳會毫不迷惘地選擇選出退學者。不過若在並非面臨什麼危機的狀況中，隨便選出退學者，會讓人產生不信任感。坂柳只是判斷目前陷入那種狀況會有更嚴重的損失而已。

第二次投票結果　贊成零票　反對三十八票

這是龍園班和一之瀨班在苦惱許久之後，好不容易才達成的全場一致反對。

坂柳在第一次中場休息，而且還剩餘一半以上的時間，就確實穩固了同班同學投票的選項。

「那麼到這邊，全場一致特別考試所有的課題都結束了。關於通過特別考試的時間，這個班級是最快的。因為其他班級還在特別考試途中，請各位按照老師的指示離開教室。剩餘時間將按照預定計畫在宿舍自習。」

儘管不被允許離開宿舍外出，但空下來的時間實際上成了自由活動時間。

堀北鈴音的選擇

「那麼接著公布投票結果。」

第十次投票結果　贊成一票　反對三十八票

僅僅只是一直重複上演已經看膩的光景。

即使呼籲贊成者出面，結果也依然不變。即使反覆進行討論，結果也依然不變。

雖然贊成票沒有增加，但也不會減少。

這結果彷彿讓人開始疑神疑鬼，懷疑其實根本沒有進行什麼公正的投票，只是一直在重複顯示相同的畫面。

「因為沒有達成全場一致，接下來開始中場休息。」

宣告固定台詞的茶柱臉上也能看出疲勞的神色。

述說完過去的現在，她能做的只有以教師身分守望這道課題的將來。

「這是為什麼啊……真的有人在投贊成票嗎？」

啟誠會忍不住發出這樣的疑問，也是很正常的。

事情發展至此，就算想繼續談論下去，也已經用各種方式討論得差不多了。

堀北和洋介究竟嘗試了多少次說服呢。

「投了反對票的人……可以請你們舉手嗎？」

既然呼籲贊成者出面也沒用，洋介換了個方向，希望投反對的學生舉手。

雖然反過來問也毫無意義，但他不惜做出這樣的提議也想尋找突破口，不改他拚命的態度。

眾人紛紛舉起左手或右手。當然我也舉起了手。

這樣一看，可以知道包括洋介在內的三十八人毫不迷惘地投了反對票。

唯一沒有舉手的是高圓寺，不過……

「雖然我不會舉手，但我是投反對票的，用不著擔心喔。」

對於用不安的眼神看向自己的洋介，高圓寺這麼回答了。

「真的可以相信你嗎，高圓寺？其實你果然還是投了贊成……」

「那樣的議論已經第幾次啦？你也真是講不膩呢。」

以須藤的立場來說，他也只能質疑高圓寺。畢竟一直持續著這個班級裡有人在說謊這種難以置信的狀況，也難怪他會這樣。

有一個學生光明正大地主張他投了反對並舉起手，但其實他一直在投贊成。

「我不想認為剛才舉手的人裡面有人在說謊。但是，接下來我會再確認一次，這次我會看著每個人的眼睛直接一一詢問。假如有投贊成的人，希望可以老實地告訴……不，希望可以在下次投票時投反對。」

不斷掙扎的十分鐘，堀北不嫌麻煩、不辭勞苦地與同學們一個一個面對面。

她應該也跟其他學生們同樣感到疲憊吧，但也不能什麼都不做。

無論是波瑠加、愛里、啟誠和明人，或是池、須藤、小美和松下，還有櫛田、小野寺、沖谷和森，每個人都筆直地注視堀北的眼睛，這麼回答了——

我是投反對票的。

沒多久後堀北抵達位於教室入口最後面的最後一人，也就是我這邊。

儘管她的眼神中摻雜著焦慮與不安，但仍然懷有熱情。

「你投了哪邊呢，綾小路同學？」

「我當然是投反對票。」

「……是嗎。」

這下堀北結束了她重新對每一個人近乎盤問的審訊。

所有同班同學都主張自己投了反對這點不變。

剩下就只能期待那個人會因為受到殘留在內心的良心苛責，改投反對票了嗎……

「再過不久就要十分鐘了。回座位吧，堀北，要開始投票了。」

用盡各種辦法後，又再次來到投票時間。這次的答案是──

第十一次投票結果　贊成一票　反對三十八票

結果依舊沒有任何改變，也沒什麼話好補充了吧。

只是一直顯示出相同、相同、相同、相同的結果。

「真是夠了！感覺腦袋要抓狂了！簡直莫名其妙嘛──！」

須藤胡亂地搔著頭，將手肘用力敲向桌上。

「欸，可是，說真的要怎麼辦呀？剩餘時間也沒多少了吧？」

到現在為止，學生們都預測一直堅持投贊成的人遲早會讓步。

包括堀北在內，應當都認為他不可能選擇拖到考試時間結束。

絕對、幾乎、一定、恐怕、大概──贊成票會害怕時間到，而改投反對票。

儘管有些千鈞一髮，還是能達成全場一致反對來通過特別考試。

然後為了接下來的體育祭和文化祭開始進行準備──大家肯定描繪了這樣的構圖吧。

但是——

贊成票並沒有變動。

就算再等十分鐘、三十分鐘或一小時，那個答案也不會改變吧。

等著我們的只有「時間到」這條最糟的路線。

距離下次投票還有九分鐘，這九分鐘已經不是單純的九分鐘了。

過了這九分鐘後，剩下不到兩小時——也就是我制定的最後期限。

到目前為止的三小時，堀北已經盡力去面對最後這道課題，不斷地奮戰。

並不是堀北的戰略太天真。即使是我盡全力想達成全場一致反對，那也是「不可能」的吧。

那是為什麼？最根本的理由為何？

因為無論是說服或交涉，所有行動都毫無意義。

這個贊成者進行的是只想避免達成全場一致反對的戰鬥。

最可怕的是，投下這票贊成的人物，並不認為時間到是最嚴重的損失。

在這場特別考試中，一般是不可能發生那種事情的。

客觀地來看這道課題時，三個選項的優先度通常會固定成這樣：

反對＞贊成＞時間到

這是對四個班級的所有學生來說，共通的絕對不等號。

正因為這個優先度是固定的，特別考試才會成立，也就是所謂的大前提。

不過——假如只有一個不等號跟其他人不同的學生，會有什麼結果呢？

贊成＞時間到＞反對

如果有人像這樣排出扭曲的優劣順序，這道課題便無法成立。

正因如此，校方才會以澈底的監視與規則來阻止其他班級的介入。為了避免有學生跟坂柳或龍園這樣的人物締結「如果能拖到時間結束，就邀請你進我們班」，或是會轉讓大量個人點數這樣的契約。

因為混進了不在乎時間到的學生，讓特別考試陷入混沌。

就算一直固執己見，在等著的也只是時間到而已。

那麼應該怎麼做呢？

在剩餘的兩小時中，我應該做的事情只有一件——

達成全場一致贊成。

這就是最佳解。除了讓這個結果成立以外，沒有其他開拓道路的方法。

堀北的腦海中也已經出現這個結論了吧。

但她還無法下定決心。

捨棄同班同學並不是那麼簡單的事情。

選出一個人讓他退學，是比達成全場一致反對更加困難的路程。

倘若踏出一步，便再也無法回頭。

因為校方不允許我們反悔，說什麼果然還是無法選出退學者，所以改回投反對票。

明明如此，即使到了投票時間，我仍在猶豫是否要實行計畫。

為什麼？已經偏離理想的路線，為了達成計畫，必要的所需時間也逐漸逼近。

要是耗費多餘的時間，也會影響到達成全場一致贊成後要選出退學者的行動。

但就算這樣，即使犧牲寶貴的時間，也想再嘗試一次達成全場一致反對。

不曾抱持過的不合理感情在我的腦海中浮現。

如果是你，這種時候會做出怎樣的決斷呢？我在內心這麼詢問堀北學。

當然不可能有回應，但我決定修正計畫。在不變更戰略目標的前提下，賭上最後一次機會。

「那麼接下來……」

計票完畢的茶柱有一瞬間說不出話來。

「……接下來公布結果。」

第十二次投票結果　贊成二票　反對三十七票

「騙、騙人的吧？為什麼？贊成票居然增加了！」

經過漫長的時間後，至今一貫反對的三十八人裡面，有一個人改投了贊成。

要讓原本團結一致的反對派產生裂痕，這應該帶來了充分的震撼吧。

「感覺像在作惡夢呢……」

投下這一票的不是別人，正是我本身。

這並非只是有一票產生變動。而是除了高圓寺之外，一直十分團結的三十七人裡面有某人改投贊成這種強烈的一票。

已經絲毫沒有考慮到那種可能性的堀北，再度進入思考模式。

如果無法讓贊成票變成零，那該怎麼做呢？

堀北立刻理解這是為了避免拖到時間結束而跑掉的一票。

無論最後這道課題會變成全場一致贊成或反對，都有個更可怕且最糟糕的選項。

那就是時間到。縱然不會出現退學者，也會扣掉三百點班級點數。假設其他班級都通過考試的話，就會有三百五十點的差距。而且，假如存在著以全場一致贊成通過最後一道課題的班級，最多可能會拉開四百五十點的差距。

要是拉開這麼大的差距，就算還剩下一年以上的校園生活，也沒人能保證可以追上。不，應該可以說近乎絕望吧。

雖然避免了出現退學者，但也放棄升上A班——變成這樣可就不好笑了。

然後這種想法一旦蔓延開來，就無法避免大家開始對一直投反對票的意義產生疑問。會開始認為比起文風不動的贊成票，去移動大家有可能團結起來一起行動的反對票還比較容易吧。

就算接著會面臨誰要退學這個最大的難關，也能從僵硬的現狀中向前邁進半步。

「欸，我說啊。這樣只能投贊成了吧？」

「你在說什麼呀。要是那麼做，就有人非得退學不可了喲？」

「可是啊……要是拖到時間結束，大家都完蛋了喔？」

對贊成票的侵蝕開始慢慢地進行。

首先開始移動的是認為「自己不會退學」，有這種自信的學生們。

相反地，繼續投下反對票的學生，則偏向認為「自己可能會退學」的學生們——應該可以看

做是這樣吧。

在內部不斷增加的贊成票。

但沒有任何一個學生會出面承認自己投了贊成吧。

這是當然的。要是被人知道自己改投贊成，說不定會被當成退學的對象。

等達成全場一致贊成後，才能首次以對等的狀態來接著選出退學者。

第十三次投票結果　贊成五票　反對三十四票

有三票改投贊成。

雖然還強烈地殘留著「是誰投了贊成啊」這種聲音，但那也到此為止了。

第十四次投票結果　贊成十二票　反對二十七票

確實地在增加的贊成趨勢銳不可當，票數不斷增加。

然後贊成票終於首次變成二位數，膨脹到將近三分之一的人數。

下次投票會增加更多贊成票吧。

在我們到達這個階段時，剩餘的限制時間終於只剩大約一個半小時了。

「請、請等一下。如果大家真的認為可以傾向贊成，那就大錯特錯了！」

洋介無法忍受這種危機般的狀況，向投贊成票的學生們喊了暫停。

「我明白我們必須避免時間到。可是，就算因為這樣全場一致投贊成，問題也不會就此解決吧？」

「沒錯喲……那之後必須以個人為對象，從多達三十九個的選項裡達成全場一致的結果才行。那比達成全場一致反對還要困難呢。剩餘時間只有一個半小時了。你們明白這點嗎？」

要讓這道課題以贊成結束，必須決定退學者才行。

「現在還來得及。我認為應該投反對。」

「我也贊同。我們不該被牽著鼻子走喲。」

情感一直受到動搖的同班同學們。

到底該投贊成，還是投反對才正確呢——大家這時已經無法做出正常的判斷了吧。

「你們應該也知道最不能投的就是贊成。明明有十二個人投了贊成票，卻沒有任何一人出面承認。沒錯吧？」

就算之後反覆進行投票，而且贊成票增加了，只要沒有人大動作地干涉，讓強制力發揮作用，便無法達成理想的全場一致。原本我打算在下次投票時為達成全場一致採取行動，但我決定

現在就提前使用預備的時間。

「——可以讓我說一下意見嗎？」

「咦……？」

看來是出乎堀北的意料，我的建議讓她有些不知所措。

「堀北，我在剛才的第十四次投票中投了贊成票。」

這是謊言，我從第十二次投票開始就已經投贊成票了。

但沒有人能夠證明這件事。

「綾小路同學你，為什麼……」

「沒有為什麼，照目前這樣堅持投反對，也只會拖到時間結束。既然如此，只能改投贊成。所有人應該都已經明白這點了。」

為了增加贊成票，必須有人扛下這個任務才行。

隔壁座位的佐藤一臉不安的注視著我的臉。

不，不只是佐藤。如果是擔憂這種狀況的人，無論誰都一樣吧。

「這樣無法根本地解決問題。結果還是會為了讓誰退學起爭執。」

「是啊。但能夠脫離這種僵局。在目前這個狀況下，就算查出一直在投贊成的人物，我認為那個人物也不會改投反對。換言之，結果還是無法期望可以達成全場一致反對。但現在有可能達成全場一致贊成。然後審判那個唯一的叛徒，靠三十八個人一起制裁他。雖然手段強硬，但能夠達成全場一致的結果。」

我和堀北都想到一個共同的人物。

當然，沒人能保證一定是那個人物，但堀北應該明白我這番話的意思吧。

「這——」

「制裁？你是說我們有權利制裁只是一直在投贊成的學生嗎？」

洋介抓著我的語病這麼反駁。

「有。假如照這樣無法達成全場一致，我們無法升上A班。沒有人會認為明知道這點，卻一直投下贊成票的學生完全無罪吧。」

「可、可是，可是那是……只要更接近時間到，他一定會投反對——」

「更接近？能夠投票的機會已剩不到幾次了。你要全班同學去賭那微薄的可能性嗎？投票次數再繼續減少，連改投贊成這條路都會被封閉，那也就代表會澈底拔除達成全場一致的可能性。」

就算我不特地說出口，洋介和其他同學也都明白。即使明白這道理，許多學生還是無法踏出一步，這是因為投下贊成會出現最大的難關。

「我想的確也有很多學生會對投贊成感到猶豫。正因如此，我才想調整成特定出一直投贊成

票的人物，只把那個人物當成退學對象的方向。也就是會保障現在投反對票的學生一定安全。」

比任何人都靠近我身旁聽著這番話的佐藤，稍微舉起了手。

「這是很讓人高興啦……但不知道是誰投贊成的話，沒有意義對吧。如果時間快要到了，就只能隨便抓人當退學的候補人選……很恐怖耶。」

「無法鎖定退學者的時候，也可以重新選擇拖到時間結束這個手段。現在應該避免的是明明有可能無法通過考試，卻一直停留在這邊，不去採取其他方法。」

為了推還在猶豫的學生一把，我更進一步投下讓他們做出決斷的話語。

「堀北也曾稍微提到過，但其實我也對投贊成票的人心裡有數。」

「那現在就講出來不就好了？但堀北一直不肯講出名字。那表示她其實根本不知道是誰吧？該說是虛張聲勢嗎？她是覺得只要這麼威脅，對方就會改投反對票了吧？」

雖然宮本的推理並沒有說中，但他會那麼想確實也很正常。

「假如你真的猜到是誰，那就大家一起說服他吧。」

「就是因為無法說服那個人，我現在才會這麼做。就算說出那個人物的名字，那一票贊成也絕對不會變動，他反倒會固執起來貫徹到最後。我想避免這種狀況。」

這是為了引導大家投贊成的誘導，也是我在最後這一刻給予的慈悲。

因為都說到這種地步了，投票者肯定會自覺到是在說他。

如果他害怕被揭露真面目，說不定會在下次投票時一個人改投反對。

「做出覺悟吧，堀北。對方是打算擊敗妳而發動這種攻擊的。妳只能選擇進行狩獵或是被狩獵的戰鬥。」

我無視陷入沉默的堀北，看向另一個人。

「還有洋介，我很明白你不想讓班上出現退學者的心情。如果你無論如何都不希望出現退學者，就只能在接近時間到前做出成果。你明白的吧？」

這是我在這場特別考試開始的前一天，苦口婆心地先忠告過洋介的事。

從旁看也能清楚知道他拚命在掙扎。

我也不是不懂他想繼續抵抗的心情。

「但是我——」

「下次投票將會是命運的分界線。」

「……我……」

雖然是個痛苦的決斷，但洋介也跟以前不同了。

從無人島考試和去年在班級投票停滯不前那時起，他已經有所成長。

「說、說得也是。這……不能只憑我的想法而讓全班感到困擾啊……」

儘管垂下了頭，他仍下定決心憑自己的意志採取行動。

「我會投下贊成票。然後如同綾小路同學說的一樣，我認為應該調整成讓一直投贊成票的人退學的方向。」

身為班級中樞的洋介這樣的決斷，會讓狀況產生更大的變化吧。

「剩下的只有堀北妳了。為了避免拖到時間結束，到妳做出覺悟的時候了。」

剩餘時間逐漸逼近，即將要開始下次投票了。

「拜託了。再一次就好，再給我一次達成全場一致反對的機會。假如下次投票還是無法達成全場一致……我也會做好覺悟。」

已經沒有下次了——我成功地打造出這種狀況。

真正地賭上全場一致反對的最後一次投票開始了。

所有人沒花多少時間，幾秒鐘就讓投票結束了。

不過所謂的人間萬事，理想與現實有時總會背道而馳。

第十五次投票結果　贊成一票　反對三十八票

「可惡！果然還是不行啊！」

強硬地把開始流向贊成的票刻意再一次拉向反對的危險做法。

在限制時間逐步逼近當中，連想達成全場一致的最後那個戰略都以失敗告終。

不過這麼一來，所有人都理解了吧。

理解到這個不斷投贊成的學生已經做好拖到時間結束的覺悟。

「堀北、洋介。可以吧？」

我向這兩人確認他們的決心，成功地明確取得他們的承諾。

不管怎麼樣，這場用來選出退學者的戰鬥，已經做好必要的事前準備了。

因為堀北和洋介這兩個主要人物的意向已經很明確，許多票都會改投贊成吧。儘管如此，還是能輕易想像到擔心自己可能會退學的學生猶豫是否要投贊成。

所以也得讓那些做好覺悟要投反對的人也抱持一定程度的覺悟才行。

「假如下次投票還有剩下反對票，就必須請投反對票的人明確地陳述理由。大家應該都已經很清楚每一次投票會耗掉十分鐘有多可怕了。」

倘若有充裕的剩餘時間，就算還有發牢騷的學生也不奇怪。

但看到再過不久就只剩一小時的時間，我們已經徹底被斷了退路。

這是有些強硬地讓沒有決斷力的學生們拿出決斷力的猛烈手段。

「既然已經變成這種局面……只能選擇讓某人退學了。」

「真的要這麼做嗎？」

「我也不想失去同班同學。但假如不在這邊讓某人退學，班級會遭受龐大的損傷。唯獨這種情況絕對要避免。」

只要觀察到目前為止的班級點數變遷，應該能切身體會在這時失去將近三百點的班級點數會有多慘痛吧。

我們被強制進行十分鐘的中場休息。

必須靠自己的意志來壓抑想投反對票來逃避的衝動。

第十六次投票結果　贊成三十九票　反對零票

這樣便達成全場一致了。在結果公布的同時，可以感受到所有人散發出恐懼與不安的氛圍。

「全場一致贊成了嗎……」

茶柱像已經覺悟好這一切似的低喃道，並繼續進行流程。

在做出這個選擇時，剩餘的道路只有選出退學者或是拖到時間結束。

當然，後者可以說意味著這個班級直到畢業都等同戰敗。

換言之，在大約一小時內，會從三十九人裡面出現退學者。

當然，在我內心已經決定了應該退學的人選。

「關於要指定的人選，每個人有一次機會自願報名，或是請你們選擇顯示在平板上的學生名字投下推薦票。只不過，假如沒有人自願報名，而且中場休息結束時沒有人推薦票超過半數，就會按照事前說明的那樣隨機選出一名學生來進行投票。」

面對這終於要開始決定退學者的發展，當然有許多學生看向我跟堀北。

快點說出名字吧——這樣的壓力接踵而來。

這是與至今為止完全無法相比，十分重要且寶貴的中場休息。

即使同樣是十分鐘，也被追加要求選出要推薦誰。

「確定全場一致贊成了……至少我希望在這一次中場休息時，採取等待那個人主動自首的方針。視原因和情況而定，也能選擇拖到時間結束，來幫助那名學生。」

當然，就算做出這樣的提議，也無法抑制住眾人的批評吧。

因為大家不可能容許失去班級點數這種選擇。

但堀北接下來便保持沉默，採取對任何抱怨都是聽過就算，只是忍耐的行動。

因為以我的立場來說也需要看準時機行動，所以我配合她的計畫保持沉默。

對這邊發出的抱怨和各自的牽制等等，一段陰暗且嚴厲的時間逐漸流逝。

我們當然無法徹底選出指定的退學者，中場休息的時間便逼近尾聲。

倘若看到螢幕上顯示出自己的名字，肯定會陷入彷彿心臟被一把抓住般的感覺吧。尤其又是第一次投票的話，也無法完全否定可能會在那股氣勢下達成全場一致。

「老師，學生可以自願報名對吧？」

「當然了。」

「那麼，請大家投票決定是否讓我退學。」

洋介這麼說道，並在剩餘時間即將結束前自願報名當指定學生。

讓「平田洋介」退學。

贊成　反對

這場投票與到剛才為止的投票重量完全不同。

因為如果有學生投贊成，等於是直接表達出他認為洋介消失也無所謂，或是希望他消失。

第十七次投票結果　贊成六票　反對三十二票

周遭寂靜到甚至能聽見學生倒抽一口氣或吐出氣息的聲音。

因為多數人反對而鬆了口氣的心情，以及六名投下贊成票的看不見的人物。一般來說，接下來會暫時為此感到苦惱吧。只不過僅限於洋介來說，或許藉由自己自願報名跨越了一開始那道嚴厲的門檻這件事，讓他更強烈地感到安心也說不定。

「這下怎麼辦啊……接下來真的能讓一個人退學嗎……」

「已經沒時間了，你們兩人快告訴我們吧，一直在投贊成票的學生到底是誰？」

彷彿已經等不及般，啟誠出聲要求答案。

「我當然會回答自己猜到的學生名字，但我也認為事情沒有那麼簡單。」

「沒那麼簡單？我們已經沒有選擇的餘地了。既然已經決定要讓某人退學，必須儘快查明他的真面目才行啊。」

還有許多學生後悔選了贊成並感到不安。

剛才浪費了十分鐘這件事，也讓人在精神上感到難受吧。

所以他們才想要讓自己覺得選了贊成並沒有錯的因素。

「要是時間就這樣流逝，下次投票就會隨機選出一個人對吧……？」

也難怪須藤會感到忐忑不安，畢竟連那個洋介都拿到了六票贊成票嘛。

「別擔心啦，健。我一定會投反對票……所、所以說你也一定要保護我喔？」

「那還用說嗎，寬治。對、對喔，只要有人能互相保護，一定不要緊的……是吧？」

「唔……嗚……唔……」

開始欠缺冷靜的同班同學們——在這當中傳來微弱的哭泣聲。

儘管摀住嘴巴而且遮掩著雙眼，聲音主人的真面目顯而易見。

「小桔梗……沒、沒事吧？」

小美慌忙地飛奔靠近，將手貼在櫛田背後安撫她。

「嗯，對不起……我在想為什麼會變這樣……一想到這些事情，就覺得後悔不已……」

「這點我也是一樣喲。可是必須有某個人退學才行……不然……」

幾乎大部分學生都沒有那樣的真實感。

彷彿被迫進行不現實的事情。

「我現在非常後悔自己的選擇……無論發生什麼事情，都應該堅持投反對票到最後的……」

「這點我們也是一樣啊。可是，這也沒辦法吧。要是時間到，會扣掉三百點班級點數啊。」

為了正當化投贊成票這件事，啟誠表示這麼做是必然的。

「就算是這樣……乖乖照別人說的投下贊成票的後悔還是不會消失呀……！」

她坦承自己對達成全場一致這個結果也推了一把這件事感到懊悔。

雖然沒有說出來，但有著相同心情的學生們也開始強烈地顯現出那樣的情緒。

「妳用不著責怪自己，小櫛田。因為所有人都一樣……對吧？」

須藤和池也安慰著那樣的櫛田。

「好不甘心……我覺得好不甘心……」

櫛田一邊擦拭滑過臉頰的淚水，同時壓抑著顫抖的身體，抬起頭來。

「我們其實有機會達成全場一致反對吧？只要堅持到底說服下去，我想一直在投贊成的人最後也會明白的……」

「這——可是時間……」

「的確，我也能理解堀北同學和綾小路同學說的話喲。只有時間到這種狀況，一定要避免才行呢。嗯，這點我明白……可是，就算要遭受懲罰，也應該維持班級的完整性，不能缺少任何一人吧？」

櫛田將堆積至今的想法吐露出來。

「呃，可是，果然還是該怪一直投贊成的人啦，一定是他不好。」

「沒有哪個人是退學也沒關係的。不管學力高低或運動神經的好壞，這些都是微不足道的事情喲。不可能光憑那樣就決定可以退學的人。」

櫛田吐露真心話，表示她甚至想袒護導致狀況變成這樣的贊成者。

「可、可是啊，既然這樣，要怎麼決定退學者？」

「那乾脆……抽、抽籤之類的？」

「不行喲。要是用那種方式選出退學者……所有人一定都無法接受。」

櫛田一邊用指尖擦拭又洋溢出來的淚水，同時這麼接著說道：

「我做好遭受批評的覺悟，說出自己的想法喲。」

櫛田將手貼在胸前，向同班同學訴說：

「我——認為在這場特別考試中擔任領袖的堀北同學……或是催促我們投下贊成票的綾小路同學應該負起這個責任。」

果然會變成這樣啊，櫛田採取的第一步行動。

以櫛田的角度來看，在這邊讓池或須藤這樣的學生退學也沒有任何好處。

這無庸置疑是一直投贊成票的匿名人物把強烈的願望化為了言語。

「提出他們兩人的名字，讓我感受到彷彿開始討厭起自己的厭惡感。但無論如何都不能讓時間到。必須有人背負起這個重擔才行……所以說，由我來承擔被怨恨的職責……嗚……」

不想讓任何人退學。

儘管如此，既然非得有人退學不可，就無法避免選出一個人。

與被退學的人一樣，宣告退學的人也背負著相同程度的痛苦。

櫛田表示她自願扛下那個職責。

要指名道姓，需要具備一定程度的覺悟與理由。

她用最恰當的說法，讓人不會覺得她就是那個匿名的贊成者，並且讓同班同學認知到她的目標——也就是我跟堀北的名字。

櫛田比我想像中還要聰明許多。一般如果站在櫛田的立場，即使直到最後都貫徹沉默，也不會遭到退學。因為她深受信賴而且朋友很多，會替她投反對票的學生要多少有多少。但是堀北和我已經猜到櫛田就是匿名的贊成者。萬一我們其中之一舉手說出內情，讓櫛田的名聲受損，也可能會演變成預料之外的事態。既然這樣，不如自己先背負不至於變成致命傷的的損傷當作防衛對策，會更有效果。

因為她先發制人地提出我和堀北的名字，就算我們做出貶低櫛田的發言，也能誘導其他人說那是我們因為被宣告退學才會反過來誣陷她。

「別開玩笑了！」

率先反駁櫛田這個提議的人並非堀北也不是我，而是惠。

「為什麼清隆非得退學不可？因為時間快到了，他才同樣難受地要我們投贊成吧？他這樣哪裡需要負責了？」

「……嗯，說得也是呢。我很明白輕井澤同學想說的話喲。老實說我也認為剛才舉出他們的名字是錯誤的……可是，如果不這麼做，無法向前邁進喲。」

「我才不會投票讓清隆退學。在我這麼決定的時候，他就絕對不會變成退學的對象，這點妳明白吧？」

「等等啦，輕井澤。妳那樣有點任性了吧？」

「啥？本堂同學你剛才也偷偷地跟鬼塚同學約好要互相投反對票吧？這不是一樣嗎？」

「唔，可、可是我又沒有主張讓大家全場一致投贊成……」

「那樣超級自私吧？只要自己沒有表明意思，就可以不用退學是嗎？拖到時間結束會無法升上A班？那又怎樣？對我來說清隆就是全部。無論會變B班還是D班，我才管不了那麼多。」

雖然惠毫不留情地發洩出憤怒，但差不多該阻止她了。

「別說了，惠。櫛田說的話才是正確的正論。」

「可、可是！」

我在這時阻止毫不掩飾煩躁的情緒、看似不滿地瞪著櫛田的惠。

「要是在這邊因一時衝動不斷反駁，櫛田所說的最應該負起責任的存在就會被模糊焦點，從我跟堀北轉移到其他人身上。這點程度的事妳應該明白吧？」

「……嗯……」

倘若失去冷靜，大概會更激動地反駁吧，但並沒有變成那樣。

只要我強硬地發出命令，惠還保有將情緒壓抑下來的理性。

以結果來說，能讓她替班上同學代言內心的想法倒也不壞。

「我也要說句話，我不會贊成讓鈴音退學。或許她的確沒能達成理想的全場一致，但那又不是鈴音的錯。要怪仗著匿名不肯出面承認，一直投贊成的傢伙。話說今後要是沒鈴音在，你們以為我們能升上A班嗎？大家都是同意她很可靠，才把保護點數交給她的吧？是吧，幸村？」

「……我的確是判斷應該讓堀北有保護點數。但是，若這場特別考試失敗，結果那個行動本身也會變得毫無意義，失去三百五十點也是一樣的吧？」

啟誠按著眼鏡這麼回答。

「那種程度，只要有鈴音在就能挽回吧！」

「這所學校沒有那麼好混。高圓寺在無人島考試中獲得的三百點就類似奇蹟一般。沒有那三百點時，我們花了多少時間才到達目前的班級點數？那聽起來一點都不現實吧。雖然少了堀北的破洞很大，但也沒有損失三百五十點那麼嚴重。」

要跟堀北一起彌補三百五十點的虧損，或是在缺少堀北的狀態下進行對等的戰鬥呢？

儘管要用單純的價值來表示很困難，但啟誠說的話大致上是正確的。

「我現在無法贊成讓小清與堀北同學退學。並不是因為我個人跟他們有交情，而是我認為應該先聽聽他們兩人怎麼說。因為就像須藤同學也說過的，最可惡的是一直投贊成票的人吧？」

難得插嘴的波瑠加這番話，讓櫛田也猛然一驚似的抬起頭來。

她這番說明並非是要袒護夥伴，而是認為這樣操之過急。

「……說得也是呢。我說不定也稍微失去了冷靜……可是，假如綾小路同學搞錯投贊成票的人的名字……不，就算沒有搞錯，一旦他說出名字，關係一定會全部崩壞吧……」

最好別說出我的名字——我不由得感受到這種壓力。

總之，接力棒再度傳到我手上了。

「雖然你們才講到一半，但請你們就此打住吧。再過不久就要十分鐘了，必須請你們決定要讓誰當退學的投票對象。如果無法決定，就會變成隨機指名的投票喔。」

「……好吧。距離投票沒多少時間了，只能放手一搏了呢，請指定我吧。」

「喂、喂，鈴音？妳打什麼主意啊！」

「反正都要投票一次，我想先確認一下，有幾個學生希望我退學。」

像要測試自己般，堀北舉手建議讓自己成為投票的對象。

要是在這邊達成全場一致贊成，堀北就會退學。相反地假如全場一致反對，便會免除退學。

而假設兩邊都未達成全場一致，將從包括堀北在內的學生裡重新選出投票對象。

「那麼以堀北鈴音為對象，開始進行六十秒的投票。」

是否贊成堀北退學的投票開始了。

究竟會有多少學生對堀北的退學按下贊成呢……大約三十秒所有人都投票完畢，茶柱讓結果顯示在螢幕上。

第十八次投票結果　贊成十六票　反對二十二票

只有我覺得這結果很有意思嗎？

對堀北而言，感覺會明確地投下反對票的人，客觀來看只有須藤而已。

還有高圓寺吧，堀北也可說是他唯一的同伴，他應該不想放手。

反過來看，這場投票純粹在詢問除了他們之外的學生，對堀北會離開一事贊成或反對。這表示對看不見的十六人而言，堀北的存在並沒有多重要。

或者也存在只要自己可以不用退學，無論是誰都好的學生。

「你們是笨蛋嗎！投贊成的給我舉手，我要殺了你們！」

大概是原本預估頂多只會有幾票贊成，須藤焦急地站了起來。

「快住手，須藤同學。」

「我哪能住手啊！」

「就算你這樣吵鬧，也只會浪費時間喲，更有建設性地來討論吧。」

「堀北同學說得沒錯，須藤同學。這場特別考試的鐵則是全場一致。就算贊成變成三十七票，只要你一直投反對，堀北同學就不會退學。」

洋介這麼說服須藤，表示沒有必要這樣發洩怒火。

就如同洋介所說，即使有人不滿，只要有一個人一直站在自己這邊就行了。

光是這樣便一定能防止退學，也是這場考試的特徵。

僅僅一票。只要有一票穩如泰山的反對票，將能避免退學的命運。

反過來說，失去那最後一票的時候，已沒有防止退學的方法。

「真的已經沒時間了。差不多該告訴我們，你認為投了贊成票的學生名字吧？」

「我知道。只不過在回答前，我有個提議。」

「提議？」

「對。我接下來會說出那人的名字，但我認為這無法當成單純的發言。畢竟要是我說錯人，那可不是一句妨害名譽就能了事的啊。」

「這……的確是這樣沒錯啊。」

「所以為了證明我不是隨便發言，假如查明我說錯人，到時我會負起責任退學。」

「慢點，清隆！」

負起責任。聽到我這句話，全班騷動起來。

「真、真的沒問題嗎？綾小路同學……我不希望任何一個班上同學退學……綾小路同學也一樣是其中一人喲……？」

「謝謝妳擔心我，櫛田。但我沒問題的。」

「就算你說會退學，但輕井澤同學會投反對票阻止綾小路同學退學吧？那樣就沒意義——」

「我不會讓她那麼做。要負起責任也代表要制止那樣的反對票。假如到了那個時候，我會讓惠投贊成票，妳明白吧？」

「……我、我知道了啦，但我相信事情一定不會變成那樣。」

「聽到櫛田那麼說，我在某種程度上確實可以接受。就是誘導大家投贊成的我，在這場特別考試中應該負起一部分責任的事。只不過，有一個一直堅持投贊成票的匿名者。我認為那個人物才應該負責的意見依然不變。」

「對呀對呀，那表示這個班級裡有一個學生仗著匿名想讓某人退學，偷偷坐享好處對吧？」

這時惠像要擁護我似的幫腔。

「我、我也這麼認為……！應該由那個人負起責任……才對。」

「嗯，就是說呀。可惡的是那個投了贊成的學生。」

愛里跟波瑠加，還有明人也順著這個發展支援我。

「你……做好覺悟了呢？」

最後的忠告——櫛田用不安的眼神注視著我。

「既然要指名道姓，就必須付出同等的覺悟與代價。最重要的是，因為我有無限接近百分之百的確信，才能夠賭上自己的退學來發言。」

「我、我知道了。既然這樣，我相信綾小路同學喲。」

相信——櫛田這麼說的同時，一直用強烈的眼神注視著我。

因為拉長了告知的時機，學生們的關注度也變得更高。

實際上除了一直投贊成的那一個人，剩餘的學生們原本就不太會擔心。

所以才會側耳傾聽，迫不及待地想知道能夠投下贊成票的對象名字。

大家想要用來攻擊那人的正當理由，等待著把對方痛罵到口乾舌燥的時刻。

「那個人物的名字是——」

我接下來應該讓他退學的人物且決定讓他退學的人物。

一切將在這裡公開詳情。

「——櫛田，就是妳。」

陷入一片無聲之中。連耳鳴也傳遞不到，聲音完全消失的世界。

我明白的，堀北。我非常能理解，妳雖然做出只能達成全場一致贊成的結論，還是無法下定決心的理由。

但櫛田一步也沒有退讓。為了在這道課題中讓堀北或我退學，她完全不顧形象，一直投下贊成票。她是否有察覺到這麼做是下了一步壞棋，已經是微不足道的小事了吧。

我判斷要讓櫛田改過自新是不可能的，但妳直到最後都想與她面對面。

儘管考慮到可能會讓班級做出犧牲，妳到現在還是沒說出她的名字。

或許妳無法拯救櫛田，但妳也沒有必要親手讓她犧牲。

雖然我不曉得現在這個瞬間堀北在想什麼，但唯一能清楚看見的是，她比想像中還要冷靜地看著我。

現在櫛田選擇當一個棘手的敵人擋住妳的去路。

既然這樣，只能戰鬥了。由我來扛下打倒這個對手的任務。

「咦——？」

無法理解的疑問聲。

那不只是櫛田，而是幾乎所有學生都同時感受到的疑問吧。

「我、嗎？」

櫛田還難以想像自己被點名了，她手指著自己。

又或者她應該已經想像到自己說不定會被點名。

所以才會為了應付那種情況，先一步發動攻擊。

不過就算那樣，櫛田應該還是無法斷定我真的會出賣她吧。更何況她自認手上握有幾個我的把柄。

「沒錯。即使被催促投反對票，也一直堅持投贊成的人就是妳。」

原本準備要批評的同班同學們也說不出話來。

「該、該不會……是因為我說了堀北同學和綾小路同學應該負起責任的關係？」

看到因悲傷而熱淚盈眶的櫛田，本堂連忙幫她打圓場：

「綾、綾小路，再怎麼說也不可能是小櫛田吧……！你不能這樣反過來誣陷她。」

「那種事根本無關。從被妳點名前開始，不，從第五道課題的第一次投票開始，我就一直這麼認為了。」

「等、等一下啦。我直到最後一刻都是投反對喲？為什麼你要這樣……」

「含血噴人，是嗎？哎，在這種狀況下，看起來當然是那樣吧。」

因為好像會被逼著退學，才火大地隨口胡說。

無論由誰來看，很明顯地都會覺得是那樣。

「完全沒有證據證明妳一直投反對票，這是當然的，因為這是匿名投票嘛。就算這樣，我接下來也會提出證據，證明妳就是一直投贊成票的犯人。妳沒有異議吧？」

「好過分……我不能這麼說呢。畢竟一開始是我先提出你們兩人的名字嘛……可是，我是做好覺悟的喲。即使遭到不實的毀謗中傷，如果是為了保護班級，我也決定要當犧牲品了。」

無論接下來我說出怎樣的內容，那些都是謊言——

櫛田設下這樣的防衛線，來留住自己的支持者。

「首先，我說明一下為何我認為櫛田是一直投贊成票的人物。那是因為這個班級裡面有她無論如何都想逼到退學的學生。當然你們應該無法置信吧，但麻煩聽我說到最後。櫛田想要逼到退學的人物，就是櫛田本身也說出了名字的堀北還有我。」

許多人陷入混亂，心想我究竟是憑藉什麼根據在說這些話呢？

在這當中，應該要比任何人都更倉皇失措的櫛田，果然表現出感到倉皇失措的模樣，同時冷靜地慎選用詞發言。這是不容許出現任何失誤的討論。

「畢竟我提出了你們兩人的名字嘛，會那樣覺得很正常吧……」

「不，不是那樣。從進入這所學校就讀開始，櫛田一直把堀北當成最礙事的存在。」

都說到這個地步的話，櫛田就算不願意，也應當能理解了。

理解到我打算在這邊公開我知道的所有關於櫛田的情報。

但她無法命令我住手。

既然她一直扮演惹人憐愛的少女，就沒有任何可以阻止我的手段。

「櫛田，妳跟堀北有個其他同班同學沒有的共通點對吧？」

「咦？共、共通點……？」

儘管心知肚明，她還是必須先擺出毫不知情的態度。

雖然也能打斷她那種演技，但我刻意不那麼做。

因為保護自己的防衛本能，接下來會讓櫛田本身受到更多折磨。

「呃……啊，你該不會是在說我們出身同一所國中這件事吧？」

到目前為止，沒有任何人聽說過這件事吧。

聽到首次公開的情報，班上同學們露出驚訝的表情。

用不著我揭露一直隱藏至今的手牌，她只能選擇自己公開。

「沒錯。這裡面應該沒有任何一個學生知道這件事吧？」

身為當事者的堀北目前筆直地注視著講台，因此看不見她的表情。

不過另一方面，能夠輕易地看到班上同學們的視線。

「等、等一下？我的確沒有告訴過任何人那件事，但那只是因為沒什麼機會提到而已喲。畢竟那所國中挺大的，而且我們一次也沒有同班過……我也花了不少時間，才跟堀北同學確認我們以前就讀同一所學校……」

櫛田表示她不可能從一開始就抱有想讓堀北退學的想法。

接著，對櫛田的狀況看不下去的學生們，在這邊開始了行動。

「適可而止吧，綾小路。因為你說知道一直投贊成票的傢伙是誰，我們才安靜地聽你講，但你卻說是小桔梗？那不可能啦。」

「就是說呀。綾小路同學說的話太不合邏輯了。」

這麼否定的是池。然後那樣的聲音很快地擴散開來。

「明明誘導大家投贊成，結果卻只是因為遷怒而說出櫛田同學的名字，這算什麼呀？」

「說到底，為什麼會扯到是同一所國中，所以要讓對方退學啊？話說從這個發展來看，難道綾小路你也跟她們兩人是同一所國中？」

同班同學提出理所當然的質問。

爆發出來的牢騷怨言從一句變成兩句、兩句變成三句，不斷增殖下去。

就算沒有拜託，友軍也會接連出現。

這無庸置疑是櫛田桔梗擁有的強力武器吧。

「話說你本來是這種性格嗎？感覺你從剛才開始就很奇怪喔，綾小路。」

「就、就是說呀。該說感覺很可怕嗎……明明平常給人一種安靜的印象……」

不只是袒護櫛田，也開始有人對我異於平常的行動產生不信任感。

「……大家別怪他。我想綾小路同學一定也不想這麼說吧。我可以理解一旦變成這種狀況，

會忍不住想要怪罪別人的心情⋯⋯」

櫛田巧妙地捕捉同班同學的話語，假裝在保護我似的發動攻擊。

「妳太溫柔啦，小桔梗。不能容忍別人這樣隨便亂說話喲。」

櫛田的代言者們自動地大鬧起來，讓我差點被剝奪發言權。

但這邊也有用來對抗的武器。

「現在是綾小路同學在講很重要的話，我們不應該半吊子地插嘴。」

洋介這麼說，對試圖妨礙我的學生警告他們的發言。

「夠了啦，平田。再繼續聽綾小路說謊也沒用吧？」

「應該等資訊都齊全了，再來評論真假。當然，如果知道他在撒謊，我也不會手下留情。」

「真的有一聽的價值嗎？」

「嗯，這是必須聽下去的事情喔。不只是被點名的櫛田同學，這也會嚴重影響到綾小路同學本身的進退，沒錯吧？」

我事先跟洋介說過所剩時間不多時，我可能會控制票數。

但他不可能事先得知課題內容，對於櫛田的事情當然是晴天霹靂。

身為純粹的中立派人士，他必須謹慎地審判，以免判斷錯誤。

「我與她們兩人的出身無關。應該說曾經是同一所國中這件事並沒有太大的意義。但國中時代的櫛田有個重大祕密這點也是事實。」

「別再說了，綾小路同學……不要再繼續撒謊了……」

眼淚奪眶而出，淚水滑過臉頰的櫛田當場哭了起來。

「欸，小清，雖然我站在小清這邊……但小梗也一樣是同伴。該怎麼說呢，這真的是必須說下去才行的事情嗎？」

原本隸屬於綾小路組的波瑠加，像剛才說的一樣擁護著我。

波瑠加朋友不多，但即便不是同個小圈圈，她也跟櫛田十分要好。

如果認為雙方都很重要，會試圖阻止這場爭執也是理所當然的。

「波瑠加，妳一直在等待投贊成票的匿名學生的身分真相大白對吧？既然這樣，就有必要把這些話好好地聽到最後。」

「可是，小梗她……」

「不是那種人嗎？我明白妳這麼想的心情，但櫛田不是妳想的那種人。不好意思，但我要繼續說下去，櫛田的祕密就在於她隱藏起來的本性。」

「小梗的……本性……？」

「沒錯。表面上的櫛田無論誰來看都是個好人。是個溫柔又體貼，能文能武的完美模範生。不過，假如她其實比任何人都善妒、有著如果自己不是第一就無法接受的性格呢？結果她在國中

時代被人知道了本性，便讓班級崩壞──假如她甚至擁有這樣的過去呢？」

「……老實說，這聽起來難以置信呢。只不過，假設就算是真的，這樣也說不通喲。如果是同一所國中的堀北同學，確實有可能知道櫛田同學的過去。但綾小路同學你怎麼會知道呢？也很難想像是堀北同學告訴你的喲。」

「這是因為入學沒多久時，我碰巧有個機會見識到櫛田的本性。我目擊到與平常溫和的模樣完全聯想不起來、發洩出負面感情的櫛田。」

即使說到這種地步，櫛田也沒有採取任何瞪著我看之類的行動。

她只是繼續扮演一個溫柔至極的少女，在注視謊話連篇的可憐學生。

因為她具備只要這麼做就絕對沒問題的強烈自信。

當然，無論真假，有人這麼說自己的壞話可能會讓今後的校園生活蒙上一層陰影。不過，這同時也表現出若是為了在這邊讓堀北或我退學，她也別無選擇的強烈意志。

「櫛田想被當成溫柔善良的人，以她的立場來說，唯一想避免的就是被大家知道她的本性。話雖如此，她也無法忍受堀北和我握有那個把柄的這種狀況，因為她想要隨時都高高在上地展現優越感。」

「……中場休息大約再一分鐘就要結束了。」

雖然話才說到一半，但為了以防萬一，茶柱通知我們時刻。

「接、接下來的投票要怎麼辦啊？」

「這……總之只能先以綾小路為對象來投票吧？」

如果是現在這種狀況，接著被選中的投票對象當然會是我吧。

「別這樣——」

但阻止了這件事的不是惠也不是波瑠加，而是櫛田。

「已經夠了……我的心靈無法再繼續承受下去了……」

「櫛、櫛田同學？」

「若只說真心話，我的想法一直不變……無論是堀北同學或綾小路同學，我都不希望他們退學。都是因為我提出他們兩人的名字，才讓綾小路同學甚至撒了謊……我已經受夠這種痛苦又辛酸的爭論了……所以……所以說，讓我退學吧……這麼一來，大家又能恢復原狀了吧？」

櫛田自願當退學候補人選。

就像剛才堀北和洋介也示範過的，這場特別考試選定個人的標準當中，就算不進行投票，假如有人主動報名，又只有一個人的話，就會獲得認可。

「真的可以吧，櫛田？一旦說出口，就無法取消喔。」

「是的，我無所謂……大家都投贊成票讓我退學吧？求求你們……」

櫛田的名字伴隨著她這番話被選擇後，課題顯示在平板上。

出乎意料的自願報名者讓同班同學們動搖。

第十九次投票結果　贊成五票　反對三十三票

隨著時間進行了對櫛田的投票，結果是反對票壓倒性占了多數的全場不一致。

「大、大家……為什麼？」

「哪有為什麼，我們怎麼可能讓小櫛田退學嘛，是吧？」

投了反對票的三十三名學生為了展現強大的團結，許多人一起點頭回答。

「綾小路，你為了不讓自己退學而遷怒小櫛田，老實說我覺得很不妙喔。」

扣除我投的那一票贊成票，贊同櫛田退學的只有四個人。

即使會忍不住想說「只有」，但我反倒認為居然可以聚集五票。

「接著輪到綾小路同學，對吧？」

的確，照這樣發展下去，下次就會進行是否讓我退學的投票。

以現況來說，到時最有可能達成全場一致贊成吧。

只不過，前提是如果十分鐘後他們還能做出那種決斷的話。

「綾小路同學，雖然你說櫛田同學的本性有另一面，但這很難讓人立刻就相信呢。」

「就是說呀。說到底，櫛田同學到目前為止，曾經試圖讓堀北同學退學過嗎？假設她真的想讓堀北同學退學，應該早就採取行動了吧？」

只要等待好機會，自然也會出現這種聲音，要求的正好是我想說的話。

「畢竟要讓同班同學退學並不簡單嘛。不過，至少我曾經一度變成櫛田的目標。正好就是在與這個全場一致特別考試很類似的特別考試時。」

我避免直接的描述，讓同班同學們親手挖掘起記憶。

「啊，班級投票……記得那時是山內同學跟櫛田同學他們……」

沒錯。去年，讓我們班首次出現退學者的班級投票。

雖然那時以結果來說是山內退學了，但利用那個山內誘導大家讓我退學的人物當中，有櫛田的存在。這件事大家應該記憶猶新吧？

「這是碰巧嗎？在兩次類似的考試中，我兩次都成了退學的對象，而且這次櫛田也一樣有參與，這未免也太剛好了。」

只要回想起當時的事情，就會明白以櫛田的形象來說，那樣子相當奇怪吧。

「要說是巧合，確實也讓人覺得太不可思議。可是綾小路，假如小桔梗是故意想讓你退學，會在這麼一致的時間點採取行動嗎？」

儘管他認為櫛田應該可以更高明地行動，但事情沒有那麼簡單。

「因為櫛田認為我是同伴嘛。她應該根本沒想到我會像這樣把所有內幕都暴露出來吧？」

「……同伴？」

「對。我說的話有錯嗎，櫛田？」

「……我才想問我應該怎麼做才好呢，綾小路同學……我該怎麼回覆才是正確答案呢？」

櫛田基本上只能否定或反問而已。

既然她無法肯定，主導權就始終在我手上。

「拿出證據來吧，綾小路。如果你要繼續責怪小櫛田，絕對需要證據吧？」

本堂表現出強硬的態度，看來他對櫛田似乎有非比尋常的心意。

「說得也是。要是沒有證據還繼續講這些事，的確是白費時間也說不定。我接下來會說出櫛田信任我的理由。」

不慌不忙、確實地讓水滲透進去。

「這件事有點久了。我被櫛田威脅，她要我簽訂契約，答應將每個月進帳的個人點數交出一半給她，作為不會逼我退學的代價。」

聽到這件沒有任何人想像過的事情，即使是櫛田擁護派也不禁有一點吃驚。

「我說得沒錯吧，櫛田？」

「咦……？」

沒有預測到會冒出這個話題，或是雖然在腦海中浮現了這個可能性，但難以決定要怎麼回答嗎？無論是哪一邊，櫛田都說不出話來。

她不能老實地承認有收下個人點數這件事。

話雖如此，要否定說她沒有收也很困難。

就算在現場主張她沒有收這些點數來敷衍過去，但若之後進行確認，真相就會暴露出來。因為誰轉了多少點數到哪個帳戶這件事實，會留下紀錄。

「到底有沒有？妳能斷言妳一點也沒收嗎？」

「這——」

我不打算讓她悠哉地耗費太多時間。

正當我準備將視線看向茶柱時，櫛田顫抖著嘴唇回答：

「……我的確……每個月都有從綾小路同學那邊收到個人點數……」

即使櫛田對我的發言幾乎都是否認，但這邊她也只能承認了。

假如我跟茶柱確認，而她當場表示可以掌握點數動向的話，櫛田無法避免形勢會一口氣變得不利。

雖然也有點懷疑身為教師的茶柱是否隨時掌握著個人之間的點數移動，還有她是否會洩漏個人情報，但以櫛田的立場來看，她不能賭這個風險。

「可、可是……理由完全不一樣喲！是綾小路同學拜託我幫他保管點數……當、當然我一點都沒有使用喲？」

每個月都從同班同學那邊收到多達一半的個人點數——要正當化這件事實的方法，頂多只有一、兩個。例如櫛田剛才說的受託保管，或對方無償轉讓——大概只能列舉出這樣的理由。

如果說是後者那樣單方面地被轉讓點數，就必須另外補充理由，因此幾乎會變成是受託保管的發展吧。

「我沒有打算交給妳保管。因為這是我不會被逼到退學的條件，我是當成代價在支付的。」

「你說謊……」

這個將一半個人點數交給她的契約，是我提出的。櫛田應該清楚記得這件事吧。她可是細心地錄音下來，留下了那一天的紀錄。但根據情況，也能夠封住那種東西，讓她沒機會用上。

不，反倒該說是相反。那會變成刺向自己的凶器，回到她身上。

「我說謊嗎？不過櫛田，妳跟我簽訂這個契約時，曾說過為了讓自己有個保障，把對話錄音下來了對吧？要是從手機等地方找到那段錄音，妳就沒辦法推託了喔。」

「錄、錄音？我不知道那種東西……」

儘管被我的氣勢壓倒，她仍然先否認了這件事。錄音大概保存在某個地方吧，但看來已經沒有留在手機裡了。她不會把這種有風險的錄音檔直接隨身攜帶嗎？雖然那樣子會比較省事，但也沒什麼關係。

「即使不曉得櫛田把錄音檔藏在哪個地方，結果也一樣。我們在今年二月簽訂這個契約，當時的對話內容我也有錄音下來。為了在發生什麼萬一時，可以當成自己的武器。」

櫛田看著我的雙眼驚訝得瞠大。她壓根沒有想像到這種事吧。

「那段錄音我重新聽過幾次，所以一字一句都還記得。『今後入帳的個人點數，我會給妳其中的一半』——我應該是像這樣開口的。」

「你說謊。我從來沒有聽說過那些話。」

「『這確實不錯呢。可是很遺憾，我不愁個人點數。雖然錢多一點是再好不過，可是我現在就很足夠了呢』——櫛田這麼回答了。」

「……我不知道。」

「要不然現在就請茶柱老師把我的手機拿過來吧？」

「就算那樣我也無所謂，但不可能那麼做吧，現在可是特別考試中喲？」

「要是使用手機也會牽扯到舞弊行為，所以被沒收也是沒辦法的。不過，可以把手機完全交給茶柱老師操作，請她幫忙播放錄音檔就好。這樣就沒有作弊的餘地了嘛。」

當然我也不覺得校方會在特別考試中無條件地承認這種特例。

但被不安驅使的櫛田忍不住將視線看向前方的茶柱。

「要是讓老師把手機拿來，妳就傷腦筋了吧？拚命糊弄到現在的辛勞也會化為泡影。但妳已經察覺到我不打算停止了吧？」

變得沉默寡言的櫛田，此刻正在想什麼呢？

她就這樣背對著我，彷彿僵硬住似的停止動作，注視著正面。

櫛田當然也記得那天的事情，而且從她謹慎的性格來看，應當也會確認錄音檔是否能正常播放。也就是說她反覆聽過好幾次。我像這樣把全部對話都說出來，理應會有哪個字句與她記憶裡的錄音檔一致才對。

「『就算作為零用錢使用很足夠，但當妳遇到緊急時刻就不會煩惱了』。」

一直處於被害者立場的櫛田，無庸置疑地產生著很大的變化。

妳已經來到不可能在這個班上繼續假裝天使的地步了。

「夠了，你很吵耶……」

班上同學緊張地嚥下口水。我聽見了有人無法理解剛才發言的是誰。

要阻止我繼續發言，只能顯露本性。

但要是露出本性，一切都會崩壞。

「『茶柱老師也說過吧。為了保護自己，我們也會需要個人點數——』」

「吵死了、吵死了、吵死了……」

即使傳來拒絕與妨礙的話語，我也毫不在乎地繼續說到最後。

「『那項提議再怎麼想都對你不利吧？如果說這是你會退學的危機，那我倒還可以理解』——這就是我跟櫛田交易前的對話。只要能在所有人面前當場讓大家聽聽跟我剛才說的內容一模一樣的錄音檔，一切大概就解決了。」

我是否真的擁有錄音檔根本無關緊要。

只有實際上的對話與台詞一致這件事實是必要且重要的。

「我說夠了！」

這麼吶喊之後陷入沉默的櫛田，應當正拚命地試圖回想起當時的事情。

當時的過程是我想要一年級生的把柄，我認為櫛田應該握有不少同學的把柄而與她接觸，這就是開端。被要求協助的回報時，我主動提議給她個人點數。首先可以確定的是，在提議之前的對話，也就是櫛田希望堀北和我退學的話語都原封不動地保留下來了吧。

櫛田應該以為自己獲得了一張方便的手牌吧，但她大錯特錯了。

妳是自己留下了會自掘墳墓的證據。

「麻煩妳具體地告訴我，從剛才那段對話的哪個部分能夠解讀成我希望妳幫忙保管點數？麻煩讓我還有班上所有人都能夠聽明白。」

希望這是哪裡搞錯了的夥伴們只是一臉不安似的守望著櫛田。

「……對不起。」

櫛田像在低喃般，簡短地這麼賠罪。

「這是對什麼說的『對不起』？」

「我的確跟綾小路同學約定了，收下他一半的個人點數，就不會跟他爭吵。這件事……是真的，所以……」

這並非對我的賠罪，而是她承認自己撒了謊，向班上同學的賠罪。

「可、可是……我現在已經沒那麼想了！我打從心底想要跟堀北同學和綾小路同學當好朋友。我一次也沒有投贊成——！」

正當櫛田想依賴完全匿名這個部分，大聲這麼主張時，她停了下來。

班上同學們看向櫛田的眼神，早已與至今為止的溫暖視線大不相同。

即使她真的不是一直在投贊成的學生，也已經不可能過著跟以往一樣的日常生活了。她似乎徹底理解了這點。

但櫛田看向我的眼神還沒有死心。

「其實是綾小路同學你……一直在投贊成票吧？」

「這話什麼意思？」

「綾小路同學想讓我退學。所以才強硬地為了達成全場一致贊成而採取了行動。因為這很奇怪嘛……他平常明明很安靜，不會主張什麼意見，卻為了選出退學者主動地行動起來，太奇怪了吧……」

無限接近嫌疑犯的櫛田，嘗試把那種嫌疑從自己身上轉移到我這邊。

不好意思，但我早就料到妳會採取這種戰略了。

「欸，輕井澤同學。」

櫛田一邊撩起頭髮，同時將視線看向惠。

「怎樣啦？」

「妳好像跟綾小路同學在交往，但妳知道剛入學沒多久時，綾小路同學因為想跟我交往，拚命對我緊迫盯人嗎？」

「……那什麼呀，妳在說什麼？」

雖然惠能夠比一般人更冷靜且客觀地看待事物，但這樣的惠也有弱點。

就是牽扯到戀愛時，無法澈底壓抑的感情會爆發。

剛才我主動表明要當退學候補人選時，惠明知很危險，還是積極地做出袒護我的發言。

櫛田應當也能從這件事看出惠內心的破綻。

「你甚至在陰暗的地方摸了我的胸部對吧？我明明不願意的。」

「啥……胸、胸部？這、這是怎麼回事，清隆！」

「妳果然不知道呀？才剛入學沒多久，我就被他做了很過分的事喲。」

以對櫛田抱有好感的男生為首，厭惡的感情在女生們之間擴散開來。

「雖然我很溫柔地當場勸說他不要這樣……但我實在害怕得不得了……」

「妳好像在自說自話，但根本沒有我摸了妳胸部的事實。」

「清、清隆他這麼說喲！」

「這是當然的呀，他只能這麼說吧。可是綾小路同學真的摸了我的胸部喲。」

「櫛田，雖然很不想這麼說，但妳這樣會不會太難看了？」

「即便跟剛才的錄音不同，但我也有證據喲。沾有綾小路同學指紋的制服，我按照當時的狀態保管起來了。要是我提出那件制服，會有什麼後果……你懂吧？」

就像我主張自己有手機的錄音一樣，櫛田用相同的招式還以顏色。

倘若之後這件事被證明是真的，下次陷入絕境的就是我了。

「這究竟是怎麼回事，你解釋一下吧。」

惠客觀地被迫聽說這件事，從她的立場來看，會想要求解釋也很正常。

「根本沒有那種事實。應該說有比是真是假更重要的問題啊。儘管櫛田說她留著沾有指紋的衣服，但保存狀態如何？如果是剛入學沒多久時的事，已經過了一年半以上的歲月。要從衣服採取指紋並不簡單，而且要是保存狀態不佳，當然不會是多正常的狀態。我實在很難想像那樣能採取指紋。」

衣服的表面原本就因為縫線凹凸不平，很難看見指紋線。再加上有紫外線、濕氣和乾燥等因素，我可以斷言要採取指紋是百分之百不可能的事。

「……唔！」

跟錄音檔一樣，妳擁有的手牌無論哪張都派不上用場。

就算妳另外有幾張手牌，結果也是一樣。

妳無法用誰都能想到的藉口推託，我不會允許妳那麼做。

「說到底，如果妳真的被我那樣騷擾，應該立刻提出控訴才對。」

「為什麼……為什麼……為什麼……為什麼……！」

走近到我身邊的櫛田抓住我的衣襟，凶狠地瞪著我看。

對於憤慨不已的櫛田，我貫徹公事公辦的態度，將話題進展下去。

「妳也曾經暫時與龍園聯手，企圖讓我和堀北退學，沒錯吧？」

櫛田的所作所為接連不斷地被暴露在光天化日之下。到了這種地步，就算提供一部分錯誤的新情報，也不會有太大影響吧。

「為什麼，到底為什麼呀！」

她抓住我制服的手也變得更加用力。

「為什麼要背叛我呀！！！你忘了我們約好不會敵對的嗎？」

「我當然不打算與妳為敵。我也對妳雙面人的性格不感興趣。所以一直到最後，我跟堀北都沒有說出名字，想要達成全場一致反對的結果。但既然關係到某人的退學，那也沒辦法了。這是為了保護同班同學。」

至今為止的一年半，櫛田腳踏實地與朋友們慢慢堆積起來的虛偽情誼。

那份情誼現在發出聲響，一口氣崩塌了。

因為沒有任何人說一句話，櫛田也緩慢地開始壓低音調。

「啊……啊……已經沒救了呢。」

櫛田彷彿領悟一切似的露出死心的表情，對自己的醜態扭曲了臉龐。

但就算這樣，她仍立刻恢復冷靜，然後收起笑容並放開我的衣襟。

「唉……嗯——這表示是我太笨了嗎？那場交易是個敗筆……呢。」

原本憤怒的態度一口氣消失無蹤，櫛田淡然地這麼說道：

「我自認知道綾小路同學是個棘手的對手，但就算這樣，我也沒想到你會在這種時候背叛。這完全出乎意料之外呀。」

「騙、騙人的吧，小桔梗……綾小路同學剛才說的話……是謊言對吧？」

「謊言？真不湊巧，那些事都是真的喲。」

「怎麼會……為什麼……？」

「有些東西無論要付出怎樣的犧牲，也必須保護到底才行呀。妳不明白嗎？開玩笑的，妳怎麼可能明白呢。啊～啊，一切都沒戲唱啦。」

櫛田聳了聳肩，完全不覺得自己身陷絕境，態度十分光明正大。

「沒錯。我無法忍受堀北同學與綾小路同學的存在。這兩人知道我必須隱瞞的祕密，我無論如何都沒辦法容忍他們。一直伺機讓他們退學。」

「最後一道課題的內容的確讓人大吃一驚，但就算這樣，妳也知道無法輕易地把我們逼入絕境吧？要是強硬地採取行動會有什麼下場，妳應該早就知道了吧？」

即使抱有憎恨的感情，但她應當有很多時間可以抽身，不用橫衝直撞。儘管如此，櫛田還是一直投下贊成票，反覆著可以說近乎失控的行為。關於這一點，是我在考試中經常感覺到很不像櫛田作風的部分。這時，櫛田的雙眼有一瞬間游移不定，顯露出動搖的神色，但那種色彩立刻消失無蹤。在特別考試前，櫛田曾向堀北提議要她擔任領袖。就好像預測到了會出這方面的課題一樣……

「沒什麼……我無法忍受一直有人知道我過去的狀況。雖然明白要讓堀北同學退學很困難，但我無法克制那股衝動。」

一直擁護櫛田至今的學生們，也找不到可以說的話吧。即使櫛田曾策劃讓堀北退學是事實，

朋友們也不太能責怪她。

當然，一直投下贊成票，讓全班選擇選出退學者這條路線的罪過十分重大，但就算這樣，也很難順利讓全場一致贊成櫛田退學吧。為了讓櫛田確實退學，必須請她對這個班上造成更多的損害，否則就傷腦筋了。

「憑妳是無法把我和堀北逼到退學的，真是遺憾啊。」

「下次投票就確定我會退學，而這個班級會因為我的犧牲獲得班級點數，是嗎？太好了呢，各位，這樣應該就能升上B班了吧～」

她說得事不關己，難以想像這是對直到今天中午還很要好的夥伴們所說的話。

「妳已經沒有逆轉局面的希望了。」

「啊哈哈，的確是那樣也說不定呢。可是……」

櫛田將臉湊近我的脖子附近，冷淡地這麼低喃：

「我還是能稍微做出點反抗喲？」

即使小聲，也是班上同學們足以聽見的音量了。應該可以認為根本用不著我搧風點火，櫛田早已在內心準備那麼做了吧。

「沒用的吧。妳已經沒有會投反對票阻止妳退學的夥伴。」

「不是那樣喲。反正都要退學……得把一切都搗毀才行呢。」

櫛田開始露出她在國中時代為了終結一切而引導班級瓦解的本性。

「……妳究竟在說什麼？」

「你不懂嗎？只有我擁有的這個班級的祕密。反正距離中場休息結束還有時間，我想把這些祕密都告訴大家好了，怎麼樣呢？」

「就算那麼做，妳也不會有任何好處……不對嗎？」

「也不會吃虧呀。感覺綾小路同學也會因此傷腦筋，那差不多該開始說了吧。」

沒錯，這樣就行了。把妳一直堆積在內心的真相與壓力都吐露出來吧。

這麼一來，所有人都會因為妳扭曲的性格感到驚訝與畏懼吧。

到時同情妳的餘地才會澈底消失，達成全場一致的結果。

「除了剛才的輕井澤同學以外——對了，篠原同學找我商量過很多事情對吧？」

針對眾多女生們的無數長矛，最先選上的目標是篠原皐月。

「什、什麼、什麼呀？」

「篠原同學該說沒有特別可愛嗎，真要說的話，其實有點偏向醜女吧？所以才會只有池同學或小宮同學這種醜男想追她吧，實在很好笑呢——輕井澤同學、松下同學和森同學等人，曾經把這件事當成笑話在說對吧？」

一把長矛在瞬間分裂成無數把，櫛田接連喊出名字，目標逐漸分散。

「別、別亂說啦！我沒說過那種話！妳不要撒謊！」

森立刻這麼否認，但櫛田絲毫不打算停戰吧。

「咦？最看不起篠原同學，笑著說他們是天生一對的不就是妳嗎？不要緊，雖然我那時苦笑著說『別這樣啦～』但其實我跟妳是一樣的心情。」

「是這樣的嗎……小寧寧……？」

「不、不是的……我、我只是，那個……」

「篠原同學也是，妳好像是在船上被池同學告白，就跟他交往了；但不久前妳明明還在他跟小宮同學之間搖擺不定，卻挺乾脆地就答應交往了呢。還是說妳打算先試著跟池同學交往看看，之後再去找更接近真命天子的小宮同學？」

「喂、喂，皐月？」

以櫛田的角度來看，班上四處散落著可以燃燒的材料。

在某一處點起的火開始燃燒蔓延後，她便立刻拋出話語添加新的燃料。

「說到戀愛相關的話題，王同學也找我商量過呢。」

「請、請妳別說了！」

「別說了？是要我別說關於王同學喜歡得不得了的平田同學的事情？」

「——唔！」

小美在教室裡突然被強制揭露自己抱有好感的對象名字。

她瞬間滿臉通紅，看到洋介的視線望向自己，她不禁哭了出來。

「慢點，別這樣啦。我才說了一小部分耶？大家說給我聽的祕密還不只這種程度喲。接下來要不要說些比較沉重的內容？我想想～首先從長谷部同學講起如何？」

「……小梗……」

「啊，拜託別叫得那麼親密。明明沒辦法好好交朋友，卻因為感覺跟別人拉近了距離就用暱稱稱呼，也太厚臉皮了吧。被妳那樣叫的人一定也很困擾。」

在櫛田轉移目標到波瑠加身上的期間，篠原與森還有池等人也不斷在爭論是否說過那些話，互相推卸責任。

中場休息時間再過不久就要結束了，很快便可以看到全場一致贊成櫛田退學吧。

要是在這邊拖延太多時間，只會讓櫛田不斷暴露出更多情報而已。

1

僅僅幾分鐘，只是聽了綾小路同學說的話，周遭對櫛田同學的評價就出現了一百八十度的轉變。她的朋友們應當也具備不會輸給綾小路組的強大凝聚力。但不知何故，現在看起來卻像非常脆弱的關係。

綾小路同學這番話具備絕大的效果，連比任何人還早得知櫛田同學背景的我，如果現在被他拜託推薦櫛田桔梗，彷彿都會忍不住按下按鈕一般。

關於綾小路同學擁有的力量，我現在說不定比任何人都更早看見了片鱗半爪。

宛如置身地獄般的班級。等中場休息結束，便會開始對櫛田同學進行投票，她應該會拿到過半數的票吧。

然後這場特別考試大概就會結束。我們班雖然付出犧牲，但也能夠獲得一百點班級點數。那將會成為我們要升上A班的寶貴財產。

但是——沒錯，首先有必要整理我身處的狀況。

我應當跟所有人都處於相同的時間流動中，不過對我而言，雖然是一點一滴在改變，但時間刻畫一秒的流動確實地逐漸變緩慢。與教室很不搭的機械鐘的秒針走得越來越慢，彷彿隨時會停止一般。

然而我的感性反倒漸漸變得敏銳起來。

我的目的是什麼？我自問自答。

答案——那當然是在A班畢業，所以班級點數非常重要。

這是早就明白的事情。那麼，櫛田同學具備多少價值呢？

要替每一個學生做出明確的評價十分困難。

但是，至少可以確定如果有人問跟一百點班級點數相稱嗎？我會立刻回答ＮＯ。

那麼，試著換個想法。

假如特別考試失敗，將會失去三百五十點班級點數。

即使代價是可以保住櫛田同學，但能夠把她當作足以挽回這些損失的戰力來計算嗎？

……雖然我不認為絕對不可能，但十分困難。

這點並非僅限於她，即便對象是我也一樣。

因為與三百五十點不相稱，所以應該讓櫛田同學退學。這是一般會有的想法。

那麼我——堀北鈴音想怎麼做呢？我想怎麼處置櫛田桔梗這個學生呢？

只是抱著輕率的心情想救她？只是抱著輕率的心情想捨棄她？

我透過集中精神超越了時間，把多餘的聲音這種概念也消除。

就這樣把一切都託付給綾小路同學處理，真的好嗎？當然不好。那就動腦思考吧，什麼才是正確的、什麼才是錯誤的，有沒有只有我才能辦到的事。

承認並尊敬綾小路同學這個人的實力，然後重新思考吧。

一抹光線從眼皮底下的黑暗前方照射進來。

——啊，原來是這樣呀。

沒多久後，我想出了僅僅一個確實的答案。

櫛田同學目前面臨退學危機。

這件事「並非正確答案」。

而此刻能拯救櫛田同學的人物，一定只有我了。

差點停下來的時刻解凍，秒針再度開始轉動。

2

在眾人接連開始贊同櫛田退學的聲音當中，一名學生站了起來。

「妳不能再越陷越深了，櫛田同學。會無法回頭的。」

「啥？現在才總算變得好玩吧？妳別妨礙我，堀北同學。」

「那可不行，我已經聽不下去這些醜陋的話題了。」

「我的真相有那麼醜陋嗎？」

櫛田似乎把那番話當成了讚美，她用今天最活潑的表情看向堀北。

「是呀。至少我不認為這種爆料很美好。但我不是只有針對妳才覺得醜陋，現在被妳洩漏祕密，並要求妳退學的人們也一樣喲。」

出乎意料的斥責讓同班同學們忍不住大喊出聲：

「為什麼扯到我們？我們什麼壞事也沒做吧！」

「你們把不想讓任何人知道的祕密告訴了櫛田同學，這是為什麼？」

「這、這是因為我們以為櫛田同學可以信任呀！但她卻……」

「沒錯。櫛田同學比班上任何人都更受到信賴。一般來說，要獲得別人的信賴並不是簡單的事情。更遑論甚至能共有無法告訴任何人的祕密，在人生當中，這樣的人物一定屈指可數吧。當然櫛田同學洩漏祕密並不是值得稱讚的行為。你們會對她有不為人知的一面感到驚訝也很正常。可是，無論是誰多少都會有表裡兩面吧？」

能夠忠於自己，沒有一絲虛假地生活的人類，才是非常稀有罕見的人類吧。

「可、可是，她一直投贊成票是個大問題吧，那是無法原諒的事情吧？」

「是呀。她這麼做是為了讓我或綾小路同學退學，實在是非常任性自私的選擇呢。必須請她感受到這責任有多麼沉重。但不是用退學來清算這些責任，而是活用她的技能，讓她今後用好幾倍來回報。」

這時班上同學們也明白堀北想說的話了吧。

「妳的意思該不會是不要讓櫛田同學退學？」

「啥？還想說妳怎麼突然打斷我，妳講那什麼自私的話呀？」

「是呢。我——想讓櫛田同學留在這個班上。」

不讓櫛田退學的選擇，率先提出反駁的是櫛田本人。

「妳為什麼要袒護我這種人？接下來怎麼可能投票給其他人呀？還是說妳想慢慢地折磨我，以此為樂？妳的品味還真高尚呢。」

「不巧的是我不怎麼喜歡開玩笑，我是認真地在說這些話。」

「如果說妳是認真的，我就讓妳改變那種想法，我們繼續剛才的地獄吧。」

「看到剛才的光景，我實在不認為那看起來像『地獄』。」

「……哦。那妳看起來像什麼呢？告訴我嘛。」

「愚蠢、滑稽，只是一直在暴露醜態而已。妳看起來只像個愚者。」

「啥？」

「妳的確比一般人還會念書。但妳的腦袋在最根本的地方致命性的差勁喲。說到底，妳在國中時代因為被同學得知了自己的本性，就暴露出眾人的祕密，讓班級瓦解了對吧？雖然妳為了活用那次教訓來到這所學校，但倒楣的是與同所國中的我重逢了。然後剛入學沒多久就被綾小路同學目擊到不為人知的一面？真讓人想笑呢。不只是這樣，他明明對妳的過去不感興趣，妳卻擅自無法忍受對方的存在，甚至還說出詳情，一直固執於讓他退學。最後還跟綾小路同學交易，自以為占了上風，結果反過來被利用。下場就是這樣喲？妳過於執著能夠選出退學者的贊成，而被擺了一道。」

堀北毫不吝惜地嘆了口充滿侮辱的氣。

櫛田原本浮現出卑鄙笑容的表情，不知不覺間變貌成憤怒的惡鬼。

「妳根本不懂我的心情，少在那邊自以為是地說教！我想要當第一！就算要背負讓人作嘔的壓力，我也想沉浸在愉悅之中！為了這個目的想除掉礙事的妳，哪裡不對了！」

「根本不懂妳的心情？我怎麼可能懂呢。妳只專注在傾聽並收集別人的煩惱這件事上，找不到能夠傾訴自己心情的對象呀。」

櫛田握緊雙手，她用力到彷彿血管都要浮現出來般。

「雖然妳的性格也有問題，但這點我也一樣。不過妳是個比我還要更加努力的人呢。」

「別撒這種讓人想笑的謊言。妳說的每一句話都讓人很不爽呢。」

「這不是什麼謊言，我只是在說妳最喜歡的真相罷了。我坦率地認為妳那種不分男女，能夠與許多人變親近的努力與才能十分出色，而且感到羨慕。」

被迫聽到這些話，因為櫛田而感到困擾的學生們出聲反駁。

「我們現在正受到櫛田同學騷擾，妳卻說她那樣很出色，是什麼意思？」

「因為謊言而溫柔待人。扮演著溫柔體貼的人，所以很過分？這聽起來才輕薄呢。請你們重新思考一下溫柔待人這個行為本身有多麼困難。你們擁有那種能夠對任何人笑容以待、能夠對任何人伸出援手、能夠陪任何人商量煩惱的才能嗎？」

櫛田每天得背負著多少壓力，與朋友們相處呢？

許多人都可以理解儘管想要變得像櫛田那樣，也不可能辦得到。

傾聽別人無關緊要的話題——就算只看這點，一般人也無法持續下去。

但她一直用溫柔的笑容持續傾聽，從背後支持著許多人到現在。

「別說了，不要再說了。我不想再繼續聽妳說那些令人作嘔的話。」

「為什麼？擅長觀察人心的妳，應該看得出來吧？我並沒有打算嘲笑妳或侮辱妳，而是打從心底對妳有很高的評價。」

堀北搶先一步封住試圖反駁這些話的學生們。

「她擁有別人沒有的才能，讓她退學對班級而言是很大的損失喲。」

「住口！」

「所以我無法贊成讓櫛田同學退學。我想賭上自己本身，盡全力活用她的優點。不，我一定會活用給你們看。」

「我叫妳住口啊！」

「世事難料呢。得知妳的全部後，我才首次對妳抱有很大的好感。」

仔細一想，櫛田為什麼主動將她想封印的過去毫不隱瞞地說出口。

那並非為了讓我退學的行為，而是她在內心深處有著希望別人了解她全部的心情，說不定她其實一直想要與某人共有。

櫛田的臉上浮現出大顆的淚珠。

然後她簡直像個孩子般，無法說出完整的話，毫不掩飾她的懊悔在抽泣。

不甘心、不甘心、不甘心、不甘心——她毫不吝惜地反覆著這樣的話語。

這也難怪吧。得知櫛田本性的每個人都會離開她，一直是這樣。

明明如此，至今一直保持著距離的堀北卻不知為何對那樣的櫛田拉近了距離。

櫛田的內心當然不可能有那種想法。

憎恨不已的堀北對自己而言，是可能成為第一個理解者的存在——雖然還不曉得櫛田是否能接受這件事，但這肯定在櫛田的內心帶來了變化。

我判斷要拉攏櫛田是不可能的，於是擬定了用來排除她的戰略。

另一方面，堀北則是決定要保護櫛田。

不過這麼一來，無法避免冒出下個問題。

「雖然你們才說到一半，但再過不久中場休息就要結束了。你們要怎麼做？」

所謂要怎麼做，當然是指有人自願報名，或是推薦某個對象進行投票。

「時間不夠用呢。現在推薦櫛田同學的人請重新選我，我之後會說明。」

因為堀北已經用掉只有一次的自願報名機會，所以她呼籲班上同學推薦她自己。

「別開、別開玩笑了！是我要退學吧！趕快推薦我然後投票吧！」

「我沒有在開玩笑。我話說在前頭，妳身為製造出這種狀況的罪魁禍首，要扛起責任直到最後。還有我不會承認妳因為懲罰時間被退學。妳要是那麼做，我會一輩子瞧不起妳，永遠把妳當笑話看。」

我想也有學生對最終應該推薦誰感到迷惘，但這件事並不重要。

「時間到了。以推薦票超過半數的堀北為對象，接下來開始進行投票。」

就算櫛田因為推薦被選上，只要堀北投反對就毫無意義。我們開始進行是否贊成堀北退學的投票，但當然不會變成全場一致贊成。堀北那種明顯的挑釁對櫛田而言有充分的效果吧。所有人都在六十秒以內投票完畢。

第二十次投票結果　贊成一票　反對三十七票

「因為進入中場休息了，我重新表明，我反對讓櫛田同學退學。」

櫛田狂吼著不成話語的字句，但堀北已經看也不看她一眼了。

這又再次傷害到櫛田的自尊，然後反倒成功地讓她陷入了沉默。

因為要是櫛田又變成退學的對象，堀北將會沒有對抗的方法。

不過還真是意料之外。無論對手是誰，我原本都打算強硬地讓對方屈服。

腦袋發燙起來，有種刺痛感。

這並非單純只是想保護櫛田這種胡鬧的解答。

堀北斷言她有自信活用櫛田綽綽有餘的優點以彌補櫛田重大的缺點。

這表示堀北比我預料的更快踏上了下一個更高的舞台。

當然，並不是接下來就沒有理由可以反駁。

以現況來說，櫛田已經被當成窮凶惡極的人物，很多學生都認為讓她退學也無所謂。

即使不是不能強硬地排除櫛田，但既然堀北已經舉手表明主張，也很難想像她會輕易退讓。

根據情況，也無法徹底否定她會強行選擇拖到時間結束，來避免出現退學者的可能性。雖然對退學者不好意思，但那是無法允許的事。

「可是堀北同學，妳說要保護櫛田同學，意思是妳要選擇拖到時間結束嗎？」

洋介詢問必須現在立刻確認清楚的問題點。

「我知道不是保護櫛田同學就沒事了。我以自己的方式想出了答案。」

該不會——不，是這麼回事嗎，堀北？

「我們必須避免這場特別考試失敗，選出退學者是絕對條件喲。」

這表示她不光是救出櫛田，同時也做好了割捨某人的覺悟。

儘管感受到堀北明確的成長，我仍搶在她開口之前先採取行動。

堀北沒有必要扛下宣告「退學」的殘酷任務。

「先等一下。」

我強硬地打斷堀北想接著說的話。

無論她如何主張正當性，接下來的審判都會對精神造成強烈的負擔。

雖然也可以用一句「這也是一種經驗」來帶過，但對現在的堀北來說，負擔太沉重了。

最重要的是只要走錯一步，就算不願意也會迎向時間到的下場。

能夠藉由全場一致讓班上出現退學者的，除了我以外別無他人。

等一下，不行喲——堀北用這種眼神看向我。這讓我理解到了。

我跟堀北在腦海中浮現的人選，顯然是同一人物。

「唯一一直在投贊成票的櫛田，是值得退學的學生。不過，就像堀北說的，她是個能幹的學生這點也依然不變。既然這樣，只能思考別的方法了。」

「等、等等啦，綾小路。班上同學是因為自己並非叛徒，才投了贊成票喔？你現在才說那不算數，要選出退學者嗎？這讓人無法接受耶！」

「不是只有池覺得不滿，一定所有人都一樣。但就算這樣，也只能投票表決。只能盡量使用可說是公平的做法，來引導出答案。」

「你說公平……怎麼可能有那種方法啊。」

「讓某人退學來獲得班級點數這個選項。雖然退學這個部分很容易讓人先抱有負面印象，但就像許多人都贊同讓一直投贊成票的叛徒退學一樣，只要滿足某個條件，便能轉變成正面結果。也就是說如果可以獲得的班級點數比退學的學生具備更高的價值，就有充分的意義做出這個選擇。換言之，關於應該退學的人，只要選出目前對班上沒用的學生就行了。那麼這個判斷標準是什麼呢？那就是全部的綜合能力。具備學力、身體能力，或是擁有無法歸類在這兩項中的能力。說得簡單好懂一點，就像堀北一樣身為領袖的能力，或是像洋介和惠一樣有能力整合小團體的學生。這些人必然可以排除在外。當然，若有人認為這是我偏袒他們，也可以自由反駁。」

考試已經逼近時間到，班上同學們認為不能隨便多嘴，都陷入沉默。

「然後這個話題最好不要包含有前途或展望之類的要素。實際上要客觀地看透誰會有多大成長這件事十分困難，且會摻雜著臆測。假如要我陳述最終結論，我認為那個公平的判斷標準就在於ＯＡＡ。」

那是校方不計入學生的感情，用數值化來顯示該名學生實力的應用程式。

在九月一日這個時間點，這個班級的最後一名在綜合能力留下三十六分的紀錄。

即使會確認自己的排名和分數，但也沒幾個學生會隨時掌握誰是最後一名。

「這個班級裡目前ＯＡＡ排名最後一名的學生是——佐倉愛里。」

我沒有特別看向愛里，而是環顧著全體同學，這麼回答了。

「…………………啥……你在說什麼呀？別在這種時候亂開玩笑好嗎？」

勃然大怒的波瑠加站了起來，瞪著我看。

「我只是說出客觀的意見而已。至於要不要接受，由全班來決定就行了。」

我將個人的意見當成耳邊風，繼續說下去。

「客觀？客觀是什麼呀！ＯＡＡ的排名又怎樣？你是說可以因為這樣讓愛里退學嗎？而且為什麼是由小清你……來講出這種話呀！」

「那麼，妳認為應該讓誰退學？」

「這、這個——！」

「沒有覺悟指名道姓的人，也沒有選擇退學者的權利和資格。」

「例、例如池同學呀！他的學力和身體能力都跟愛里沒差多少吧？」

的確，池在ＯＡＡ上曾經跟愛里同樣是最後一名。

但他現在多了一分，是三十七分。稍微領先愛里一步。

「那我就簡單地問問看吧。反對愛里退學的人請舉手。」

立刻舉起手的是波瑠加，而明人與啟誠也幾乎同時舉起了手。

當然，身為綾小路組，這是天經地義的吧。

「三人啊。接著請反對池退學的學生舉手好嗎？」

包括須藤他們在內的幾名男生，還有女生那邊也有篠原，以及對篠原感到內疚的森等幾人舉手，有十一個人表示明確的反對。

「為什麼——」

「建立朋友關係也是一項傑出的能力。不得不說愛里在這一點也比不過池。」

「你能夠看著愛里的眼睛說這種話嗎？」

「那樣做就行了嗎？」

「——唔！快住手！」

正當我準備看向感到畏懼的愛里的雙眼時，波瑠加制止了我。

「妳要指名本堂或沖谷等其他學生來舉手表決也行，但不會有人低於愛里的三票。」

「那算什麼呀……這玩笑開很大耶。我們的確沒什麼朋友。但也不可能用這種方式讓愛里退學吧！」

如果有其他選項，我也會那麼做。但是，現在已經過了那種階段了。

「……不過，老實說……失去三百點非常致命。」

身為綾小路組的一員，同時也是愛里夥伴的啟誠靜靜地吐出這句話。

「小幸你這話是認真的嗎？難道你贊成讓愛里退學……！」

「不、不是！我還沒有贊成！」

「還沒有？還沒有就表示你接下來會贊成是嗎？啥？別開玩笑了！」

「不，所以說……！」

波瑠加彷彿領悟了一切，她咬緊嘴唇做出決斷。

「真噁心。這太扯了。那算什麼呀，我們不是夥伴嗎？」

那冷淡的聲音是針對我，還有將真心話說溜嘴的啟誠。

「還有其他人也一樣，沒人要保護愛里。我想也是，你們只要自己得救就好，沒什麼交情的愛里會有什麼下場，你們根本不會放在心上吧。因為有點用處，就要優先小梗呀？就要拋棄沒有給班上添麻煩、拚命想跟上同學的孩子呀？啊～是嗎，啊～是嗎，真是最棒的班級呢。」

啟誠已經用他的失言親身證明了輕率的發言會招致波瑠加的反感。

每個人都避免與波瑠加對上視線，縮起身體以免被波及。

「已經夠了。我不會讓愛里被退學。若你們這麼堅持，投票給我吧。我會很開心地退學。」

與櫛田因戰略採取的行動不同，波瑠加提出自願退學，試圖保護愛里。

這也都在我的計算之中，波瑠加，妳這番發言反倒只會自掘墳墓。

「等、等一下啦，小波瑠加！我也一樣沒辦法讓小波瑠加退學呀！」

「沒關係的，愛里。妳必須留在這所學校才行。再說我本來就不喜歡這個班級。但自從跟妳，還有小清、小幸和小三他們成為好朋友後，每天都變得很快樂。雖然山內同學退學了，但我以為不會再發生那種事情，以為能跟在這裡的大家融洽地相處下去……」

波瑠加注視茶柱，正式表明決心。

「我自願當退學候補人選。就快到時間了吧？」

就跟我預料的一樣，波瑠加的宣言被優先，她自動地朝斷頭台邁進一步。

「聽好嘍？愛里一定要投贊成。其他人也沒有怨言吧？畢竟可以保護自己，根本沒理由投反對嘛。」

「怎麼可能……我沒辦法投贊成呀……！」

愛里吶喊著她無法投贊成票讓波瑠加退學。

「沒關係的，如果是為了保護妳而退學，我一點都不後悔。」

「可是——！」

「私下交談就到此為止。接下來開始進行投票。」

在波瑠加堅決的意志下，開始進行贊成或反對的投票。

顯示在螢幕上的計票結果是——

第二十一次投票　贊成三十五票　反對三票

雖然獲得了幾乎所有學生的贊成，但有三人投了反對票。

波瑠加應該能簡單地推測是哪三個人吧。

「愛里！」

當然，其中一票很顯然是愛里，不會有錯。

「我辦不到呀！讓小波瑠加退學這種事……我辦不到！」

「這是為了保護妳呀！還有小三跟小幸也別這樣啦！」

這表示即使波瑠加做好了退學的覺悟，也有學生不希望她退學。

「我不想讓妳退學……我沒辦法投贊成。」

儘管露出苦悶的表情，明人依然直截了當地看著波瑠加的雙眼這麼回答。

「那讓愛里退學就無所謂嗎！」

「我不會那麼說……但是，假如只能選一邊……我……」

「……抱歉！」

啟誠突然大叫，打斷兩人的對話。他站起身並低頭賠罪。

「我……投了贊成票……照這樣下去，我們班會……無法搆到A班……」

他像在自首似的回答只要保持沉默，就不會穿幫的一票投給了哪邊。

「啥？那還有一個人是誰？是誰在這種狀況投反對呀！」

「那一票是我投的。」

「——唔！小清，你搞什麼呀……！你沒必要袒護我吧！」

「我說過了吧。以新提出的方針來說，我認為應該捨棄這個班級裡能力最差勁的學生，無論是想要主動退學的妳，還是我一度想讓她退學的櫛田，不管哪個學生主動報名候補，接下來都不會改變方針，也無法改變。」

要是在這邊退讓一步，將無法達成全場一致贊成。

「長谷部同學……佐倉同學在OAA裡排名最後一名是事實……再說切割掉對班級最沒有貢獻的學生，也不是那麼糟糕的事情吧……？」

松下對在這種狀況中發言的風險做好覺悟，陳述自己的意見。

「別開玩笑了。用自己周遭的人想想看吧。假如重要的朋友退學了，你們之後也能若無其事地笑嗎？我辦不到，絕對辦不到！」

「應該退學的是愛里。已經不存在這之外的選項了。」

「不行……不行啦，小清！無論誰表示贊成都無所謂，只有小清你……只有你必須站在愛里這邊才行呀！」

我明白的。正因為明白，才會由我來發言啊，波瑠加。

「我的想法不會改變。如果波瑠加堅持無法贊成讓愛里退學，那這個班級就只能在這邊結束了吧。」

「那隨你高興啊？我直到最後都會一直反對愛里退學！」

僅僅只要有一人一直反對到最後，愛里就不會退學。

這個法則是絕對的。要瓦解這個法則，最有效率的方法就是——

「謝謝妳，小波瑠加……已經沒關係了。」

愛里彷彿領悟了一切，用顫抖的聲音笑著這麼說道。

「愛……里……？」

「假設班上有不需要的人……那大概是我吧……清隆同學的話一點都沒錯喲，小波瑠加。」

「愛里！」

「全都跟他說的一樣。如果只能讓某人退學，應該是班上最礙手礙腳的我消失才對。」

——讓成為退學對象的人物直接阻止別人投反對票。

「我辦不到！我絕對無法讓愛里退學！絕對無法！這個班級升不上A班也無所謂，我要讓所有人就這樣跟愛里一起畢業！」

「不行喲。就算我因為這樣而得救，我一定也會非常後悔。會一直感到後悔，覺得是我害大家無法升上A班。」

「沒關係的！妳沒有做錯任何事！我只是因為自己的任性在保護妳而已！」

「謝謝妳……但是，我不能讓小波瑠加背負那樣的責任喲。」

「什麼呀，那什麼呀……這樣太扯了啦……！」

防止退學未必一定對本人有幫助。

既然事已至此，就算投反對票，也會讓愛里受苦。

「自我犧牲說起來好聽，聽起來不錯。站在班上同學的角度，會打從心底感到安心，慶幸有波瑠加這樣的存在吧。假如這樣真的能讓班級順利地運作，或許做出那樣的選擇也不錯。對了，須藤，你能夠為了班級主動犧牲嗎？」

「呃、不……我……那個……」

「佐藤，妳呢？」

「我、我嗎？那種事我有點……」

「小野寺怎麼樣？」

「……我想我大概辦不到……」

「再繼續問其他人，答案也一樣吧。基本上沒有人會犧牲自己。」

「我是打從心底覺得退學也無妨。這樣就沒有問題了吧……」

「依賴會自願犧牲的學生——一旦記住這種輕鬆的方法，今後陷入類似的狀況時，就會重複上演徵求志願者的光景。就算想做出公平的判斷，也為時已晚。」

「我才不管……我才不管那種道理！我想保護愛里！就只是這樣！」

「就算波瑠加賭上退學保護了愛里，她也可能隔天就退學了。」

「不要跟我說那種不確定的未來。」

「根本沒有已經確定的未來，所以才要採取最好的方法。」

無論我說多少，波瑠加實際上都聽不進去吧。

但這些話確實傳入愛里耳中了，這才是重點。

「不要緊，不要緊的，愛里。我一定會一直投反對票。不管誰投了贊成——！」

「大家……請大家——投票給我……」

愛里用彷彿要消失，但所有人都聽得見的聲音這麼說了。

波瑠加抓住愛里的雙手，拚命地抵抗。

「不要，我絕對不要……明明到昨天為止，還過得那麼開心呀……！今天早上也是一如往常的早晨。跟愛里約好碰面，一起來上學。閒聊一些無聊的話題，或是討論文化祭的事情……今天也是，妳原本打算放學後找小清出來，給他看一個驚喜不是嗎！居然要剝奪這種生活，這太過分了！」

剩餘時間不到十分鐘了。換言之，這實際上等於最後一次投票。無論誰會退學，都沒有人能輕易地投下反對票——這就是最終投票的重量。

愛里左右搖了搖頭，沒有握住波瑠加的救贖之手。

「我不要、我不要、我不要、我不要！」

波瑠加彷彿小孩般拒絕、否定與叫喊。

每一次愛里都對波瑠加說出感謝的話語，同時說服她接受這種狀況。

已經無法改變了。

領悟到這一切，波瑠加彷彿崩潰似的當場癱坐在地。

「沒有能力的人接受了這件事，向前邁出一步。我們有義務體諒並回應她那樣的意志。妳要在接下來的投票中投反對很簡單。不過，就算妳投反對，愛里也不會留在這所學校了吧。她會因為把班上同學捲進來而強烈地感到自責，在無法向前邁進的狀態下退學。能夠拯救摯友愛里的方法，只有靠波瑠加妳親手投下贊成票，讓她向前邁進了。」

「我、我——！」

愛里從正面抱緊坐倒在地的波瑠加。

「謝謝妳，小波瑠加……謝謝妳一直以來幫了我好多好多。雖然我無以回報……但請妳答應我最後的任性要求。」

「我不要啦，愛里……這種事……」

「投贊成票讓我退學吧。」

愛里述說著感謝，並溫柔地撫摸抽泣中的波瑠加的頭髮，然後對茶柱大聲說道：

「我自願報名。請進行投票。」

愛里扶波瑠加站起來，讓她坐到座位上後，為了接受一切而回到自己的座位。

不過在教師宣言開始投票後，投票時間也一直沒有結束。

即使經過六十秒、經過七十秒，投票仍持續著。

學生擁有的規定時間是九十秒。大概再七十秒左右，波瑠加也會確定退學。

如果摯友愛里會消失，自己也選擇消失——

這種想法閃過她腦海，也是很正常的吧。

假若她做出那種軟弱的選擇，那也無可奈何。

雖然對班級而言會造成多欠缺一個人的損傷，但只是波瑠加這票會消失，我們依舊能順利達成全場一致。經過了一百秒，剩餘時間逐漸逼近四十秒。

波瑠加只是哭個不停，完全沒有要伸手碰觸平板的樣子。

「小波瑠加——！」

那是從來不曾聽過的、愛里所發出的怒吼。是她到目前為止最大的聲音。

波瑠加彷彿背後被拍了一把似的大吃一驚並抬起頭來，愛里對波瑠加的哭臉笑著點了點頭。

倘若波瑠加不在這裡做出決斷並投票，等於是否定愛里的一切。

「——投票完畢。接著公布結果。」

第二十二次投票結果　贊成三十八票　反對零票

一直守望著這場壯烈對話的茶柱，甚至忘記要宣告考試結束，只是一直注視著愛里與波瑠加兩人。

確定退學的愛里彷彿接受了一切似的，用直挺的姿勢注視著前方。另一方面，無法保護她到最後的波瑠加則是為了忍住哽咽拚命抵抗，但在眾人都說不出話的班級裡面，她無法澈底隱藏。

「啊……啊，茶柱老師。咳哼，麻煩妳繼續進行流程。」

到目前為止，除了最低限度的提醒和警告之外，始終一言不發且冷靜的監視員，似乎也忘了要催促茶柱發出特別考試結束的信號。

「……關於佐倉愛里的退學，因為達成全場一致贊成，最後一道課題就此結束。選項即刻生效，各位將獲得一百點班級點數。為求保險起見，我先確認一下，要取消這次退學的方法只有一個，就是目前擁有兩千萬點個人點數，且願意使用的情況——」

茶柱基於義務，打算繼續說明下去，但她在途中停住了。

「應該不需要繼續說明了吧。」

就算把班上所有人的個人點數都湊起來，也根本集不到兩千萬點。

「雖然其他三個班級已經結束特別考試了，但也要請你們今天立刻回家。至於佐倉，之後要請妳跟我一起到教職員室，妳就留在教室吧。」

「是的。」

即使跟剛才不同，是比較小聲的回答，但愛里毫不膽怯地回應茶柱。

「我說完了。所有人都從座位上站起來，按照指示離開教室吧。」

聽到茶柱這麼通告後，雖然時機各自不同，但我們都起身離開座位。

愛里被指示留在現場。然後連起身都有困難的波瑠加則是拚命地想讓顫抖的膝蓋站起來，但好像很不順利。

她的呼吸也變得急促，開始出現類似過度換氣的症狀。

看不下去的明人飛奔到她身旁，他抱住波瑠加的身體，強硬地讓她站了起來。

畢竟留她在這裡也不會有什麼好事嘛。

我先一步來到走廊上後，立刻拿回了手機。

接著，啟誠也追在我後面立刻出來了。

「……清隆。我不打算說你做錯了。只不過……就算這樣，我還是……我能說自己做的事情是正確的嗎？不對，問你這種事情也沒有意義啊……忘了吧。」

儘管抱持著想一吐為快的想法，啟誠仍背對著我在走廊上邁出步伐。

在這邊等待波瑠加和明人也沒有意義吧。

正當性什麼的根本沒有關係。對於我主導大家割捨掉重要的小組成員一事，他們不可能沒有任何感覺。惠靠近我這邊。我注意到她激動的態度，但我用眼神先制止了她。

今天先讓惠也抱持類似服喪的心情，盡量安分一點比較好吧。

沒有必要因為多餘的行為招人怨恨。

記得茶柱曾說過想在特別考試結束後與我見面。

我看了看手機，發現已經收到訊息，約定碰面的時間是下午六點。還有一點時間啊。

首先，我判斷不要繼續在這裡逗留比較好，並決定離開現場。

我筆直地前往玄關，於是也跟啟誠和其他學生碰上了。

反正都跟茶柱約了要見面，就在沒什麼人的校園裡隨便找個地方徘徊吧。

「綾小路同學。」

雖然知道有人一直追在我後面，但那個人物等到看不見任何人的身影時，才向我搭話。

「怎麼了？妳不是在跟櫛田談話嗎？」

「不。現在的她什麼也不會回答。我只是先提醒她不要自暴自棄而已。」

即便櫛田周遭有很多朋友，但考試結束時，沒有任何人向她搭話。

畢竟才剛見識到她強烈的本性，會覺得難以靠近也很正常。

「對不起。」

堀北那比以前稍微變長的頭髮搖晃著，她深深地低頭道歉。

「這次的特別考試……我……是我的實力不夠……」

「實力不夠？妳已經盡力而為了吧？這次的戰鬥非常地嚴苛，無法與去年的班級投票相提並論。」

「無論是多麼嚴苛的戰鬥，我都讓你背負了沉重的枷鎖……應該分攤的責任都由你全部承擔下來了。」

「一點都不好呀。你重要的小組留下了嚴重的傷痕。我實在不覺得……今後你們的關係能夠修復。」

「是我要妳別說出來的。這樣就好。」

正因如此，堀北才想表示出自己的意志吧。

那是無法避免選出退學者的狀態。

「無所謂。說不定有一天反倒會覺得那樣正好。」

倘若將堀北捲進來，的確可以兩人一起平均分攤責任吧。

不過，我並不期望那種事。

「那樣正好……？這話什麼意思？」

「呃，妳別放在心上，是微不足道的小事。」

當然，我不認為她能立刻轉換想法接受這個說詞，但我不想讓這次的特別考試影響到下次。

「積極一點地想吧。我們獲得了寶貴的一百點用來升上A班。不能小看這個點數。」

「但是……我們失去了佐倉同學。」

「這個結果拉高班上的平均值，發揮了正面的作用，是完美的終點。」

「別這樣。你沒有必要勉強自己擺出冷酷的態度。」

「勉強自己？」

我原本想否定，但我決定先刻意附和她的話。

「說得也是。或許我是想扼殺痛苦的心情。」

「清隆同學！」

從走廊深處傳來耳熟的溫柔聲音。

聽到那聲音而猛然一驚的堀北轉過頭去，看到對方的模樣，她發出驚訝的聲音。

「妳……是佐倉同學……？」

沒什麼體力的愛里氣喘吁吁地朝這邊走過來。

「……我先走了……」

「嗯，那樣比較好。」

堀北與愛里擦肩而過的瞬間，她本想搭話但又猶豫不決，結果還是沒能開口打招呼。

她大概想不到能對即將離開的人說什麼吧。

「我無論如何都想在最後讓清隆同學先看一下……怎麼樣呢？」

在即將投票前，波瑠加曾說過愛里想給我看一個驚喜，原來是指這件事嗎？

「判若兩人啊。也難怪堀北有一瞬間認不出來。」

「雖說……我好像有點太晚鼓起勇氣了……嘿嘿。」

拿掉眼鏡並換了個時髦髮型的愛里，有些害羞似的笑了。

「雖然我沒資格說這種話……但小波瑠加就拜託你嘍。」

「我知道。」

「掰掰——清隆同學。」

愛里朝我露出至今不曾看過的燦爛笑容這麼說道後，便背對著我。

然後她邁出步伐，但沒多久步調就逐漸變慢，差點要停下腳步。

儘管如此，她仍拚命地不斷向前邁進，不打算回頭。

在空無一人的走廊上傳來她的聲音。

是吸著鼻涕的聲音，還有拚命壓抑住聲音的哭聲。

看到那樣的光景，我回想起自己以前經常看見的景象。

敗者總是在為時已晚後才回顧自己的慘狀，並感到後悔。

無論是在White Room或這所學校，這點都不變啊。

與過去的訣別

長達大約五個小時的全場一致特別考試迎向了尾聲。過沒多久後，我也聽說在總共四個班級裡面，我們班是唯一選出了退學者的班級。對這件事感到強烈懊悔的學生大概很多吧。不過在其他三個班級只增加了五十點的這場特別考試中，我們獲得了一百五十點班級點數這件事，肯定會在之後的戰鬥中發揮作用。

如果就這樣過完九月，我們也終於可以升上B班了吧。

放學後，我按照約定在通往屋頂的樓梯等待著某個人物。

在原本預定的時刻晚了大約十分鐘後，一名人物現身了。

「讓你久等了。因為要收拾善後，花了一點時間。」

「無所謂喔。話說有變成妳期望的結局嗎？還是正好相反呢？」

「你這問題還真難回答呢。那場考試沒有真正的正確答案……我是這麼想的。這裡可能會被別人看見，我們換個地方吧。」

「這麼做比較明智呢。」

茶柱稍微揚起嘴角，開始沿著通往屋頂的樓梯往上爬。

然後她拿出了附帶簡單藍色吊牌的鑰匙。

「對於使用學校屋頂這件事，輿論壓力一年比一年大。說不定在不久的將來，這所學校也會不例外地限制進入屋頂呢。」

這是因為雖說設有柵欄，仍有墜樓的危險吧。

而且，就像龍園以前利用的那樣，也能稍微拿來做壞事是屋頂的缺點。安靜地來到屋頂的茶柱靠在扶手上，吐了口氣。

「真的是……很漫長的一天。」

茶柱彷彿自言自語似的說著關於特別考試的純粹感想。

「在考試中也曾提到過……我在高中三年級時也接受過同樣的考試。」

「好像是那樣呢。」

不曉得在注視何方，茶柱只是筆直地注視著被晚霞染紅的外面。

「假如你允許……能請你傾聽我的告解嗎？」

「這是所謂的懺悔聖事嗎？雖然我對宗教不熟悉，如果這樣也無妨的話。」

她在學生時代挑戰過的全場一致特別考試。據說也有相同的課題，但依照班級的狀況，情勢發展會有很大的變化吧。

「那一天的事情彷彿昨天才發生般，我記得很清楚。我們三年B班在即將面臨畢業考試前，終於來到能捕捉A班背影的階段。班級點數僅僅相差七十三點。即使無法在所剩不多的日常生活中翻轉情勢，但我們處於能夠靠一場特別考試逆轉的位置。」

是勝負非常難分的激戰啊。憑這點差距，A班應當也不認為自己居於優勢才對。

「在這當中，開始了全場一致特別考試。有五道課題。我們也跟你們一樣，到第四道課題為止，雖然意見會產生分歧，但仍順利地讓課題進行下去。」

「您說過最後一道課題是一樣的呢。」

「是嗎……是那樣沒錯啊。關於今天的考試，我的記憶好像變得有點曖昧。」

或許是因為跟過去重疊在一起，讓茶柱對自己發言和思考的時序陷入混亂了吧。

「當然第一次投票時，贊成只有少數幾票，多數人都反對。不過在幾次議論後，狀況開始產生很大的變化。假如A班決定全場一致贊成的話，我們之間的差距就會拉開到一百七十三點。」

「在那個時間點，你們還不知道畢業考試的內容對吧？」

「沒錯。我想你應該也察覺到了，特別考試並非只要獲勝，就一定會有龐大的班級點數進行移動。即使B班拿下第一名，只要A班是第二名，班級點數說不定不會有太大的差距。」

第一名與第二名的報酬差距，大概是一百點或一百五十點，當然也有相差兩百點以上的情況吧，但畢竟沒人能保證這點嘛。

「隨著時間經過，討論越來越激烈。有人主張A班不可能選擇讓人退學，我們應該同樣所有人一起投反對票，跨越全場一致特別考試，然後在畢業考試中獲勝，成為A班才對。有人激動地主張既然A班不會選出退學者，這正是逆轉的大好機會。我們討論了所有可能發生的情況。」

即使是相同課題，出現的討論內容果然還是會依照班級情況截然不同。僅僅兩個選項。但只能歷經好幾條蜿蜒曲折的道路，來選擇要抵達的地點。

「我們花了龐大的時間不斷討論，儘管如此，還是沒有出現正確的答案。不惜付出犧牲也要選擇升上A班嗎？還是要選擇夥伴，投身於艱難的戰鬥呢……」

此刻，說不定茶柱正回想起過去的自己。

我從旁邊偷看茶柱，在夕陽照耀下，她的眼睛看起來也略微濕潤了起來。

「最後，班上同學的意見開始慢慢偏向某一邊了。如果是被B班追到只有些微差距的A班，應該會不惜付出犧牲，也要獲得一百點吧？以這樣的假設開始討論下去後，反對派慢慢地轉向贊成派了。」

「就算這樣，既然會欠缺某人，應該無法輕易地讓大家都贊成吧？不例外地無法避免能力較差的學生和溝通能力低落的人，或者是性格有些難搞的學生會率先成為退學的對象。」

「是啊。一旦達成全場一致贊成的結果，就不可能撤回了。跟你說的一樣，不會所有人都輕易地投贊成。」

這表示發生了什麼改變那種狀況的事。以這次的特別考試來說，就如同我跟大家約定只讓叛徒退學，誘導他們投贊成一樣。

「我的班上有一名男學生。那名學生……我想想，用你們班來說，就像把平田跟池加起來的人物——這麼形容或許最接近吧。」

「洋介跟池是嗎……就算要想像，也有點難巧妙地整合出他的形象呢。」

「雖然個性認真，但有些脫線。雖然體貼夥伴，腦袋也很聰明，但有一點不懂察言觀色。對班級而言是個領袖般的存在，同時也是帶動氣氛的人。」

原來如此，儘管只是隱約有這種感覺，也就是說那名學生包含了洋介的優點與池的優點（還有缺點）吧。

「自從最後一道課題出現後，那名學生一直很痛苦。最終演變成選擇贊成的情勢，因此他必須親自宣告要某人退學。」

茶柱的手用力握著扶手。

「然後——那名學生想出了一個答案。他誘導我們達成全場一致贊成後，向我們表示他要主動報名成為退學者。這是他判斷自己無法割捨三年來一起奮戰至今的夥伴後，做出的決斷吧。」

「剩下的特別考試只有最後的畢業考。儘管領袖不在應該很吃虧，但作為一個選項——那也不是不可能呢。」

當然，很難說這是明智的選擇。

不過，假如所有同班同學都是接近對等的立場，要選出一個人極為困難。即便也有乾脆靠運氣這個方法，但應該也有很多學生無法接受。

「不過，那之後再也沒有達成全場一致了。」

「這是為什麼？最後的結論應該是由那位領袖退學對吧？」

「不……因為有一個人直到最後都反對那名學生退學。始終反對的那一票並未改投贊成，剩餘時間就這樣逐漸被耗掉。一直投下那一票反對的不是別人，正是我。」

從話題發展來看，我就在猜是不是那麼一回事……也就是說……

「對茶柱老師而言，那名擔任領袖的學生，並非單純只是領袖嗎？」

茶柱閉上雙眼，自嘲地笑了一下後，緩緩地再度睜開眼睛。

然後她抬頭仰望晚霞的天空，深深地表示肯定。

「沒錯——那名學生對我而言……是領袖也是朋友……而且……而且是比任何人都更重要的戀人……雖然我們才剛開始交往。還是在特別考試實施的前一天，實在夠諷刺了。」

跨越眾多苦難，終於心意相通的兩人。原本應當可以在剩餘的校園生活中抓住最大限度的幸福，還有以A班為目標的未來。也就是說茶柱無法放棄這些。

「如果我一直投反對，當然班上同學也會感到困惑與生氣。也有人將矛頭指向了我。哎，這是理所當然的發展吧。」

「但既然茶柱老師沒有退學，那也就是說……」

「沒錯。我會保護他，他會保護我。一直持續著這種膠著狀態。我們班無法在時間內結束特別考試，被扣了三百點。而且因為A班選擇讓某人退學，我們相差了四百五十點。合計是五百二十三點的差距。原本與A班拉近到只差一丁點的距離，在一瞬間便拉開到讓人絕望的地步。」

無論校方準備了有多大機會的畢業特別考試，大概都無法翻轉這樣的點數差距吧。

「雖然算不上安慰，但老師的戀人沒有退學對吧？」

「即使不曉得是為了什麼而守護，但是全場一致特別考試結束時，我們的關係也自然地結束了。僅僅一天……不，甚至連二十四小時都不到啊……在之後等著我們的最終考試的直接對決中也落敗，我們的三年期間以虛無告終。」

「之後老師跟他還有聯絡嗎？」

「我們一次也沒有見面。我也不曉得他目前在哪裡做什麼。對高中時的我來說，這所學校就是一切，還有他就是一切。呵……現在一想，實在是很愚蠢的故事啊。用漫長的人生來想，高中三年不過是一小部分。就算不能升上A班，也應該到最後都堅持一場不會後悔的戰鬥。」

也就是說長達十一年的時間，茶柱一直在後悔自己做錯了選擇。

不，以這次的情況來看，與其說錯誤，不如說她一直在煩惱那樣的選擇是否正確比較好吧。

「換言之，我並不具備在A班畢業的資格。不過當時到底該怎麼做才好呢？應該堅決地說服他讓我主動退學嗎？還是應該割捨掉表示願意退學的他呢……」

「這場特別考試根本沒有真正的正確答案喔。要讓人打從心底完美地達成全場一致，恐怕是不可能的。除非有完全沒有實力、不被任何人需要的學生，那就另當別論……」

儘管如此，也並非絕對沒有生路。

「硬要說的話，敗因是無法看穿那名學生的戰略。我認為茶柱老師的班級原本還剩下一個可以升上A班的方法。」

「敗因是無法看穿他的戰略……？」

「一開始放棄說服所有人達成全場一致反對時，那名學生為了留下升上A班的可能性，下定決心要退學。那樣的他採取的行動，就是先達成全場一致贊成再來思考。」

茶柱一邊回想當時的狀況，同時點了點頭。

「假如我能割捨掉他……」

「畢業考試有簡單到缺少優秀的領袖也能獲勝嗎？老師的班級在全場一致考試中並未出現退學者，但還是落敗了對吧？」

「是啊。倘若我們能團結一致，以萬全的狀態戰鬥，或許可以平分秋色就是了。」

「也就是說，你們不可能選擇缺少領袖。話雖如此，就算欠缺領袖之外的某人，也無法戰勝

A班。既然如此，唯一的方法就是在選擇贊成與反對時懸崖勒馬。應該要斷絕所有投贊成的誘惑與誘導，懸崖勒馬才對。」

「不過，就算懸崖勒馬了，那也不是想說服大家投反對票，大家就會同意的狀況。這是綾小路你剛才也承認的事情。」

「根本沒必要進行說服喔。老師的班級終歸是為了求勝的意見而分裂。倘若票數無法整合起來，就無法避免最後因時間到而敗北。演變成那種情況時，贊成派一定會為了整合成反對票而採取行動。就算嘴上會抵抗，但如果是剩餘時間不到一分鐘的最終投票呢？就算投了贊成，也沒有時間接著指定學生讓他退學。雖然中場休息的時間固定為十分鐘，但投票時間最多有六十秒。只要刻意拖延投票來調整時間，就能進入連一分鐘空檔都沒有的最後一次投票。」

要是選擇贊成，將會因為考試失敗扣三百點；若選擇反對，則可以通過考試並拿到五十點。在只能選一次的時候，是不可能選擇前者的。

「無論再怎麼惱火，都無法忽視那樣的現實。要拖到時間結束而失去三百點，或是即使無法獲得追加的一百點，但可以確實通過考試並獲得五十點，再來挑戰與A班的畢業考試。結論只有一個。當然，不確定這樣是否能填補一百七十三點的差距就是了。」

無法完全捨棄獲勝的機會，被眼前的一百點困住的學生們。

巧妙地利用那種心理，成功讓所有人投下贊成票的領袖。

不過，那個戰略本身就是失誤。

他沒能看穿茶柱的內心，沒能看穿變成戀人的異性頑固的意志。

「——我……假如那時有像你一樣的學生在……」

茶柱這麼說到一半，閉上了嘴。

「不，現在才說這些也沒有意義，人無法回到過去。但請你告訴我吧，綾小路，佐倉應該是跟你很要好的小組成員，更何況那孩子還對你抱有特別的感情。」

「您可真清楚。」

「我好歹也是班導，只要觀察學生的視線，就會知道很多事情。」

茶柱並非在自豪，而是有些傻眼地這麼回答。

「應該也有拯救佐倉，犧牲別人的方法吧？」

「誰知道呢？當時的堀北具備一種不由分說的魄力。沒有足夠的時間認真對抗她吧。」

「你還真是公事公辦呢。你的內心……不會覺得痛嗎？」

「如果可以讓愛里不用退學就了事，那當然是最好的。我也是用盡各種可能的辦法試圖讓大家達成全場一致，但我無法阻止櫛田。我判斷只能選擇讓某人退學，然後斷絕她所有退路，把她逼入絕境才能解決。只不過，倘若可以用結果論來看，說不定也有達成全場一致反對的可能性。

那時候櫛田被堀北的存在擾亂內心，接受了留在這所學校的選擇。這件事完全出乎我意料之外。

想要拯救好朋友的不只是我。既然事情已經變成那樣，剩餘的方法只有消去法了。只能就目前的時間點來將班上同學分出優劣。是否會念書、或是否會運動。還有溝通能力、洞察力與觀察力。只能看客觀的資料，也就是OAA的排名來決定了。」

只要觀察校方打造出來的系統，就算不願意，也能看出應該退學的人。

「當然，也有不少學生的能力跟愛里並未相差多少。但是，當半斤八兩的學生們開始爭論的時候，他的朋友當然會站在他那邊保護他。但假如是愛里，比較大的障礙只有波瑠加而已。就算波瑠加自願報名退學，也只需要浪費十分鐘就能解決。」

「也就是說你是刻意選中自己人嗎……」

「性格也是決定的關鍵之一。因為以愛里的性格來說，她並不擅長主動表示不想退學，或呼籲大家不要投票給她嘛。能夠採取很多對這邊有利的手段。跟愛里要好的朋友，以這次的情況來說，就是波瑠加絕對不會投贊成票。但是，唯一的例外就是愛里自己提出要求。波瑠加不可能選擇犧牲三百點班級點數讓班上同學傷腦筋，然後讓愛里留在學校。」

「你連佐倉的心理狀態都知道啊。」

「綜合能力、親近的人、性格——還有最後一個決定性的關鍵，就是從重要的人口中通告應該退學的人是愛里這件事。只要由我親口宣告，她也只能理解這件事了。」

「綾小路——你……」

「或許人們會把有我這種想法的人稱為魔鬼或惡魔。無論是誰都不想扛下會吃虧的任務。就算這樣，如果有必要，還是必須毫不猶豫地實行任務。要保護班級，換言之，就是要保護組織，這是無法避免的事。」

「在這所學校，隨時都有可能因為各種狀況而退學。我身為這所學校的教師，抱持著承受這點的覺悟在工作。就算這樣，我還是一輩子都無法做出像你一樣毫不迷惘的決斷吧。」

茶柱承認自己內心的軟弱，這麼說了。

「我對你這個人並沒有深入的了解。不過，你至今究竟割捨掉多少人？要割捨掉多少人，才能到達那種領域……不，你不用回答。那一定是我終生無法理解的事情吧。」

要割捨掉多少人——是嗎？我從未想過這件事。

就像人們不會記得掉落在路邊的每一顆小石頭的顏色和形狀一樣，無論是同學或教師，只要無能就會被剝奪立場，消失無蹤——這就是人為淘汰。

「謝謝你今天抽空跟我見面，綾小路。我對過去的選擇感到懊悔，一直在原地停留了很長一段期間。不過，我現在知道根本沒空那麼做了。為了負責的班級學生能夠不後悔地一直戰鬥下去，我會以教師身分引導你們，完成我的職責。」

「看來您透過這次特別考試，似乎能夠與過去訣別了呢。」

茶柱這麼述說的側臉與剛才不同，感覺十分明朗。

「一直以來，我也並非沒有夢想過升上A班。即使盡量不去思考，也會忍不住懷抱希望。會期待學生們說不定能夠實現我沒能實現的夢想。然後每次都會自嘲自己真傻，從記憶中消除這些想法。一直是這樣的連續。」

面向這邊的茶柱露出至今不曾讓人看過的笑容。

「我決定了，綾小路，我無論如何都要讓你們班在A班畢業。」

「您這麼鼓起幹勁是很好，但請您留意不要脫離教師的立場。」

「唔……不，我當然會認清自己的立場。我的意思是雖然我能做的事情有限，但我已經能夠做好那種覺悟了。你常會講一些不像學生會說的話啊。」

「像學生會說的話，是嗎？該怎麼回答才是正確答案呢？」

「就算你這麼問，我也無從回答起，畢竟我不是學生嘛。」

不不，這人講話也太亂七八糟了吧。

「如果事情已經說完，我就回去了。」

「說得也是。占用了你重要的時間，不好意思啊。」

「無所謂喔。那麼，我先告辭了，『茶柱老師』。」

我最近都是這麼稱呼她，但我刻意像在強調似的說了。

茶柱老師靜靜地露出微笑，點了點頭。但她內心是否也覺得我真是個囂張的傢伙呢？

她已經沒問題了吧。經歷這場特別考試後，她有了不輸給學生的成長。

她一直停留在高中三年級的心靈，開始一口氣追上現在的年齡了。

後記

二〇二一年也將近尾聲了（註：本文提及的時間皆為日文版出版狀況）。雖說是有點無關緊要的話題，但我整理家中的時候，翻到了國小和國中的畢業作文集錦，回顧之後發現我小學時寫了將來想當電玩程式設計師，我深深反省以前怎麼會夢想進入這麼困難的行業。國中時代的畢業作文則是寫了因為自己沒有繪畫天分，而想從事寫文章的工作（儘管想這麼說，但因為太難為情，沒有具體地寫得很清楚）……不過這些其實是題外話，我發現以前很要好的女生在國中時代的美好回憶這個項目寫了「與衣笠同學相遇」，不禁潸然淚下。無論什麼事情，有些事情沒注意到還比較好呢。

先不提這些玩笑，二年級篇的第二學期正式開幕了。第二學期有許多大型活動接踵而來，尤其是文化祭與教育旅行，將會是一年級篇沒有出現過的新故事。

今後也敬請期待關於這方面的展開。

回顧第五集的內容，這集幾乎沒有其他年級的學生登場。感覺好像很久沒有這種情況了。雖

然今後也會繼續展開與一年級生和三年級生之間的劇情，但這一集讓人重新體認到這個故事的主題果然還是同年級。

那麼，這次還有一個消息要通知各位！其實我一直引頸期盼，但遲遲無法實現的願望之一，就是二年級篇的漫畫化。這個計畫一直在私下進行，目前終於來到能夠告訴各位讀者的階段，因此容我在這裡告知這個消息。

由紗々音シア老師繪製的《歡迎來到實力至上主義的教室　2年級篇》漫畫將從《月刊Comic Alive》十二月發售號起開始連載。真的非常感謝。此外也深深感謝一直繪製一年級篇漫畫的一乃ゆゆ老師，同時請各位多多關照還不成熟的《歡實》。

最後，這兩年來有個想法一直讓我銘記在心，希望能在下次第六集的後記提及。

我想下次見面應該是二〇二二年的新年了，明年也請多多指教嘍！

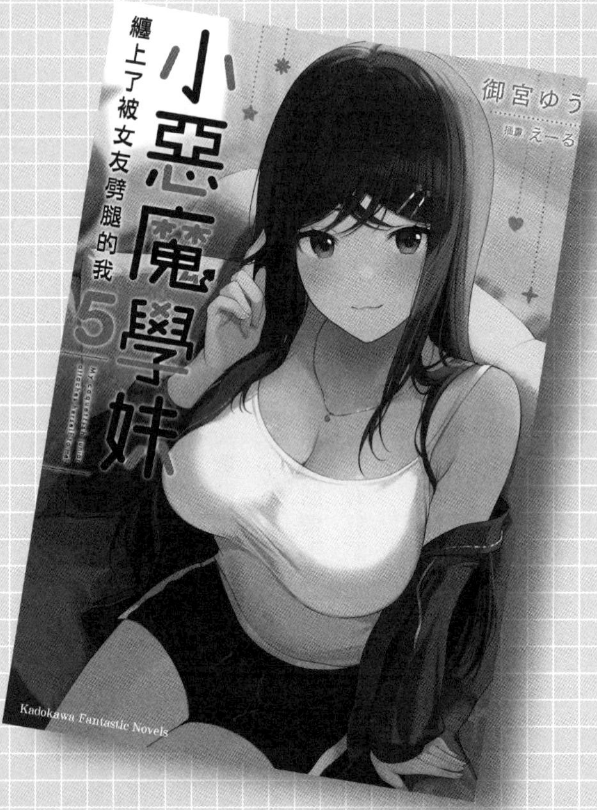

小惡魔學妹纏上了被女友劈腿的我 1~5 待續

作者：御宮ゆう　插畫：えーる

有點成熟的青春戀愛喜劇，
產生自覺與重新出發的第五集登場！

跟真由的「體驗交往」後，在兩顆心逐漸接近的梅雨季，這時出現在我跟彩華面前的是她國中時籃球社副隊長——戶張坂明美。擔任球隊經理的真由，似乎也跟她有所牽扯……隨著那個聖誕節所牽連的過去明朗化，身為摯友、身為學長——現在的我能做什麼？

各 **NT$220~260/HK$73~87**

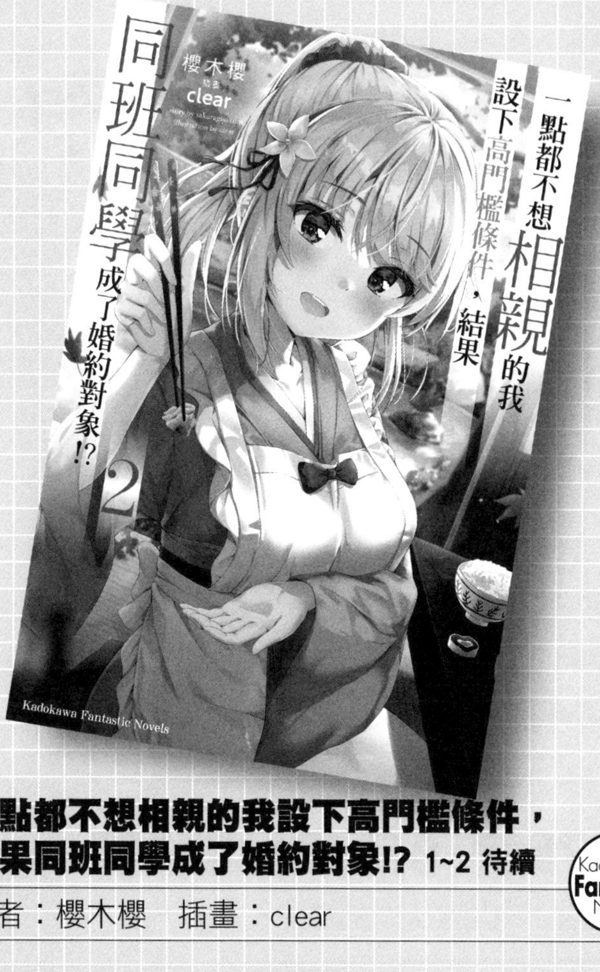

一點都不想相親的我設下高門檻條件，
結果同班同學成了婚約對象!? 1~2 待續

Kadokawa Fantastic Novels

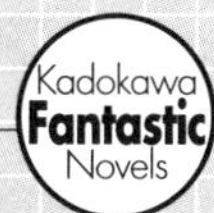

作者：櫻木櫻　插畫：clear

「我們可以睡在同一間房裡嗎……？」
始於假婚約，令人心癢難耐的甜蜜戀愛喜劇，第二幕。

不斷累積甜蜜時光的過程中，心也越來越貼近彼此。當由弦和愛理沙一如往常地待在由弦家時，卻突然因為打雷而停電。憶起兒時心裡陰影的愛理沙半強迫性地決定留宿在由弦家，於是由弦準備讓兩人能分別睡在不同房間。不安的愛理沙卻開口拜託他──

各 **NT$250/HK$83**

除了我之外，你不准和別人上演愛情喜劇 1~4 待續

作者：羽場楽人　插畫：イコモチ

暑假和情人一起過夜旅行!?
眾美女將以泳裝&浴衣裝扮美豔登場!!

我與夜華終於完成了心心念念的初吻。季節進入夏天。我們即使忙於準備文化祭，也抽空私下見面。挑選泳衣、夏日祭典，還有必定要有的約會。而瀨名會成員去海邊過夜旅行時，發生了事件？夏日魔物肆虐的兩情相悅戀愛喜劇第四集！

各 **NT$200~270/HK$67~90**

救了想一躍而下的女高中生會發生什麼事？3
岸馬きらく
插畫／黒なまこ
角色原案、漫畫／らたん
Kadokawa Fantastic Novels

救了想一躍而下的女高中生會發生什麼事？ 1~3 待續

作者：岸馬きらく　插畫：黒なまこ　角色原案、漫畫：らたん

「為了成全自己的愛情而橫刀奪愛，那我不就……」
關於「她」為了初戀及純愛糾結不已的戀愛故事。

守望著結城和小鳥的大谷翔子，發現自己對結城的愛意日漸增長，甚至被迫面臨某個重要的決定？『愛情對女人是最重要的。翔子，妳遲早也會明白這件事。』拋夫棄子，投向其他男人懷抱的母親留下的這句話，如同惡魔的囈語在大谷的腦海中揮之不去——

各 **NT$200~220/HK$67~73**

位於戀愛光譜極端的我們 1~4 待續

Kadokawa Fantastic Novels

作者：長岡マキ子　插畫：magako

真是青春啊。每個人心中都有個中意的對象。
哪怕那股感情是條單行道——

相通的情意、未能傳達給對方的心意。在充滿煩惱的高中生活中，龍斗、月愛，與海愛等人受到理想與現實的反差所玩弄，卻仍然一步步地前進與成長。令人緊張又興奮，溫馨又感人的第四集。龍斗究竟能不能畢業呢？千萬不要錯過！

各 **NT$220/HK$73**

國家圖書館出版品預行編目資料

歡迎來到實力至上主義的教室. 2年級篇/衣笠彰梧作；一杞譯. -- 初版. -- 臺北市：臺灣角川股份有限公司, 2022.11-

冊；　公分. -- (Kadokawa fantastic novels)

譯自：ようこそ実力至上主義の教室へ 2年生編

ISBN 978-626-321-961-8(第5冊：平裝)

861.57　　　　　　　　　　　　111014879

Kadokawa
Fantastic
Novels

歡迎來到實力至上主義的教室 2年級篇 5

（原著名：ようこそ実力至上主義の教室へ 2年生編 5）

2022年11月24日 初版第1刷發行
2024年10月4日 初版第3刷發行

作　者：衣笠彰梧
插　畫：トモセシュンサク
譯　者：一杞

發 行 人：台灣角川股份有限公司
總　監：呂慧君
總 編 輯：蔡佩芬
主　編：林秀儒
編　輯：楊芫青
設計指導：陳晞叡
美術設計：宋芳茹
印　務：李明修（主任）、張加恩（主任）、張凱棋、潘尚琪

發 行 所：台灣角川股份有限公司
地　址：104台北市中山區松江路223號3樓
電　話：（02）2515-3000
傳　真：（02）2515-0033
網　址：www.kadokawa.com.tw
劃撥帳戶：台灣角川股份有限公司
劃撥帳號：19487412
法律顧問：有澤法律事務所
製　版：巨茂科技印刷有限公司
ISBN：978-626-321-961-8